À PROPOS DE L'AUTRICE

Deborah Hale est autrice de romance historique et de fantasy. Très jeune, elle s'éprend de l'écriture et raconte d'innombrables histoires. Sa passion l'a suivie tout au long de ses études (club d'expression, journalisme amateur), et aujourd'hui, elle séduit des milliers de lectrices à travers le monde.

L'amant des Highlands

DEBORAH HALE

L'amant des Highlands

Traduction française de
BLANCHE VERNEY

HARLEQUIN

Titre original :
HIGHLAND ROGUE

Ce roman a déjà été publié en 2015.

HARPERCOLLINS FRANCE
83-85, boulevard Vincent-Auriol, 75646 PARIS CEDEX 13
Service Lectrices — Tél. : 01 45 82 47 47 - www.harlequin.fr
ISBN 978-2-2804-8224-0

Composé et édité par HarperCollins France.
Imprimé en septembre 2022 par CPI Black Print (Barcelone)
en utilisant 100% d'électricité renouvelable.
Dépôt légal : octobre 2022.

FSC
www.fsc.org
MIXTE
Papier issu de sources responsables
FSC® C159065

Pour limiter l'empreinte environnementale de ses livres, HarperCollins France s'engage à n'utiliser que du papier fabriqué à partir de bois provenant de forêts gérées durablement et de manière responsable.

Chapitre 1

Londres, 1875

— Ma belle-mère ? Allons bon, voilà bien autre chose !

Claire Brandcaster-Talbot, assise à son bureau, était en train d'examiner un courrier de l'Amirauté, quand son digne et tatillon secrétaire était venu la prévenir de cette visite inopinée.

Jamais encore, dans son souvenir, la veuve de son père, lady Lydiard, n'avait daigné se montrer en personne au siège de la Brandcaster Company, sur le Strand.

— A-t-elle dit ce qu'elle me voulait, Catchpole ?

La venue soudaine de la chère lady semblait avoir mis dans tous ses états ledit M. Catchpole, pourtant généralement tout à fait impavide.

Claire soupçonnait cet homme entre deux âges d'avoir une certaine prédilection pour les titres de noblesse et pour ceux et celles qui les portaient.

— Milady n'a pas cru bon de nous faire part de ses intentions, miss, répondit-il, la mine compassée.

Il souleva un instant son pince-nez, puis le remit en place pour ajouter :

— ... et je ne me suis naturellement pas permis de les lui demander...

— Une telle discrétion vous honore, monsieur Catchpole, répliqua Claire avec ironie, mais s'enquérir de la raison d'une visite ne me paraît pas une telle faute de tact...

Elle soupira et se redressa sur son siège.

— ... Enfin, je doute que lady Lydiard me laisse ignorer cette raison très longtemps... Faites-la donc entrer...

Un peu machinalement, elle se leva et lissa de la main la soie de sa robe, en espérant que sa belle-mère ne ferait aucune remarque sur le peu d'ampleur de sa crinoline et sur le fait qu'elle ne portait pas de corset. Claire était assez mince pour se passer d'affiner sa taille et, habituée à évoluer dans le monde des affaires, n'éprouvait nul besoin d'exhausser sa poitrine. Il existait tout de même, Dieu merci, d'autres arguments de négociation.

Un instant plus tard, la porte de son bureau s'ouvrait et lady Lydiard entrait, toutes voiles dehors, sa silhouette de quadragénaire tellement prise par le corset que la jeune femme se demanda par quel miracle sa belle-mère pouvait encore se mouvoir, se nourrir ou même seulement respirer...

M. Catchpole suivait, tel un poisson pilote, le sillage parfumé de la noble dame. Il arborait un sourire onctueux et extasié qui donnait à Claire l'envie de le chasser hors de la pièce à coups de registres-comptables.

— Lady Lydiard, miss Brandcaster-Talbot, annonça le secrétaire d'une voix sucrée. Dois-je faire servir du thé ?

— Catchpole, lui dit-elle, excédée, allez-vous cesser de me parler comme si vous lisiez le bottin mondain ? Talbot suffira, je vous remercie.

Adjoindre le patronyme de sa mère au sien, pour

tout ce qui concernait les affaires, avait été le vœu posthume du grand-père de Claire et elle s'y conformait scrupuleusement, signant toujours contrats et correspondance de ce double nom. Mais, pour l'usage courant, elle s'y refusait absolument, jugeant cela snob et ostentatoire.

— Le thé est inutile, également, ajouta-t-elle sans consulter sa belle-mère. Je doute que la visite de lady Lydiard soit de simple courtoisie...

Quelle que pût en être la cause, elle ne souhaitait pas la voir se prolonger.

— Très bien, miss.

Le secrétaire quitta le bureau, non sans s'être profondément incliné devant lady Lydiard, qui ne s'en aperçut même pas. Elle détaillait en effet le bureau vaste et très fonctionnel de Claire, les narines froncées comme si elle cherchait à détecter l'odeur, pour elle outrageante, du commerce.

— C'est donc ici que tu passes tout ton temps ? finit-elle par s'enquérir.

— Pas tout mon temps...

Une fois de plus, Claire se trouva gênée. Elle n'avait jamais très bien su comment appeler la digne dame. Mère ? Milady ? Elle cacha son trouble en allant jeter, par la fenêtre, un coup d'œil à l'animation du quartier.

— ... Mais suffisamment, c'est vrai, pour veiller sur votre fortune, ajouta-t-elle, ainsi que sur l'héritage de vos futurs petits-enfants.

Lady Lydiard eut une sorte de sursaut outragé et, instantanément, Claire regretta la sécheresse de ses paroles. Elle avait promis à Tessa, sa chère demi-sœur, d'améliorer un peu, au moins jusqu'au mariage de cette dernière, ses rapports avec sa belle-mère.

Elle revint vers son bureau en tâchant de formuler une

phrase d'excuse. Lady Lydiard pressait son mouchoir contre sa lèvre tremblante. Qu'il était donc pénible que cette femme, qui ne lui était rien, l'accule toujours à des situations embarrassantes !

— Voilà... pourquoi... je suis venue te voir...

Ayant prononcé ces mots d'une voix mourante, la digne lady se mit à sangloter, pour la plus grande confusion de Claire.

Elle avait en horreur les subits et mélodramatiques accès de larmes dont sa belle-mère était coutumière.

— Je vous en prie, balbutia-t-elle, asseyez-vous...

Elle se creusait la tête, en vain, pour tenter de comprendre ce qui avait pu, dans ses paroles, déclencher cette nouvelle crise. A moins que ce fût la raison même de sa visite qui avait ouvert les vannes ?

Des ennuis d'argent ? Cela n'était pas pensable. Lady Lydiard jouissait de revenus fort substantiels.

— Dois-je rappeler M. Catchpole pour lui dire que, tout compte fait, nous prendrons volontiers une tasse de thé ? demanda Claire d'une voix hésitante.

Après tout, le rituel du breuvage ambré offrait un répit bienvenu dans certaines situations tendues... et la présente en était indiscutablement une.

— Non, pas de thé.

Lady Lydiard fit un effort visible pour reprendre contenance, en s'asseyant devant le bureau de Claire.

— Je ne veux pas te retenir trop longtemps. Tu as certainement... du travail.

Claire se rembrunit en entendant sa belle-mère lâcher ce mot d'un air de dégoût. Son activité à la tête de la compagnie des chantiers navals Brandcaster valait bien toutes les occupations futiles auxquelles les femmes de sa classe occupaient leur temps.

— J'ai besoin de ton aide...

Lady Lydiard avait employé le ton d'une confession honteuse.

— ... Il s'agit de Tessa. Je sens bien qu'elle hésite à épouser Spencer.

Ainsi, ce n'était que cela ? Claire eut du mal à réprimer un sourire de soulagement, en rejoignant son fauteuil.

— Tessa passe le plus clair de son temps à éprouver des doutes à propos de tout et de rien, repartit-elle d'un ton conciliant et rassurant. Et cela empirera probablement à mesure que la date du mariage approchera... Mais vous verrez qu'elle s'y résoudra. Spencer, que Dieu le bénisse, est très exactement le compagnon stable et sûr qu'il lui faut et Tessa, en dépit de ses atermoiements, le sait fort bien.

— Cette fois, c'est différent, insista lady Lydiard. Elle est allée s'enticher d'un autre homme, un... un Américain...

Elle avait dit cela comme s'il s'agissait d'une obscénité.

— Il s'appelle Gillis... où Getty, quelque chose comme ça... Je suis certaine que c'est un coureur de dot.

Toute la tension que Claire avait sentie s'évacuer revint aussitôt s'emparer d'elle. Jamais elle n'avait oublié les mots terribles de son père — prononcés voici déjà dix ans, pourtant.

« Mon petit, tu es trop riche, trop intelligente et trop brillante pour que quiconque veuille t'épouser, à part pour ton argent. »

Elle n'avait pas voulu le croire, bien sûr. Quelle adolescente aurait admis de bon cœur un tel destin ? Hélas, les pitoyables « soupirants » qui l'avaient courtisée au cours des années suivantes lui avaient démontré à quel point son père avait raison.

Claire avait donc fait le deuil de ses illusions romantiques, pourtant modestes, ainsi que du désir bien naturel d'avoir des enfants. Peu à peu, elle en était venue à donner à la Brandcaster Company tout le temps et toute l'attention qu'elle aurait pu offrir à un mari et à une famille. Ses efforts avaient payé et la prospérité de la société familiale n'avait fait que croître et embellir. Qu'une femme pût prétendre tenir toute sa place dans le monde des affaires avait fait scandale et était encore très loin d'être admis par tous, mais elle avait tenu bon, arguant de sa qualité d'héritière et s'abritant, pour la forme, derrière deux directeurs… nommés par elle. Ainsi, elle n'apparaissait pas comme le dirigeant de l'entreprise, alors qu'elle l'était bel et bien. C'était idiot mais commode, et les apparences étaient sauves. Du diable, avec tout cela, si elle laissait jamais l'un des plus bas échelons de l'espèce humaine, un coureur de dot, faire main basse sur les biens de sa famille et, surtout, s'attaquer sournoisement à sa chère demi-sœur !

— Je parlerai à Tessa, déclara-t-elle d'un ton net et décidé, certaine que son intervention allait tout remettre en ordre.

Ce ne serait certes pas la première fois qu'elle ramènerait le calme et la raison à la suite des tumultes engendrés par les nombreux caprices de sa sœur. Après coup, Tessa lui en avait toujours été reconnaissante. Parfois même, elle semblait souhaiter inconsciemment que Claire la ramenât sur terre, quand elle voguait pourtant encore sur les nuages roses de ses fantaisies et de ses enthousiasmes.

— Mais *je lui ai* déjà parlé, protesta lady Lydiard, son mouchoir à la main. Et cela n'a servi à rien. Elle ne m'a pas écoutée. Elle est littéralement envoûtée par cet homme, et je n'exagère pas ! Dieu merci, les activités de Spencer le retiennent hors de Londres, en ce moment. Il a été d'une patience d'ange avec elle, depuis toutes ces années. Mais je crains bien que cette fois leurs fiançailles ne viennent à se rompre.

Claire en doutait. Les tocades de Tessa ne duraient jamais bien longtemps. Plus vite elle s'enflammait et plus vite, généralement, son ardeur retombait. Cela dit, pour le bien de la famille tout entière, on ne pouvait prendre aucun risque...

Elle y réfléchit un long moment.

— Il faut que je rencontre cet homme, dit-elle enfin. Entre-temps, je ferai enquêter sur lui; nous saurons alors quelle action entreprendre.

Lady Lydiard essuya une dernière larme, et son visage parut s'éclairer.

— Merci, Claire. Tu réagis toujours de façon si sensée, si détachée... presque comme un homme, en fait.

— Je suppose que c'est un compliment, soupira la jeune femme, qui n'en était pas bien sûre. Merci...

— Lord et lady Fortescue donnent un bal, ce soir, reprit lady Lydiard. Je suis sûre que cet homme y sera. Depuis deux semaines, ce scélérat a réussi à se faire inviter partout où il pouvait rencontrer Tessa. Et comme Sylvia Fortescue est américaine, elle aussi...

Claire hocha la tête. Récemment, les mariages entre de nobles britanniques désargentés et de riches héritières du Nouveau Monde prenaient l'ampleur d'une véritable épidémie.

Elle réfléchit encore quelques secondes.

— Je crois avoir reçu un carton d'invitation pour ce bal, dit-elle enfin comme pour elle-même. J'allais m'excuser, d'ailleurs, mais je crois qu'il vaut mieux que je m'y rende, en compagnie d'un cavalier... choisi.

— Tu ne prends pas toujours la peine de répondre aux invitations, remarqua fielleusement sa belle-mère.

Tu te contentes de ne pas venir, ce qui, dans le cas d'un dîner, ruine irrémédiablement le plan de table de la malheureuse hôtesse qui a été assez folle pour t'inviter. Et qu'est-ce que c'est que cette histoire de « cavalier choisi » ?

— Un enquêteur privé, si vous voulez le savoir. Un détective. J'ai déjà utilisé ses services. Il s'est montré très discret et de toute confiance. Je le chargerai de surveiller de près ce nouvel admirateur de Tessa.

Claire ouvrit un tiroir de son bureau et y fit disparaître le courrier de l'Amirauté. Il lui fallait renvoyer le traitement de ses affaires à plus tard, si elle voulait contacter M. Hutt, l'engager et lui demander de lui réserver sa soirée. Ceci fait, elle n'aurait que le temps de s'habiller et de se préparer pour le bal des Fortescue.

Il était regrettable de devoir repousser ainsi ses obligations professionnelles, mais déjouer les manœuvres d'un aventurier voulant faire main basse sur la dot de Tessa pouvait s'avérer tout aussi vital pour les Brandcaster qu'une grosse commande de la Marine royale. Claire devait protéger sa demi-sœur de ses inconséquences !

Le bal avait commencé lorsque Claire et son cavalier se présentèrent à l'Hôtel de Fortescue, dans Grosvenor Square.

— Miss Talbot, quelle bonne surprise !

Lady Sylvia ne paraissait pas particulièrement ravie de la voir et prenait à peine soin de le dissimuler.

— Lady Lydiard m'a fait dire que vous pourriez peut-être venir, après tout..., ajouta-t-elle d'un ton navré.

Claire retourna à son hôtesse un sourire tout aussi froid et affecté que le sien.

— Puis-je vous présenter mon cavalier, lady Sylvia ? M. Obadiah Hutt, l'un de mes associés.

Lady Fortescue accueillit le détective avec une politesse gracieuse, quoique glacée. Si Hutt portait la tenue de soirée avec une élégance surprenante, Claire se demandait si leur hôtesse se fût montrée aussi accueillante si elle avait été mise au courant de la vraie nature de leur association.

Quand ils furent hors de portée d'oreille de lady Fortescue, Hutt se pencha vers Claire et lui murmura :

— Si vous le permettez, miss, je me propose de laisser négligemment traîner mes yeux et mes oreilles dans cette noble assemblée…

— Faites comme vous l'entendez, répondit Claire.

Elle aussi inspectait du regard la grande salle de bal, mais elle ne vit ni Tessa ni lady Lydiard parmi la foule.

— J'ai pour principe de laisser les coudées franches aux professionnels, ajouta-t-elle à mi-voix, dès lors qu'ils ont su me convaincre qu'ils savaient ce qu'ils faisaient.

Le détective s'inclina légèrement en réponse, tout en continuant à scruter les alentours.

— Si notre homme est assidu à fréquenter la bonne société, expliqua-t-il, nous ne devrions pas tarder à en apprendre sur son compte…

Plus M. Hutt pourrait recueillir d'informations et mieux cela vaudrait, même si celles-ci n'accablaient pas particulièrement l'Américain. Tessa, séduite par un galant plein de mystère ? Cela n'aurait rien d'étonnant, songea Claire tandis que le détective commençait sa ronde.

— Tiens, miss Talbot !

Une voix familière, chaude et profonde, venait de s'élever derrière elle.

— Est-ce vraiment vous, ou bien aurai-je déjà trop bu ?

Claire se retourna pour faire face au major Maxwell Hamilton-Smythe, superbe dans son uniforme, l'œil pétillant et, comme toujours, un verre à la main.

Elle ne put s'empêcher de lui sourire.

— Encore que l'on ne puisse écarter la seconde possibilité quand on vous connaît, c'est bien moi, mon cher Max.

Sous sa rutilante tenue chamarrée, l'homme ne valait rien et Claire le savait depuis longtemps — le major l'ayant, durant une longue période et sans relâche, poursuivie de ses assiduités. Mais cette canaille était le plus bel homme sur qui elle avait jamais posé les yeux. A une certaine époque, lorsqu'elle était jeune et encore peu habituée au célibat, le beau major l'avait même conduite à se demander s'il était si terrible de « s'acheter » un mari, dans la mesure où elle savait ce qu'elle faisait. Le « sujet » en valait certainement la peine…

— En fait, lui dit-elle avec des mines de conspirateur, je suis son sosie. Miss Talbot m'envoie remplir à sa place toutes les obligations mondaines auxquelles elle préfère se soustraire.

Cette plaisanterie avait à peine passé ses lèvres que son sourire se figea soudain. Et si le beau Max était, précisément, le coureur de dot qui avait séduit Tessa ?

Mais non, c'était impossible, sa belle-mère avait bien spécifié qu'il s'agissait d'un Américain…

D'ailleurs, Max avait épousé, quelque temps auparavant, une malheureuse créature — dont la fortune contrebalançait heureusement la laideur et l'absence de bon sens.

Le bel officier vida son verre et le déposa sur le plateau d'un domestique qui passait.

— Eh bien, qui que vous soyez, me ferez-vous l'honneur de m'accorder cette danse ?

Il tendit son bras à Claire.

— ... En souvenir du bon vieux temps, ajouta-t-il.

— Je ne suis pas bien sûre que le passé mérite d'être ainsi qualifié, grommela-t-elle en le laissant l'entraîner vers la piste de danse. Du reste, ne devriez-vous pas faire valser votre épouse ?

— Elle n'est pas ici, répliqua Max avec un sourire qui disait trop que cette absence ne lui pesait guère. La pauvre chère âme est indisposée...

Tandis que l'officier la faisait tournoyer, Claire tenta de déterminer si elle ne plaignait pas plus la malheureuse Mrs Hamilton-Smythe, si négligée par son volage mari, qu'elle ne l'enviait d'attendre leur premier enfant.

Après deux valses et l'échange de quelques aimables banalités, elle décida de prendre congé du major, plus que jamais convaincue qu'elle avait bien fait, naguère, de ne pas se laisser prendre dans ses filets, si séduisants fussent-ils.

— J'ai été ravie de vous revoir, Max, lui dit-elle d'une voix suave, mais je ne voudrais pas vous distraire de votre mission, qui est sans doute de vider méthodiquement la cave des Fortescue. Transmettez à votre délicieuse épouse tous mes vœux de meilleure santé...

— A propos...

Max attira Claire dans un coin, juste à côté de l'estrade des musiciens, et baissa la voix.

— Ce n'est pas parce que je me suis marié que vous et moi ne pouvons pas...

Le sang de la jeune femme ne fit qu'un tour.

— Max, vous n'êtes qu'un affreux débauché ! Vous devriez avoir honte !

Il la regarda cependant affectueusement et reprit, dans un murmure rauque :

— Barbara et moi avons… une sorte d'accord. Notre couple fonctionne sur un principe… de compréhension…

— Ah bon ?

Claire éprouvait l'envie quasi irrépressible de gifler l'hypocrite en plein visage.

— Peut-être pourrions-nous évoluer, nous aussi, vers une certaine forme de compréhension mutuelle ? proposa-t-elle, engageante.

Une lueur lubrique s'alluma dans l'œil vert d'eau du bel officier. A moins que ce ne fût de la cupidité ? Elle avait toujours été incapable de démêler ces deux appétits, en lui.

— Je vois que vous n'avez pas changé, vous êtes toujours la même ordure que par le passé…

A l'expression de son visage, comme au ton de sa voix, tous ceux qui les entouraient pouvaient croire qu'elle lui faisait un compliment.

— Puisque vous tenez tant à ce que nous nous comprenions mutuellement, continua-t-elle, je vais être très franche : je ne serai jamais votre maîtresse, même si vous étiez le dernier homme sur terre. Nous comprenons-nous tout à fait, à présent ?

Si jamais elle avait espéré désarçonner, ne serait-ce qu'un instant, le beau major, elle en fut pour ses frais. Max se contenta de le lui dédier son plus charmant sourire.

— Nous nous comprenons, lui murmura-t-il, mais vous ne savez pas ce que vous dédaignez… Enfin, si jamais vous changez d'avis, vous savez où me trouver…

Pardi ! Dans un trou, sous un rocher, à l'affût d'une victime innocente !

Claire tourna vivement les talons, ignorant cette dernière et insultante invite...

Pour s'arrêter aussitôt, comme pétrifiée.

Elle venait de voir tourbillonner Tessa au bras d'un homme.

Le mystérieux cavalier n'était pas aussi grand que Max et beaucoup de femmes l'eussent jugé moins séduisant que le major. Mais Claire ne pouvait détacher ses yeux de lui, car il dansait avec une sorte de grâce athlétique et enjouée... qui faisait se retourner toutes les dames et demoiselles sur son passage.

Son épaisse chevelure châtaine ondulait naturellement ; quelques boucles s'en échappaient. Il avait un nez fin et aquilin, une bouche ferme dont le dessin évoquait à la fois la bonne humeur et une farouche détermination. Ses yeux gris étaient vifs et pétillants, sous l'arc sombre des sourcils. En cet instant, ils fixaient ceux de Tessa avec une intensité à vous couper le souffle et Claire en resta bouche bée.

— Miss Talbot ?

— Allez-vous-en, Max, grinça-t-elle sans se retourner. Je ne veux pas plus de vous comme amant que je ne vous ai voulu comme mari...

— Euh... excusez-moi, miss Talbot, c'est moi, Hutt...

Claire fit volte-face et rougit comme une pivoine en reconnaissant le détective.

— Oh, mon Dieu, monsieur Hutt ! Je... je suis désolée, je vous avais pris pour quelqu'un d'autre...

— Il n'y a pas de mal, miss...

Il n'y avait pas l'ombre d'un soupçon d'ironie dans le sourire du détective. Une fois encore, Claire se félicita d'avoir fait appel à ses services.

— J'ai pu apprendre... deux ou trois choses sur ce monsieur que fréquente mademoiselle votre sœur...

S'il avait su cacher son amusement devant la méprise de Claire, il ne pouvait, cette fois, déguiser sa fierté d'être parvenu si rapidement à obtenir des résultats tangibles.

— ... Je pense que vous serez satisfaite de les entendre...

Le coureur de dot allait dévoiler ses secrets.

Le regard de Claire revint vers la piste de danse, cherchant le cavalier de Tessa.

Derrière elle, Obadiah Hutt commença son rapport à mi-voix, d'un ton neutre et strictement professionnel.

— J'ai découvert le nom de cette personne, miss, et j'ai également découvert qu'il n'était nullement américain, comme lady Lydiard le supposait.

Ce n'était pas un Américain ?

Il — le cavalier — interpella alors une connaissance et sa voix retentit dans la salle de bal. On y distinguait nettement l'accent rocailleux des Highlands. Claire se battit vaillamment contre le charme de cette voix, mais sans réussir à s'en détacher...

Quand M. Hutt voulut reprendre la parole, elle lui imposa le silence d'une main impatiente.

— Mais, miss Talbot, protesta le détective, décontenancé, ne voulez-vous pas que je vous apprenne quel est le nom de ce gentleman ?

Ewan Geddes leva les yeux et, malgré la distance, rencontra le regard de Claire. L'espace d'un instant, la surprise lui fit froncer les sourcils.

Puis son visage s'éclaira.

Sa bouche s'élargit en un sourire éblouissant et il cligna des yeux.

Claire serra les poings, l'un après l'autre.

— Je connais son nom, monsieur Hutt, fit-elle sourdement, et je puis vous certifier que ce n'est pas un gentleman.

Chapitre 2

Une bien bonne chose, pour Ewan Geddes, que ce bal et cet orchestre, car ils lui permettaient de danser de joie sans passer pour un fou.

Depuis dix ans, il avait travaillé d'arrache-pied pour se voir tel qu'à présent : tenant miss Tessa Talbot dans ses bras sans que nul n'ait le pouvoir de l'éloigner d'elle. Il fallait croire que le destin avait absolument tenu à les réunir, aussi peu faits l'un pour l'autre qu'ils eussent pu paraître au départ... Mais, à la lumière de sa propre ascension dans le monde, Ewan savait que rien n'était impossible à un homme qui croyait en lui et avait l'audace d'agir quand une opportunité s'offrait.

La musique s'arrêta, et il continua à faire virevolter Tessa sans se soucier des autres couples, qui attendaient que commence le morceau suivant, et qu'il manqua de bousculer dans son enthousiasme.

— Mais enfin, Ewan, pouffa Tessa, seriez-vous sourd ? Il n'y a plus de musique ! Nous ne pouvons pas danser, comme cela, tous seuls...

— C'est que la musique chante toujours en moi, *lass*, lui répliqua-t-il, la voix un peu rauque.

Il l'avait appelée « lass » à la manière écossaise, comme autrefois. Il avait dix-neuf ans à nouveau et était un ardent jeune homme, amoureux pour la première et unique fois de sa vie.

— Ne l'entendez-vous pas ? lui dit-il doucement. C'est une suave et vibrante mélodie. Elle résonne sans arrêt dans mon cœur depuis que je vous ai revue.

Tessa baissa timidement ses yeux turquoise, en mordant sa lèvre inférieure.

Si Ewan brûlait de l'embrasser, il ne se le permettrait que lorsqu'elle lui aurait promis de devenir sa femme. Or, elle ne pouvait le faire avant d'avoir rompu son engagement actuel.

Tessa releva vivement vers lui des yeux remplis d'étoiles, véritables reflets des siens.

— Moi, depuis que je vous ai revu, lui dit-elle, je chante ou je fredonne jour et nuit !

— Vous chantez pendant votre sommeil ? lui demanda-t-il pour la taquiner, en l'attirant plus près.

— Bien sûr que non, que vous êtes bête !

Le rire de Tessa faisait danser ses boucles blondes autour de son joli visage.

— Mais je chante en rêve, toutes les nuits…

— Je comprends…

Le regard d'Ewan était une caresse.

— … Moi aussi, votre rire et le son de votre voix ont hanté mes nuits, durant toutes ces années.

Il savait qu'il serait encore visité, dès qu'il aurait fermé les yeux, par le doux fantôme de ce corps souple entre ses bras.

Heureusement pour lui et pour la bienséance, l'orchestre s'ébranla enfin, attaquant une brillante valse de Strauss qui exprimait parfaitement la fougue juvénile de ses sentiments. Il avait failli de peu manquer à la promesse qu'il s'était faite et embrasser Tessa en public, ce qui n'aurait pas manqué de provoquer une véritable tempête dans la bonne société londonienne. Manquer de respect à la fiancée d'un autre homme, en plein bal des Fortescue !

— C'est tellement romantique que vous ayiez pensé à moi pendant toutes ces années que vous avez passées à vous faire un nom en Amérique, soupira Tessa.

Cela ne lui était guère apparu ainsi, pourtant, lorsqu'il avait débarqué en Pennsylvanie à l'âge de dix-neuf ans et sans un sou en poche. Mais il avait alors la rage au ventre, marqué, comme au fer rouge, par l'injustice et le déni de son amour. La lave qui bouillait dans ses veines l'avait trempé comme une lame.

— Tout ce que j'ai fait, je l'ai fait pour vous, Tessa Talbot. Pour me rendre digne de votre regard et de votre compagnie.

Enfin presque, lui soufflait son intransigeante conscience. Ce qui était certain, au moins, c'est qu'il avait voulu prendre sa revanche, se laver du mépris avec lequel l'avait traité le père de Tessa en le chassant sans le moindre égard pour sa fierté et ses sentiments. Il y était à peu près parvenu, retrouvant son assurance au rythme de sa rapide ascension sociale. Mais il n'avait plus eu d'espoir. Depuis toutes ces années, celle qu'il aimait en avait certainement épousé un autre…

Et puis un beau jour, un exemplaire du *Times* de Londres lui était passé entre les mains. Que Dieu bénisse le directeur de ce merveilleux journal, toute sa rédaction et jusqu'à son concierge ! Un entrefilet y annonçait que l'honorable miss Tessa Talbot, fille de lady Lydiard et de feu son époux, venait de se fiancer.

Seulement de se fiancer !

Tous ses sentiments pour Tessa, longtemps enfouis sous une tonne de regrets, avaient brusquement refleuri ; et il avait immédiatement retenu une cabine sur le plus rapide des paquebots à vapeur en partance pour l'Europe.

— Digne ? Mais que me chantez-vous là, protesta la jeune femme en pressant l'épaule d'Ewan. Vous savez bien que j'ai toujours accordé plus de prix aux *vraies* gens, à ceux qui travaillent pour vivre, qu'à tous ces aristocrates inutiles !

Cette fervente déclaration aurait dû être douce aux oreilles d'Ewan mais, pour une raison qu'il ne cherchait pas trop à analyser, elle l'embarrassait vaguement, au contraire.

Il s'en voulut et se morigéna intérieurement.

Tout ce qu'il avait toujours désiré était désormais à portée de sa main. Rien ni personne ne pouvait plus se mettre en travers de sa route et il ne devait pas prêter attention à une vague impression sur laquelle il ne pouvait pas même mettre un nom.

Cela ressemblait à une expérience qu'il avait vécue jadis, alors qu'il traquait le cerf dans les collines qui surplombaient le manoir de Strathandrew, en Ecosse. Tapis dans les fougères, il s'était tourné doucement pour voir les yeux de l'animal qu'il poursuivait fixés sur lui, avec une intensité troublante.

Oui, c'était tout à fait la même impression et il ne parvenait pas à s'en défaire.

Lorsque moururent les dernières notes de la valse, il s'inclina devant Tessa.

— Si nous prenions un verre et cherchions un coin tranquille où nous asseoir et discuter un peu ?

Tandis qu'il attendait sa réponse, il laissa son regard errer autour de la salle de bal.

Là, près de l'estrade de l'orchestre. Une femme élancée, très élégante, qui le regardait.

Tout dans son allure, dans la couleur de ses cheveux

et dans ses traits délicats lui rappelait une biche. D'où ce souvenir de chasse, probablement…

Mais son regard était plutôt celui d'une lionne défendant ses petits.

La connaissait-il ? Son visage et sa silhouette lui semblaient familiers. Mais alors, où et comment l'avait-il rencontrée ?

Soudain, la lumière se fit dans son esprit.

Bien sûr ! La fille aînée du vieux Talbot, la demi-sœur de Tessa. Quel était son prénom, déjà ? Catherine ? Charlotte ?

Quel que fût le nom par lequel on l'appelait, il n'y avait rien d'étonnant à ce que ses yeux lui lançassent des éclairs ! Il se souvenait qu'elle ne l'appréciait guère, au long des beaux étés d'autrefois, quand lord Lydiard emmenait toute sa famille en Ecosse pour satisfaire sa passion de la chasse. Et naturellement, elle désapprouvait hautement les sentiments d'Ewan pour sa demi-sœur… Il se demandait même si ce n'était pas elle qui avait mouchardé auprès de lord Talbot, à propos de son rendez-vous de minuit avec Tessa, lors du dernier voyage de la famille à Strathandrew, il y avait maintenant dix ans de cela.

Elle serait bien punie, quand Tessa deviendrait très officiellement sa fiancée !

Il se souvenait que, autrefois, l'aînée des sœurs Talbot se mettait en rage lorsqu'il lui démontrait que, malgré ses efforts, elle ne parviendrait pas à l'humilier. En souvenir de ce « bon vieux temps », il lui dédia son plus charmant sourire, avec, dans le regard, une lueur de reconnaissance moqueuse, afin qu'elle ne s'y trompe pas. Il savait que, ainsi, il allait la conduire au bord de l'apoplexie. Après toutes ces années, cette perspective l'enchantait encore !

Miss Talbot traversa le parquet pour venir vers eux. Un homme la suivait comme son ombre.

— Claire ! s'écria Tessa en reconnaissant sa sœur. Mais que fais-tu ici ? Je croyais que tu détestais ce genre de soirées ?

Les deux jeunes femmes s'embrassèrent avec une affection qui n'avait rien de feint ni d'ostentatoire.

Ewan avait souvent été étonné par la force du lien qui les unissait. Après tout, elles n'étaient que demi-sœurs et aussi dissemblables qu'il était possible de l'être. Chacune avait d'excellentes raisons de se montrer envieuse de l'autre : Tessa aurait pu jalouser la fortune et l'ascendant de Claire, celle-ci aurait pu envier le charme de sa sœur.

Justement, l'aînée venait de remettre en place une mèche de cheveux de sa cadette, en un geste presque maternel.

— Je crois qu'il est temps que je me montre un peu plus souvent dans le monde, lui répondit-elle, entre autres pour voir ce que tu fais lorsque le pauvre Spencer est absent. Tu ne voudrais pas que de vilains ragots gâchent tes projets de mariage, n'est-ce pas ?

Bien que ces propos fussent adressés à Tessa, Ewan vit en eux un avertissement à lui destiné. Cette miss Talbot le croyait-elle donc assez stupide pour ignorer les engagements qu'avait pris sa sœur ?

Tessa parut troublée par une telle mise en garde, ce qui ajouta un grief de plus à la longue liste de ceux que l'Ecossais entretenait contre sa sœur aînée.

— Nous en parlerons une autre fois, Claire, si tu veux bien, se reprit bien vite la jeune femme. Tu ne devineras jamais qui a surgi du passé !

— Il me semble le subodorer, très chère, au contraire…

Claire se tourna vers Ewan et lui tendit sa main.

— Monsieur Geddes, c'est bien cela ?

Au lieu de serrer sa dextre, Ewan s'inclina pour la lui baiser.

— Je suis très flatté que vous ne m'ayez pas oublié, miss Talbot, susurra-t-il.

Elle retira sa main presque aussi vite que si un serpent l'avait mordue.

— Ne vous sentez pas flatté trop vite, monsieur. Il me faut quotidiennement me souvenir de beaucoup de visages et pas toujours pour les raisons les plus plaisantes…

Tessa ne manqua pas de sentir la tension qui s'était installée entre sa sœur et son soupirant. Elle demanda, d'un ton un peu trop enjoué, un peu forcé :

— Qui est donc ton cavalier, Claire ? Tu ne nous as pas présentés…

L'espace d'un instant, Claire regarda sa sœur d'un œil vide, puis elle se tourna rapidement vers l'homme qui l'accompagnait.

— Oh ! Euh… pardonnez-moi, où avais-je la tête ? Voici M. Obadiah Hutt, qui est l'un de mes partenaires. Monsieur Hutt, permettez-moi de vous présenter ma sœur Tessa et M. Ewan Geddes… un vieil ami de notre famille.

Ewan crispa ses mâchoires. Claire Talbot le croyait-elle donc honteux de ce qu'il était et de son milieu ? Etait-elle en train de le menacer, à demi-mot, à cause de son passé ?

Et qui était donc ce M. Hutt ? Il n'avait rien de la nonchalance étudiée du gentleman. Sa poignée de main était ferme et son regard direct. Voire un peu trop direct.

— Ce que miss Talbot veut dire, monsieur Hutt, articula calmement Ewan, c'est que j'étais le « *gillie* » de son père. Savez-vous ce que l'on appelle ainsi, en Ecosse ?

Devant le regard d'incompréhension du détective, il expliqua :

— C'est généralement un jeune gars du pays que l'on engage comme guide de chasse et de pêche. Il entretient le matériel, charge les armes, repère le gibier et prépare les trophées. Ce genre de choses…

Tessa serra son bras pour lui témoigner son soutien, ce qui le toucha plus que n'auraient su le faire de vibrantes déclarations.

— Ewan était le meilleur de la région, dit-elle avec chaleur. Je le revois encore en kilt, la carabine à l'épaule, debout sur la crête d'une colline. J'ai toujours pensé qu'il ressemblait à un héros de Walter Scott…

Le partenaire de miss Talbot hocha pensivement la tête en le considérant de son œil froid d'entomologiste.

— Et vous nous arrivez donc directement d'Ecosse, monsieur Geddes ? s'enquit-il d'un ton faussement détaché.

— Non, monsieur.

Ewan tâcha, sans guère y parvenir, d'éliminer toute trace d'émotion de sa voix.

— J'ai quitté ma patrie il y a dix ans de cela et n'y suis jamais retourné.

Grâce à lord Lydiard… et peut-être aussi à celle qui le regardait sans plus déguiser son hostilité.

Le vieux désir de prendre sa revanche étreignit férocement Ewan.

Peut-être allait-il se renseigner sur les actifs de la Brandcaster Company, après tout…

« J'ai quitté ma patrie il y a dix ans de cela. »

Les mots d'Ewan Geddes et la provocation manifeste sous sa façade de charme nonchalant tordaient l'estomac de Claire et lui coupaient le souffle, comme si deux mains puissantes avaient saisi dans leur étau son corset déjà bien trop serré.

Elle était venue à ce bal en s'attendant à devoir affronter un simple coureur de dot — comme le major Hamilton-Smythe, par exemple. Au lieu de cela, elle se trouvait face à un adversaire qui pouvait avoir de bien plus noirs desseins et une beaucoup plus grande capacité de nuire. Quelqu'un qui pouvait mettre à mal ce qu'elle chérissait le plus au monde : sa sœur et la Brandcaster Company.

Comme l'orchestre entamait un nouveau morceau, Claire se tourna vers Obadiah Hutt pour lui murmurer, à l'abri de sa main gantée :

— Invitez-la à danser.

Comme le détective semblait ne pas avoir entendu ou pas compris, peut-être, elle répéta :

— Ma sœur... Invitez-la à danser.

— Miss Tessa ?

Hutt obéit incontinent, et offrit son bras.

— Me feriez-vous l'honneur... ?

Comme Tessa lançait un regard interrogateur à Ewan, Claire se fit pressante.

— Vas-y, très chère... On jasera moins si on te voit danser avec plusieurs cavaliers, en l'absence de ton fiancé.

— Très bien...

En acceptant le bras de M. Hutt, Tessa lança un regard mi-suppliant mi-menaçant à sa sœur, pour la dissuader de faire une scène.

Claire et Ewan, dans un silence pesant, regardèrent le couple prendre place au milieu des danseurs.

Quand il devint évident que l'Ecossais ne bougerait pas d'un pouce, la jeune femme prit les devants.

— Qu'attendez-vous pour m'inviter ?

Excédée, elle réprima le frisson de plaisir qui la saisissait à l'idée de se retrouver, dix ans après, dans les bras d'Ewan. Le temps passé depuis et tous les Max Hamilton-Smythe qu'elle avait rencontrés ne lui avaient-ils donc rien appris ?

Ewan Geddes leva un sourcil et fit la moue, d'un air de doute.

— Ne croyez-vous pas que ce serait aller trop loin ? Un ancien serviteur prenant des libertés avec la fille du *laird* ?

Elle se raidit sous l'allusion et lui lança un regard glacé, bien que, secrètement, l'entendre prononcer le mot par lequel on désignait un seigneur en Ecosse l'emplissait d'une douce nostalgie.

— Ce ne sera pas la première fois, n'est-ce pas ? lui répliqua-t-elle sèchement.

Ce n'était pas juste et la conscience de Claire lui en fit le reproche. Dix ans auparavant, elle avait brûlé de voir Ewan Geddes prendre toutes les libertés qu'il voudrait avec elle. Le problème était qu'il avait préféré se tourner vers sa vive et si jolie sœur cadette...

L'espace d'un instant, le regard gris de l'Ecossais prit la sombre couleur des nuages d'orage au-dessus des collines de Ben Blane, puis tout aussi vite s'éclaircit, comme se lève la brume d'été sur les eaux profondes du loch Liath. A cette vue, Claire ressentit une émotion qui l'effraya. Que le ciel veuille la protéger si jamais cet homme devait regagner ne serait-ce qu'un peu de l'ancien empire qu'il avait sur son cœur — ou même seulement s'il se doutait avoir jamais eu un tel pouvoir !

Il s'inclina très profondément, tellement, en fait, que ce ne pouvait être que par moquerie.

— Dans ce cas, miss Talbot, comme on le dit chez moi : autant être pendu pour le vol d'un mouton que pour celui d'un agneau...

Personne, décidément, ne savait comme lui exacerber

les émotions de Claire et la troubler autant. Elle lutta pour reprendre son calme.

— Serait-il donc vrai que les Ecossais sont de grands voleurs de moutons ? dit-elle avec une innocence étudiée et délibérément provocatrice, tandis qu'il l'entraînait vers la piste de danse.

— On le dit, miss Talbot, mais s'ils l'ont été, c'était surtout pour ne pas mourir de faim, lorsqu'on les a chassés de leurs terres.

Il avait répondu sur le même ton détaché, mais le sujet était particulièrement brûlant. Durant des décennies, des milliers de petits fermiers des Highlands avaient été expulsés de leurs vallées ancestrales par les grands propriétaires — souvent des Anglais, lesquels s'appuyaient sur la complicité des chefs de clan locaux, qu'ils soudoyaient. La plupart de ces malheureux paysans avaient été contraints à l'exil, vers l'Amérique ou bien l'Australie. Cette plaie profonde, Ewan devait l'éprouver douloureusement. Lorsqu'il l'enlaça pour la valse, Claire sentit que tous ses muscles étaient tendus. Sans doute sa remarque blessante avait-elle eu sur lui un plus grand impact qu'elle ne l'avait escompté. Elle marquait un point. Certes, le procédé manquait d'élégance, mais avait-elle le choix ?

Elle décida, plutôt que d'entamer une polémique sur les fermiers spoliés des Highlands, d'en venir à ce pourquoi elle lui avait quasiment ordonné de l'inviter à danser.

— Vous avez belle allure. Je suppose que vous avez fait votre chemin, en Amérique ?

Mais sans doute pas assez pour dédaigner la fortune des Brandcaster-Talbot...

— Mon Dieu, suffisamment...

Cette réponse confirma les soupçons de Claire.

— C'est une terre d'opportunités, poursuivit-il. Un homme raisonnablement intelligent et qui n'a pas peur de travailler dur y a les meilleures chances de réussite...

Et si cela ne lui suffit pas, songea Claire, il peut toujours retraverser l'Atlantique pour vérifier jusqu'où son charme et sa totale absence de scrupules peuvent le propulser.

— Je crois qu'un homme réellement déterminé peut réussir n'importe où, monsieur Geddes. Prenez mon grand-père maternel, par exemple. Il a bâti la fortune des Brandcaster de ses mains, à partir de rien, et sans avoir besoin pour cela de s'expatrier en Amérique.

Ewan acquiesça.

— Une belle réussite, c'est vrai, et qui lui a permis de marier sa fille à un *laird*.

Là, il avait à son tour touché juste, et désagréablement pour elle. Les mots désabusés de son père, lui prédisant qu'on ne l'épouserait jamais que pour sa fortune, étaient le fruit de l'expérience... Cela dit, Claire refusa de laisser voir à son adversaire qu'il avait marqué un point. Il ne fallait pas lui laisser le temps de consolider cet avantage ; elle repassa donc à l'attaque.

— Si vous croyez que cet exemple vous donne le droit de courtiser ma sœur, monsieur Geddes, je crois que vous faites fausse route. Dérober quelques moutons est une chose ; voler la fiancée d'un autre homme est beaucoup plus grave. Quelles sont exactement vos intentions envers Tessa ?

— Mais, les plus honorables, je vous assure...

Une fois encore, elle sentit ses mains se serrer légèrement sur la sienne et sur sa taille.

— ... Et je suis bien de votre avis, il y a une différence entre enlever un mouton et faire la cour à une dame. C'est que le mouton, dans sa stupide cervelle, se moque bien de qui lui met la main dessus, tandis que la lady peut éprouver une réelle préférence pour l'un de ses soupirants, et l'exprimer. Si son choix se porte sur un autre homme que celui qui devait, de prime abord, l'amener jusqu'à l'autel, en quoi le nouvel élu de son cœur se montrerait-il coupable de vol ? Ce sont des choses qui arrivent, et voilà tout.

Juste ciel, cette danse commençait à ressembler à un duel en musique ! Claire se sentait gagnée par une certaine excitation et en concevait quelque honte. Il y avait bien longtemps qu'elle ne s'était sentie aussi vivante...

— Ma sœur, cher monsieur, peut préférer, passionnément et violemment, tel galant à tel autre cette semaine, puis s'enticher profondément d'un autre la suivante. Vous êtes vous jamais demandé pourquoi une jeune femme aussi jolie, aussi charmante que Tessa, n'était pas encore mariée à l'âge de vingt-six ans ?

Le regard gris de l'Ecossais alla errer un instant vers la cadette des sœurs Talbot, valsant entre les bras de M. Hutt.

— Un peu inconstante dans ses inclinations, alors ? dit-il sans paraître le moins du monde troublé par cette mise en garde. Mais, j'y songe, enchaîna-t-il, et vous-même, miss ? Comment se fait-il qu'une jeune femme parée de tous vos attraits soit encore célibataire à l'âge de... de...

— De vingt-huit ans, répondit-elle avec une sorte de fierté un peu provocatrice. Comme vous le savez fort bien, monsieur Geddes, ma sœur avait seize ans et moi dix-huit, lors de ce dernier été, à Strathandrew.

Elle observa un bref silence, puis ajouta :

— Et ce ne sont pas les occasions qui m'ont manqué, croyez-le bien. Aucune femme dans ma position et avec ma fortune ne peut échapper aux sollicitations de ce genre, qu'elle le veuille ou non, même si d'aventure elle manque de séduction ou se trouve affligée d'un caractère épouvantable.

Pour la première fois depuis qu'elle l'avait revu, Claire eut l'impression qu'il venait de se produire un changement dans l'attitude de son interlocuteur à son égard. L'animosité qu'il dissimulait tant bien que mal sous des manières courtoises paraissait avoir soudain disparu. Quelque chose lui disait qu'elle avait su toucher, chez Ewan Geddes, une corde sensible...

Mais laquelle ? Et comment cela ?

Pour la première fois depuis qu'il avait revu Claire Talbot et plus de dix ans après leur dernière rencontre, Ewan ne put s'empêcher de ressentir un peu de sympathie pour elle.

Elle venait de lui avouer, implicitement, qu'elle avait été poursuivie par des coureurs de dot. Ce n'était pas une expérience qu'il aurait souhaitée à sa pire ennemie et encore moins à la sœur de celle qu'il aimait.

Autour d'eux retentissaient les dernières mesures de la valse et les danseurs interrompirent bientôt leur tourbillon pour applaudir l'orchestre. Quelques-uns quittèrent la piste en quête de rafraîchissements.

Bien qu'il espérât vivement fausser compagnie à Claire Talbot dès que l'occasion s'en présenterait, Ewan s'entendit prononcer :

— Accepterez-vous de m'accorder la prochaine danse ?

Elle parut très surprise par cette invitation.

— Mais... sans doute... je vous remercie.

Par-dessus son épaule, Ewan pouvait voir Tessa les

regarder avec un air d'étonnement ennuyé. Il cligna de l'œil pour la rassurer ; sans doute comprendrait-elle qu'il ne cherchait qu'à amadouer sa sœur aînée.

Il ne doutait pas que Tessa voudrait rompre ses fiançailles pour l'épouser. Mais serait-elle assez forte pour tenir tête à la désapprobation de sa mère et de sa sœur ? Il en était beaucoup moins certain. Son intuition lui disait qu'il n'avait rien à espérer de la part de lady Lydiard. Mais peut-être parviendrait-il à gagner l'estime de Claire, si du moins elle le lui permettait...

Peut-être aussi devait-il changer de tactique, cesser de se voir sans cesse comme le jeune *gillie* de dix-neuf ans qu'il avait été et ne plus se laisser entamer par les sarcasmes de l'aînée des sœurs Talbot. Oui, peut-être fallait-il essayer de déployer, auprès de Claire, un peu de ce charme qui lui avait permis de conquérir le cœur de sa sœur.

— Il faudrait être aveugle et sourd pour trouver que vous manquez de séduction, miss Talbot.

Il la tint un instant à bout de bras et affecta de la regarder, en souriant, des pieds à la tête.

— Oui, aveugle, vraiment.

Il le pensait.

Si elle n'avait peut-être pas la beauté renversante de sa sœur, Claire Talbot était néanmoins une fort jolie femme ; et si ses traits étaient moins doux que ceux de Tessa, peut-être avaient-ils plus de caractère. Ses yeux n'avaient pas le bleu éclatant des mers du Sud, mais plutôt celui, grisé, des lochs des Highlands. Et elle donnait l'impression d'être plus jeune de plusieurs années...

— Vous n'avez nul besoin de vous forcer, lui dit-elle. Vivre auprès de ma sœur m'a appris ce qu'était la beauté féminine et je ne risque pas de m'illusionner, lorsque je me regarde dans un miroir.

L'air que l'on jouait à présent était une douce mélodie qui rappelait à Ewan le souffle de la brise entre les arbres, autour du loch Liath.

Il attira Claire un peu plus près.

— Me forcer ?

Il la regarda comme s'il n'en croyait pas ses oreilles.

— Mais je suis sincère, affirma-t-il, et vous parle d'autant plus librement que vous n'avez jamais fait grand cas de moi, autrefois...

Tout en lui parlant, il s'apercevait qu'il avait toujours eu beaucoup de respect et de considération pour elle. Et cela parce que, en dépit de ses railleries et même parfois de ses insultes, elle l'avait toujours traité en égal, sans chercher à se l'attacher par des minauderies et des grâces apprêtées.

— Ne croyez-vous pas, continua-t-il, qu'il peut exister différentes sortes de beautés ?

— Comment cela ?

Elle le considérait d'un air dubitatif.

— Eh bien...

Il se mit à chercher frénétiquement un exemple convaincant.

— ... Beaucoup de gens, par exemple, trouvent les paysages du Surrey magnifiques...

— Certes. Je me compte parmi eux.

— Mais diriez-vous pour autant que nos hautes terres d'Ecosse sont laides, simplement parce qu'elles ne ressemblent pas au Surrey ?

— Bien sûr que non !

Elle paraissait scandalisée par cette idée. Cela le toucha.

— Eh bien, disons que miss Tessa a la beauté du Surrey et vous, celle des Highlands...

— Ah oui ? Vous voulez dire âpre, froide et désolée ?

Une lueur amusée dans l'œil, elle semblait ravie de le prendre à son propre jeu.

— Si je ne vous connaissais pas, miss Talbot, je dirais que vous allez à la pêche aux compliments.

— Vous qui avez été *gillie*, dites-moi donc si j'utilise l'appât le plus adéquat ?

En fait, il aurait juré qu'elle flirtait avec lui. Quoi ! L'altière miss Claire Talbot s'abaissant à conter fleurette ? Non, c'était par trop invraisemblable.

— Je crois que vous n'avez pas besoin de cela. Je vous soupçonne en tout cas de très bien comprendre ce que je veux dire, à propos de la beauté des Highlands.

— Peut-être bien, en effet…

Elle avait parlé très doucement et son visage avait pris un air lointain, pensif. Puis, très vite, elle se ressaisit.

— Vous êtes un flatteur plus habile que beaucoup d'hommes de ma connaissance, monsieur Geddes. Vous ne commettez pas l'erreur, si courante, d'exagérer vos compliments.

Ewan eut un rire bref, mais joyeux.

— Vous venez de répondre à l'une de mes questions…

— Laquelle ?

— Oh, une question très impertinente, à propos du fait que vous ne soyez pas encore mariée…

— Ah oui, avec cette allusion tout aussi impertinente à mon âge avancé…

— Je plaide coupable…

Il lui dédia un sourire confus des plus charmants.

— … Puis-je présenter mes humbles excuses et bénéficier de l'indulgence du tribunal ?

— Il est toujours possible d'attendrir son juge, mais je ne suis pas bien sûre que l'humilité soit au nombre de vos qualités…

Son expression s'adoucit.

— J'accepte néanmoins vos excuses. De fait, je ne suis honteuse ni de mon âge ni de mon célibat.

— Vous n'avez nullement à l'être. Si vous n'êtes pas encore mariée, c'est tout simplement pour n'avoir pas rencontré un homme qui fût à la hauteur de vos espérances…

— S'il se présente jamais, remarqua-t-elle, il devra faire de gros efforts pour se distinguer de la foule de ceux qui en veulent à mon argent…

Une fois encore, elle fit rire Ewan. Il la trouvait pleine d'humour et d'une forme d'esprit très proche de la sienne.

Il décida soudain qu'il ne révélerait pas l'étendue de sa fortune avant que Tessa ait très officiellement accepté de l'épouser. Non pas qu'il craignît le moins du monde qu'elle veuille se marier avec lui pour de sordides questions d'intérêt, mais combien plus douce serait sa victoire si elle venait à lui sans aucune idée de l'homme riche et puissant qu'il était devenu !

Cette pensée lui donna l'envie de revenir vers sa bien-aimée dès que cette valse serait terminée. Il en avait tellement hâte qu'il faillit ne pas entendre les quelques mots que Claire murmura, comme si elle se parlait à elle-même.

— J'ai bien cru, une fois, avoir trouvé un homme digne de mes espérances. Mais il apparaît que je m'étais trompée.

Le cœur d'Ewan se serra.

Rien d'étonnant à ce que Claire Talbot doute de la sincérité de ses sentiments pour sa sœur, si elle avait été à la fois pourchassée par les coureurs de dot et dédaignée, ou abandonnée peut-être, par celui qu'elle aimait.

La musique cessa et, une fois encore, les danseurs applaudirent.

— Merci, monsieur Geddes, lui dit Claire en s'écartant de lui. Vous êtes un cavalier fort agréable.

Il s'inclina.

— J'ai appris bien des choses au cours de mes dix ans d'absence, lui répondit-il, et je sais à présent que c'est moi qui dois vous remercier de m'avoir fait l'honneur de votre compagnie.

Comme elle tournait les talons, il lui prit la main.

— Nous avons tous certainement beaucoup changé, miss Talbot. Peut-être devrions-nous prendre un nouveau départ… Qu'en pensez-vous ?

Elle le dévisagea avec attention, comme pour essayer de peser sa sincérité.

Ewan se surprit à guetter sa réponse avec plus d'anxiété qu'il ne l'aurait cru possible.

Le visage de Claire s'illumina d'un sourire et ce fut aussi joli, aussi subit, que l'éclosion d'une fleur des champs.

— Très bien, monsieur Geddes. Ce que vous proposez me paraît tout à fait sensé.

Ewan se sentit flatté au-delà du raisonnable par cette simple reconnaissance.

— Mais, ajouta-t-elle immédiatement d'un ton ferme, cela ne signifie nullement que je vous livrerai ma sœur sans vous avoir combattu pied à pied.

Il réfléchit un instant.

— Miss Talbot, je vous promets pour ma part que je ne l'abandonnerai pas sans avoir, moi aussi, combattu pied à pied…

Et, curieusement, la perspective de cette bataille contre Claire lui fouettait le sang, l'emplissant même d'une sorte d'ivresse…

Chapitre 3

— Allons, Tessa, réfléchis un peu, ma chérie, tu ne peux pas envoyer promener le pauvre Spencer pour un homme que tu connais à peine !

Quelques jours après le bal des Fortescue, Claire était assise dans le petit salon de Lydiard House, l'hôtel particulier familial. Elle occupait un fauteuil en face du canapé où avaient pris place sa demi-sœur et sa belle-mère. Entre elles, sur une table basse, la femme de chambre avait servi le thé.

C'était la première fois depuis trois ans, depuis la mort de son père, que Claire se retrouvait à Lydiard House.

— Est-il vraiment nécessaire d'utiliser une formule aussi déplaisante que « envoyer promener » ? protesta Tessa, une moue boudeuse aux lèvres. A t'entendre, Claire, je suis une parfaite sans-cœur !

Lady Lydiard, pour une fois en parfait accord avec sa belle-fille, reposa sa tasse.

— C'est une attitude bien cruelle, quelle que soit la façon dont on l'appelle, répondit-elle à Tessa. Spencer patiente depuis tant d'années, en te suppliant de l'épouser…

— N'est-ce pas une partie du problème ? lui répliqua sa fille, ses yeux changeants plus verts que bleus, ce matin, ce qui était le signe, pour tous ceux qui la connaissaient, qu'il valait mieux ne pas la contrarier. Si Spencer désire tant ce mariage, j'ai peine à croire qu'il ait pu attendre si longtemps !

Si grande que fût sa patience envers sa sœur chérie, Claire ne pouvait laisser accuser ainsi le pauvre Spencer Stanton !

— Puis-je te rappeler que c'est toi qui lui as imposé cette attente ? Spencer a accepté, très élégamment, de te laisser le temps d'être sûre de tes sentiments. Aurais-tu préféré qu'il bouscule ta sensibilité et t'impose sa volonté, comme tant d'hommes n'auraient pas manqué de le faire ?

— Bien sûr que non ! soupira Tessa. Spencer s'est montré parfaitement respectueux et bienveillant, comme toujours, et je me sens très coupable à l'idée de devoir…

Elle buta sur les mots, puis se raidit et les prononça enfin, avec une mine de dégoût.

— … Envoyer promener ce pauvre chou. Mais comment faire autrement, alors que je suis follement amoureuse d'un autre ?

Il y avait, dans ses paroles, une forme de logique, mais rien de celle, pratique et raisonnable, à laquelle Claire croyait et qu'elle suivait en toutes circonstances. Pour elle, Tessa avait donné sa parole et, son fiancé n'ayant rien fait pour mériter le moindre reproche, il n'était pas question qu'elle rompît sa promesse.

— Si tu veux m'en croire, ce n'est pas en t'affirmant « follement amoureuse », sans vouloir chercher plus loin, que tu te trouveras dans l'état d'esprit qui convient à une telle décision.

Claire se pencha au-dessus de la table basse et posa sa main sur celle de sa sœur.

— Pour le bien de Spencer comme pour le tien, je te conjure de ne pas t'engager trop hâtivement. Que sais-tu d'Ewan Geddes, après tout ?

Claire se maudit pour le trouble plaisir qu'elle prenait à s'entendre prononcer ce nom. Comme si, ce faisant, elle s'appropriait un peu celui qui le portait…

Pire encore, il semblait, ce seul nom, faire résonner en elle le souvenir de leur dernière rencontre, le bonheur secret qu'elle avait ressenti à le revoir, à se trouver dans ses bras pour deux danses consécutives, à savourer l'enchantement de sa voix, plus profond à chaque mot qu'il disait.

Il avait déjà été assez difficile, les nuits qui avaient suivi ce fameux bal, d'empêcher l'image du bel Ewan Geddes de la hanter, fallait-il maintenant que cette obsession envahisse également ses journées ? Elle y perdrait toute son énergie.

— Pour une fois, Claire a raison, ma chérie, intervint lady Lydiard. Je te désapprouvais déjà quand je pensais que cet homme n'était qu'un étranger, un Américain ; mais lorsque Claire m'a appris qu'il avait été l'un de nos domestiques… Enfin, tu dois bien comprendre qu'une telle alliance serait tout à fait déplacée, même si tu n'étais pas fiancée. Vraiment, tu aurais dû m'en parler !

— Je ne vous en ai pas parlé parce que je savais que vous me désapprouveriez, maman. Et puis pourquoi serait-ce déplacé ? Vous dites toujours que nous avons la chance d'avoir de merveilleux domestiques…

Malgré toute sa contenance aristocratique, lady Lydiard ne put dissimuler, devant cette hérésie, une expression horrifiée.

— Merveilleux, certes, mais tant qu'ils restent à leur place, ma chérie…

— Ah ! A leur place !

Révoltée, Tessa bondit du canapé et se mit à arpenter le salon en gesticulant nerveusement.

— Vous savez, maman, je ne partage pas ces façons de penser, pire, je les abhorre ! Nous sommes tous égaux, sur cette terre.

Claire se demandait d'où sa sœur tenait ces idées. D'avoir dévoré les romans de M. Trollope à un âge trop tendre et influençable ? D'avoir eu, comme précepteur, un jeune professeur brillant mais très radical, que leur père avait renvoyé quand il avait été mis au courant de quelques-unes de ses conceptions révolutionnaires ? Ou bien était-ce une manifestation de cet esprit de contradiction que sa jeune sœur affichait depuis l'âge heureux du jeu de marelle et des poupées ?

— De plus…

Pour appuyer ses dires, Tessa fit un grand geste du bras, très théâtral, qui faillit projeter contre le mur un vase chinois posé sur une sellette.

— … Ewan Geddes n'est plus aujourd'hui le serviteur de personne. C'est un respectable homme d'affaires, installé dans la ville de Pittsburgh, en Pennsylvanie. Et riche, à ce que je sais. Après tout, il a pu s'offrir un voyage jusqu'en Angleterre et ses costumes sont parfaitement coupés.

Ce vif échange entre sa sœur et sa belle-mère avait permis à Claire de se reprendre et de rassembler ses idées.

— J'ai fait prendre quelques renseignements sur M. Geddes, lâcha-t-elle.

Tessa en resta bouche bée.

— Mais de quel droit… ?

Lady Lydiard interrompit sa fille.

— Reste tranquille, ma chérie, et écoute ce que ta sœur a à te dire. Qu'as-tu découvert, Claire ?

Pour la première fois de sa vie, l'aînée des Talbot se troubla quelque peu sous le regard indigné de sa cadette. Elle dut se persuader que c'était pour le bien de Tessa et celui de leur famille qu'elle agissait ainsi. Mais son propre et coupable faible envers cet homme ternissait un peu ses belles certitudes...

— Il est descendu au Carleton, un hôtel de très grand luxe, ce qui est plutôt surprenant, pour un homme qui a inscrit sur sa fiche la profession d'ingénieur naval. Ne le penses-tu pas ?

Non, Tessa ne semblait pas partager sa méfiance. Peut-être parce qu'elle n'avait pas dû, depuis des années, se garder des coureurs de dot.

— Pourquoi te permets-tu d'espionner M. Geddes ? Simplement parce que lui et moi sommes amis ? se récria-t-elle, furieuse.

— Etant donné que tu prétends rompre tes fiançailles pour épouser cet homme, il me semble qu'il est question d'un peu plus que d'une simple amitié, lui répliqua Claire. J'ai aussi découvert qu'il travaille pour la firme américaine Liberty Marine Works. Il en a également fait mention sur sa fiche d'hôtel.

Ces mots ne parurent rien signifier pour Tessa. Elle leva un sourcil, en une interrogation muette.

— Liberty Marine Works est une entreprise de construction navale, comme Brandcaster.

En lui révélant cette information, Claire ressentit la même impression de menace diffuse que lorsque M. Hutt, le détective, la lui avait apprise.

Tessa la regarda bien en face.

— Eh bien, comme cela, quand nous serons mariés,

Ewan et toi, vous aurez beaucoup de choses à vous dire, lors des déjeuners ou des dîners de famille !

— Theresa Veronica Talbot, fit alors lady Lydiard en haussant le ton, ne sois pas impertinente !

— Qui est impertinente ? se rebella Tessa, en fusillant alternativement sa sœur et sa mère du regard. Et trouvez-vous décent, maman, de faire espionner un homme qui n'a commis d'autre crime que celui d'avoir été, il y a des années de cela, notre employé ?

Claire se leva de son fauteuil, très pâle. Elle n'était pas trop fière, en effet, de la méthode employée. Mais avait-elle le choix ? Tessa devait affronter la déplaisante vérité sur Ewan Geddes, comme elle avait dû le faire elle-même.

— Ne comprends-tu pas, ma chérie ? lui dit-elle doucement. Un homme qui vit de cette manière, au-dessus de ses moyens, a forcément quelque chose de louche. T'es-tu jamais demandé s'il n'en voulait pas à ta fortune ?

— De quelle fortune s'agit-il ? rétorqua Tessa, les bras croisés sur sa jolie poitrine. Une part minoritaire des actions de Brandcaster ? La copropriété indivise du domaine de Strathandrew ?

Claire se mordit la langue pour ne pas rappeler à sa sœur que le manoir écossais et ses terres coûtaient bien plus cher en entretien, depuis des années, que ce qu'ils rapportaient en fermages — et qu'elle en assumait seule tous les frais.

Mais peut-être Tessa devina-t-elle sa pensée, car sa bouche se tordit en une sorte de rictus méprisant.

— Je me suis toujours félicitée, d'ailleurs, de ne pas avoir une grande richesse personnelle, déclara-t-elle sèchement. Ainsi ne suis-je pas obligée de soupçonner chaque gentleman qui s'intéresse à moi d'avoir des arrière-pensées mercantiles.

— Eh bien, moi, je le dois, lui répliqua Claire en s'efforçant de garder son calme et de cacher la peine profonde que lui causait la réaction de sa sœur chérie. C'est pourquoi je te supplie de faire confiance à mon jugement. Ne crois-tu pas que, moi aussi, j'ai souvent été tentée de succomber aux flatteries d'un homme qui m'attirait ? Que, moi aussi, j'ai voulu désespérément croire qu'il m'aimerait même si je n'avais pas un sou vaillant ?

Le regard de Tessa se troubla, passant presque sans transition du défi à la confusion — et son joli visage se déforma comme celui d'une enfant prête à éclater en sanglots.

— Pardonne-moi, ma bonne Claire...

Elle se précipita dans les bras de sa sœur.

— Je ne voulais pas te blesser, gémit-elle, mais je ne comprends pas pourquoi tu me fais cela...

Comme ceux de Tessa, les yeux de Claire étaient brûlants de larmes. Il y avait bien longtemps qu'elle ne s'était laissé émouvoir ainsi ; las, elle ne pouvait supporter l'idée que cette histoire puisse semer la discorde entre sa sœur et elle...

Elle serra Tessa entre ses bras, puis se recula pour prendre ses mains dans les siennes.

— Je ne *te fais* rien ou plutôt tout ce que je fais, je le fais pour toi. Et pour Brandcaster, aussi, car je crois sincèrement qu'Ewan Geddes est une menace pour nous tous.

— Brandcaster !

Tessa cracha ce nom comme s'il s'était agi d'un venin qui lui brûlait la langue, en lâchant vivement les mains de sa sœur.

— J'aurais dû m'en douter. Tu t'intéresses plus à la précieuse compagnie que t'a léguée ton grand-père qu'à mon bonheur !

— C'est faux, et tu le sais !

Une seconde fois, lady Lydiard n'avait pu se retenir d'intervenir dans le débat.

— Présente tes excuses à Claire et tout de suite !

La digne dame se leva à son tour du canapé où elle était assise.

— Ta sœur ne se serait pas mêlée de toute cette histoire si je ne lui avais pas demandé son aide. Si tu dois t'en prendre à quelqu'un, prends-t'en à moi !

Claire ne savait pas laquelle des deux devait se montrer la plus surprise de l'intervention de sa belle-mère, à moins que ce ne fût lady Lydiard elle-même, qui ne devait pas en croire ses propres oreilles.

Qu'elle fût surprise ou non, Tessa, cette fois, ne daigna pas s'excuser.

— Ainsi, dit-elle simplement, vous vous liguez toutes les deux contre moi ? Bah ! je m'en moque. Je ne vous laisserai pas gâcher mes espoirs de bonheur !

Sur ces mots, elle tourna les talons et quitta la pièce en trombe, claquant violemment la porte derrière elle.

Claire et lady Lydiard, interdites, écoutèrent les pas de la jeune femme décroître dans l'escalier qui menait à sa chambre.

Puis lady Lydiard retourna s'asseoir, le regard fixe et lointain.

— C'est plus grave encore que je ne le pensais, dit-elle après un long silence. Tessa a toujours été une enfant terriblement têtue et volontaire. Je crains bien de n'avoir fait qu'accentuer ce trait de caractère en lui cédant trop souvent. Qu'arrivera-t-il si elle s'enfuit en Ecosse et épouse cet homme, pour nous défier ?

« Si elle s'enfuit en Ecosse. » Ces mots firent jaillir l'étincelle d'une idée dans l'esprit de Claire.

Elle se rassit à son tour et but une gorgée de son thé, qui avait refroidi.

— J'ai peur qu'une telle chose n'arrive si nous l'acculons dans ses derniers retranchements, répondit-elle. Il faut au contraire la laisser se calmer et, quand elle sera mieux disposée, tenter de la raisonner.

— Que suggères-tu ?

En dépit de l'heure matinale, lady Lydiard semblait avoir besoin d'une boisson plus forte qu'un simple thé.

— ... Devons-nous rester les bras croisés, pendant que cet individu poursuit ta sœur de ses assiduités, de si scandaleuse façon ?

— Non, pas tout à fait.

Tout à coup, le plan de Claire prit forme, dans toute son aveuglante clarté. Pour l'une des rares fois de sa vie, elle goûtait l'ivresse, le vertige de l'enthousiasme.

— Nous devons les séparer assez longtemps pour que Tessa recouvre ses esprits, expliqua-t-elle, et forcer Ewan Geddes à aller jusqu'au bout de ses intentions, afin qu'il se montre à elle comme le coureur de dot qu'il est.

— Mais comment allons-nous y parvenir ?

Un petit sourire moqueur étira le coin des lèvres de Claire. Plus elle exposait son plan et plus celui-ci lui paraissait imparable.

— Nous devons présenter à M. Geddes une cible plus intéressante, c'est-à-dire, plus riche.

Lady Lydiard écarquilla les yeux.

— Plus riche ? Tu veux dire...

— Oui. Moi.

— Eh bien, je dois dire que c'est une fabuleuse surprise !

Ewan regardait lady Lydiard et ses deux filles, dont il partageait la table. Son regard s'arrêta sur Tessa, qui lui faisait directement face.

Si quelqu'un lui avait dit, il y avait dix ans de cela, qu'un jour viendrait où il serait reçu à dîner à Lydiard House, il n'aurait jamais voulu le croire. Il avait l'impression de se trouver en haut d'une montagne qu'il aurait mis des années à gravir.

— J'avais craint, milady… miss Talbot, que vous ne verriez pas d'un très bon œil ma manière de… renouer avec miss Tessa, après toutes ces années.

Lady Lydiard ne le voyait certainement pas ainsi. Cet œil, il le voyait en cet instant même fixé sur lui, et il n'avait rien d'amical. La digne lady semblait s'attendre d'un instant à l'autre à ce qu'il se trompe de fourchette ou à ce qu'il avale le contenu de son rince-doigts.

Il allait devoir la décevoir et en éprouvait une certaine jubilation.

— Nous ne pouvons vous le cacher, monsieur Geddes, lui répondit Claire, assise en bout de table, face à sa belle-mère qui en occupait l'autre extrémité, lady Lydiard et moi-même sommes assez inquiètes de la… hâte avec laquelle Tessa prétend vouloir prendre des décisions qui affectent son avenir tout entier.

— Claire…, murmura l'intéressée, sur le ton de l'avertissement.

Ewan hocha doucement la tête. Le cercle de famille, fût-il restreint, n'était visiblement pas près de l'accepter en son sein.

— Je le comprends. Oui, parfaitement.

Ils avalèrent leur potage dans un silence pesant pendant quelques minutes, puis Claire reprit la parole.

— Comme vous vous en souvenez peut-être, depuis nos jeunes années, ma sœur est douée d'une volonté de fer et n'écoute pas volontiers les avis qu'on lui donne. Sa mère et moi l'aimons beaucoup et ne voudrions à aucun prix qu'un fossé se creuse entre elle et nous, ce qui est toujours susceptible de se produire en de telles circonstances.

— C'est une pensée sage et attentionnée, miss Talbot.

Il était sincère. Décidément, il éprouvait pour cette jeune femme un respect grandissant. Il n'avait pas dû être facile pour elle de le défier ouvertement, comme elle l'avait fait au bal des Fortescue. Elle avait dû penser, à juste titre, qu'une opposition trop frontale ne servirait qu'à précipiter Tessa un peu plus vite dans ses bras. Or, elle aimait trop sa sœur pour vouloir risquer une rupture avec elle…

— C'est surtout une pensée pratique, monsieur Geddes, repartit-elle avec, elle aussi, une certaine chaleur. Des années passées dans le monde des affaires m'ont enseigné le pragmatisme, même lorsqu'il est question de sentiments.

Une servante vint desservir les assiettes à potage. Ewan lui murmura au passage un mot de remerciement. La jeune fille avait un visage qui lui semblait familier… Etait-ce une petite paysanne de Strathandrew, emmenée à Londres comme domestique du *laird* et de sa famille ?

Claire Talbot reprit la parole, le distrayant de ses pensées.

— Si nous vous avons invité ce soir, lui dit-elle, c'est que nous voulions mieux vous connaître. Bien sûr, nous n'avons pas oublié le jeune homme de nos étés à Strathandrew ; mais tant d'eau, depuis lors, a passé sous les ponts ! Quel grand connaisseur des choses de la nature vous étiez ! Dites-moi, les occasions de chasser et de pêcher ont dû être nombreuses, en Amérique ?

— Hélas, pas autant que je l'aurais voulu, soupira Ewan tandis que la servante déposait sur la table, justement, un beau saumon d'Ecosse.

Sans doute un fidèle *gillie* l'avait-il capturé à la mouche, ce grand « bec », dans les eaux limpides et tumultueuses de la Dee ou de la Spay, et l'avait-il soigneusement emballé dans de la glace pour l'envoyer à ses maîtresses, à Londres, par le premier train…

— Mon travail me prend énormément de temps, voyez-vous, et il n'y a guère que depuis un an ou deux que je peux me permettre le luxe de sortir un peu la tête du sac…

Il prit une bouchée de saumon. La tendre chair rose, délicatement pochée, investit sa langue du bouquet à la fois doux et salé de ses saveurs familières. C'était si délicieux qu'il ferma un instant les yeux pour mieux le savourer. Si lady Lydiard ne l'avait aussi sévèrement tenu à l'œil, il eût aimé laisser échapper un petit grognement de plaisir…

— Je suis logée à la même enseigne, lui répondit Claire. Depuis que j'ai pris la direction de Brandcaster, je n'ai plus de loisirs. J'y pensais d'ailleurs ce matin : il y a bien trois ans que je n'ai pas passé un peu de temps à Strathandrew. Nos vacances là-bas étaient pourtant pour nous le plus beau moment de l'année, lorsque nous étions enfants, Tessa et moi…

Son regard se fit un peu rêveur et Ewan sentit que sa nostalgie était sincère.

Lui aussi se souvenait des visites estivales des Talbot dans leur propriété d'Ecosse, de la frénésie d'activité qui prenait tout le personnel lorsque les maîtres annonçaient leur venue, du vieux manoir que l'on nettoyait des caves au grenier... Il revoyait les celliers remplis de denrées rares, les cannes et lignes de pêche qu'il fallait inspecter avec soin, les mouches artificielles que l'on montait, les armes que l'on graissait en prévision des parties de chasse au cerf, au chevreuil ou au coq de bruyère...

Quand on annonçait l'entrée du yacht des Talbot dans l'embouchure de la Firth, il se glissait parmi les badauds pour voir débarquer la famille et leurs invités. Ainsi pouvait-il, le cœur battant, apercevoir Tessa, s'aviser combien elle avait grandi depuis l'année précédente et combien sa silhouette se développait de troublante façon. Si elle coiffait ses cheveux différemment. Si elle était aussi jolie que dans son souvenir.

Aujourd'hui, il lui suffisait pour cela de la regarder, devant lui, à cette table.

Elle était une vraie fête pour les yeux, comme ce saumon l'était pour son palais. Si douce, si délicate, si blonde.

C'était comme si, depuis toutes ces années, le temps n'avait pas eu de prise sur elle. Etrangement, cette constatation gênait vaguement Ewan...

Cette fois encore, la voix de Claire le tira de ses pensées.

— J'ai une merveilleuse idée. Si nous allions passer quelques semaines à Strathandrew ? Monsieur Geddes serait notre invité et cela nous donnerait l'occasion de mieux le connaître, dans une ambiance beaucoup plus détendue qu'à Londres. Qu'en pensez-vous, toutes les deux ?

Elle regarda successivement sa sœur et sa belle-mère, avant de s'arrêter sur Ewan.

Tessa laissa tomber sa fourchette avec une violence

qui menaça de fêler la délicate porcelaine chinoise de son assiette.

— Je pense, dit-elle sèchement, que tu es plus désireuse de nous faire échapper, Ewan et moi, à toutes les mauvaises langues de cette ville, que de mieux le connaître ou de renouer avec le passé.

Avant que Claire eût pu répondre, lady Lydiard intervint.

— Je vous prie de bien vouloir excuser les mauvaises manières de ma fille, monsieur Geddes. J'ignore dans quel marécage elle a bien pu les prendre.

Elle ajouta, à l'attention de Tessa :

— Je crois que tu dois des excuses à Claire. Heureusement que quelqu'un pense juste, dans cette famille.

— Ce ne sera pas nécessaire, dit l'intéressée, bien que son visage eût beaucoup pâli. Tessa n'a pas tout à fait tort, même si elle se trompe en pensant que je suggère ces vacances en Ecosse pour ce seul motif. Je ne vois pas, en effet, ce qu'il y aurait de mal à rechercher un minimum de discrétion…

Elle se tourna vers sa sœur.

— On jasera énormément, ma chérie, si tu romps tes fiançailles. Pourquoi vouloir en rajouter ?

— Pas *si* je romps mes fiançailles, *quand* je romprai mes fiançailles…

La charmante avait du caractère, c'était indéniable. Ewan aurait dû être fier et ému que, loin d'avoir honte de ses sentiments, Tessa n'ait pas peur de défier sa famille. Au lieu de cela, son air buté et ses façons abruptes l'embarrassaient. Allez savoir pourquoi…

Sous la table, il toucha doucement son escarpin du bout de son verni, comme pour lui conseiller de mettre de l'eau dans son vin.

— C'est à la vérité une idée merveilleuse que ces vacances à Strathandrew, miss Talbot, dit-il chaudement. Je comptais, du reste, effectuer une petite visite au pays. Ce serait comme au bon vieux temps, n'est-ce pas ?

Les traits de Tessa s'adoucirent. Peut-être s'imaginait-elle déjà chevauchant à ses côtés dans les collines, partageant un pique-nique concocté par Rosie Mac Murdo, l'experte cuisinière du domaine, ou encore marchant main dans la main dans la lumière si féerique de l'été écossais.

Ces mêmes images amenèrent un sourire nostalgique aux lèvres d'Ewan.

Bien sûr, cela ne serait pas tout à fait comme autrefois. Mais le passé n'avait pas été tellement rose... En ce temps-là, celui de leur jeunesse, la fille de lord Lydiard n'était pour lui qu'un rêve au goût de désespoir. Partir avec elle pour Strathandrew, dans la splendeur familière des Highlands, c'était un rêve, encore, mais de bonheur, cette fois, qui deviendrait réalité...

Oui, cette chimère poursuivie si longtemps était désormais à portée de sa main !

Chapitre 4

Ce goût de bile, au bord des lèvres de Claire, n'avait rien à voir avec le léger mouvement du yacht amarré à quai. Contrairement à sa sœur et à sa belle-mère, elle souffrait rarement du mal de mer, même par très mauvais temps. A l'époque où elle embarquait chaque été pour la croisière familiale tant désirée, elle adorait arpenter le pont et poser aux hommes d'équipage mille questions sur la manœuvre des voiles et des écoutes. Tous ses sens exultaient quand elle sentait, sur sa peau, le souffle ample de la brise marine.

Plusieurs années après sa dernière croisière vers l'Ecosse, Claire se tenait à nouveau sur l'arrière du *Marlet*, attendant qu'Ewan vienne embarquer.

De la main, elle s'assura que son nouveau chapeau, si seyant, tenait bien au vent, posé qu'il était sur sa nouvelle — et ravissante — coiffure.

L'artiste que lui avait recommandé sa belle-mère lui avait certifié que cette coupe, à la fois plus courte et plus libre, la faisait paraître plus jeune d'au moins cinq ans. Elle avait bien essayé de rester de marbre devant les compliments de l'homme de l'art, mais elle n'avait pu se retenir d'éprouver un frisson de plaisir, tout comme elle ne pouvait empêcher, à présent, son estomac de se nouer.

Peut-être son corset en était-il responsable...

Claire soupçonnait ce véritable instrument de torture d'être la cause réelle de nombre de maladies et de troubles parmi les femmes. Il lui avait fallu faire appel à toute la puissance de ses sentiments envers sa sœur pour se soumettre à cette tyrannie : son plan le réclamait.

« Peine perdue ! lui soufflait, venue du fond de sa mémoire, la voix sèche et ironique de son père. Tu ne saurais espérer surpasser ta sœur ni en charme ni en beauté, et tous les artifices du monde n'y changeront rien ! »

De nouveau, l'estomac de Claire se contracta comme si deux mains puissantes avaient pris ce maudit corset dans leur étau. Elle se redressa de toute sa taille, le menton fièrement levé. Tant qu'elle vivrait, elle ne donnerait pas raison à son père, même au-delà de la mort, et ne se laisserait pas désarçonner par le mépris avec lequel il l'avait toujours traitée. De son vivant, déjà, elle lui avait toujours tenu tête, malgré toutes les humiliations qu'il lui avait fait subir.

Il lui fallait cependant garder son sang-froid et elle tentait de s'en persuader, tandis qu'elle ouvrait son ombrelle pour protéger son teint des atteintes du soleil. Car ce n'était pas avec ses charmes qu'elle comptait battre Ewan Geddes à son propre jeu, mais avec son argent.

Une fois qu'elle lui aurait révélé — oh, l'air de rien, en passant — que la fortune personnelle de Tessa n'était pas si substantielle, il tournerait certainement ses ardeurs vers une cible plus lucrative...

Quand allait-il se montrer enfin ? Elle fouilla dans son réticule et en tira la grosse montre de gousset en or qu'elle tenait de son grand-père. Elle la consulta, puis, la lourde pièce d'horlogerie toujours dans sa main, laissa errer son regard sur le quai.

Ouf, il était là ! Le soulagement submergea Claire. Il avançait à grands pas, suivi de deux porteurs chargés de sa malle-cabine. Soudain, il s'arrêta pour examiner les navires amarrés. Claire vit distinctement à quel instant précis il reconnut la silhouette du *Marlet*. Il se dirigea droit vers la coupée.

En Claire Talbot, tout se nouait, tout se serrait, plus que jamais. Elle se sentait stupide d'avoir passé tant de temps à se parer, à se faire belle pour Ewan Geddes. Nul doute qu'il allait tout de suite voir clair dans son manège et rire de ses pitoyables tentatives pour l'éloigner de Tessa. L'espace d'un instant, elle caressa le projet de se ruer dans l'échelle de descente, de se réfugier dans sa cabine et de feindre une indisposition.

Puis elle se souvint de tout ce qui était en jeu : le bonheur de Tessa et celui de Spencer, le bien de la société dont son grand-père lui avait confié les destinées sur son lit de mort. Il n'était pas question qu'elle se rendît sans combattre.

Résistant à l'impulsion de rajuster une fois de plus son chapeau, elle s'approcha de la coupée comme Ewan l'escaladait prestement.

— Bienvenue à bord !

Elle lui sourit, surprise de n'avoir aucun effort à faire pour se montrer aimable.

— J'espère que vous n'avez pas eu trop de mal à nous trouver ?

— Pas du tout…

Il souleva son chapeau et s'inclina au-dessus de la main qu'elle lui tendait.

— Je vous prie de me pardonner mon retard, lui

dit-il, j'avais des affaires urgentes à régler avant de partir. J'espère que je n'ai fait attendre personne ?

— Mais non, tranquillisez-vous.

Claire retira sa main avec quelque regret.

— Je viens moi-même d'embarquer et je me demande ce que font Tessa et sa mère. J'espère qu'elles ne vont plus tarder...

Elle envoya un matelot montrer aux porteurs où ils devaient déposer la malle de l'Ecossais.

Quand elle se tourna à nouveau vers son invité, celui-ci la fixait avec une singulière intensité — et une sorte d'étonnement. Aussitôt, elle porta la main à ses cheveux.

— Excusez-moi, balbutia-t-elle, quelque chose semble vous troubler ?

Ewan fit « non » de la tête, en lui dédiant un sourire si charmant que Claire sentit ses genoux menacer de se dérober sous elle.

— Non, miss Talbot. Je me disais seulement, en vous voyant ainsi : bienheureuse celle que, comme vous, dix années passées, loin de flétrir, ont encore embellie.

Claire attendait de tels compliments depuis dix ans et conçut, à les entendre, une vive satisfaction — mêlée d'une bouffée de triomphe : tous ses préparatifs, s'ils étaient ridicules, n'avaient pas été vains.

Las, tout ce bonheur était irrémédiablement gâché par la certitude qu'Ewan Geddes la flattait pour mieux parvenir à ses fins malhonnêtes, comme tant d'hommes sans scrupule l'avaient fait avant lui.

Nonobstant il possédait sur tous ceux-là, sans même le savoir, un très net avantage : lui, elle mourait d'envie de le croire sur parole...

Afin de masquer son désarroi, elle affecta le ton d'un innocent badinage :

— Si vous pensez que les dix dernières années m'ont rendue plus belle, je ne vois qu'une seule explication à votre aveuglement : vous ne deviez pas me regarder beaucoup, lorsque nous étions jeunes…

Comme il l'examinait toujours attentivement, elle se détourna, ne souhaitant pas être trahie par le chagrin que l'on devait pouvoir lire dans ses yeux. Puis elle fit lentement quelque pas sur le pont. Elle entendit les planches grincer sous ceux d'Ewan, qui la suivait.

— Je ne peux nier, miss Talbot, qu'en ce temps-là je n'avais d'yeux que pour votre sœur.

— Dois-je en déduire que depuis vous avez appris à regarder les autres femmes ?

Elle avait beau se dire qu'il était inutile de continuer à jouer avec lui au jeu du chat et de la souris, elle ne pouvait s'en empêcher.

Elle s'attendait à une réplique acerbe, à une moquerie, or elle fut surprise par la gaieté de son rire — aussi rafraîchissant, aussi revigorant que la brise marine.

— Vous trouvez ma question amusante ? s'enquit-elle sans pouvoir dissimuler son étonnement.

— Eh bien, oui, d'une certaine manière…

Son œil brillait d'un éclat malicieux, comme l'eût fait celui d'un jeune et insouciant *gillie* des Highlands plutôt que celui, froid et raisonnable, d'un respectable homme d'affaires dans son costume bien coupé.

— Vous me ramenez dix ans en arrière, expliqua-t-il en souriant toujours, quand nous n'aimions rien tant, tous les deux, que nous affronter comme deux vrais chats sauvages…

La chaleureuse camaraderie qu'il lui témoignait était plus séduisante que les déclarations passionnées de tant d'autres. Elle s'y serait aisément laissé prendre… si elle ne s'était, une fois pour toutes, sévèrement interdit de telles faiblesses.

— Vous preniez donc plaisir à autre chose, alors, qu'à regarder ma sœur avec des yeux de merlan frit ?

Il eut un rire bref, derechef, à ses propres dépens.

— Et vous ? Je ne me fais pas d'illusions ; il devait y avoir de nombreuses choses qui vous plaisaient plus que de croiser le fer, pour rire, avec un jeune employé…

Là, il se trompait complètement. Il ne le saurait jamais, mais il n'y avait rien qu'elle n'aimait autant que leurs petits échanges vifs et humoristiques. Quand il répondait à ses provocations par des piques qui frisaient l'insolence, au moins était-elle sûre qu'il s'intéressait un peu à elle ; elle pouvait ainsi évacuer un peu du dépit qu'elle éprouvait toujours lorsqu'elle voyait le jeune *gillie* faire la roue devant sa sœur.

Elle ne répondit rien, de peur que le ton de sa voix ou l'expression de son visage ne la trahisse, et préféra soupirer :

— Mon Dieu, je me demande où sont passées Tessa et sa mère…

Et que faisait, surtout, le messager de lady Lydiard ? ajouta-t-elle mentalement.

Claire lança un regard nerveux vers le quai. *Quelqu'un* aurait dû se trouver là. Un strict respect de l'horaire était une condition absolue de la réussite de son plan.

Ewan se pencha par-dessus le bastingage, en tournant pensivement le bord de son haut-de-forme entre ses mains.

— Vous croyez que… lady Lydiard pourrait… refuser de se joindre à nous ?

Claire faillit sourire devant son inquiétude.

— Je vous accorde que c'est une chose qu'elle…

pourrait envisager, pour marquer sa désapprobation, mais dans ce cas précis, j'en doute...

— Pourquoi cela ?

Elle choisit ses mots avec précaution, pour ne pas éveiller les soupçons de son interlocuteur.

— Ecoutez, je ne puis prétendre que lady Lydiard soit ravie à l'idée de vous voir épouser Tessa...

— Voilà une franchise qui vous honore, miss Talbot...

Ewan était tout sourires. Claire eut bien du mal, pour sa part, à en réprimer un. Elle se méfiait de cette sorte de complicité qui s'installait sournoisement entre eux.

— Ma belle-mère peut parfois se montrer fantasque, mais elle n'est pas folle. Elle aimera toujours mieux vous voir courtiser ma sœur à Strathandrew plutôt qu'à Londres, au nez et à la barbe de tous les faiseurs de ragots. Elle viendra donc, vous parlera à peine, et tâchera de faire néanmoins bonne figure...

Ewan hocha la tête.

— M'en voudrez-vous si je me permets de former le vœu que lady Lydiard... soit, disons, prise d'une très légère indisposition qui, en l'empêchant de se joindre à nous, lui épargnerait beaucoup de désagréments ?

Cette remarque évoquait si parfaitement son plan que Claire en eut le souffle coupé ; elle dut s'agripper au bastingage pour recouvrer un peu de sa contenance. Quand la large main brune d'Ewan se posa sur la sienne, elle se sentit moins à l'aise encore.

— Miss Talbot ? Est-ce que tout va bien ?

Elle sentait autour d'elle, sur elle, la caresse de sa voix et celle de sa main.

— Pardonnez-moi, je ne souhaite bien sûr aucun mal à madame votre belle-mère.

— Non, certes, je n'en doute pas...

Claire luttait de toutes ses forces pour se reprendre.

Cet Ewan Geddes avait décidément toujours su la troubler. Comment pourrait-elle se justifier d'une réaction si excessive à une simple plaisanterie ?

Des pas firent grincer les planches du pont et une voix masculine qu'elle connaissait bien résonna.

— Excusez-moi, miss Brandcaster-Talbot, on m'a prié de vous remettre ceci...

Claire se retourna vivement, luttant contre l'impulsion de se jeter, par reconnaissance, au cou de son secrétaire. Son intervention la soulageait tant qu'elle en oublia de le houspiller pour l'avoir encore une fois appelée par ses deux noms conjoints.

— Qu'est-ce qui vous amène, monsieur Catchpole ?

Elle prit le message qu'il lui tendait, feignant d'ignorer ce qu'il contenait.

— Des problèmes au bureau ?

Elle passa son ombrelle au secrétaire, afin de pouvoir ouvrir le pli.

— Je vous ai dit que, durant mon séjour en Ecosse, MM. Adams et Monteih assuraient l'intérim. Si vraiment la question est importante, alors il faut... Oh, mon Dieu !

— Que se passe-t-il ?

Inquiet, Ewan se pencha pour lire le billet par-dessus l'épaule de Claire. Comme elle le regardait, surprise, il recula d'un pas.

— Excusez-moi, grommela-t-il, je ne voulais pas être indiscret...

Que devait-elle penser de lui ? D'abord cette remarque indélicate à propos de sa belle-mère, puis ce manquement grossier aux bonnes manières... Se permettre de lire son courrier ! Il ne faisait rien, décidément, pour convaincre Claire Talbot qu'il était bien digne d'entrer dans sa famille. S'il voulait s'en faire une alliée, il allait devoir commettre un peu moins d'erreurs stupides.

Mais, pour sa stupéfaction, Claire, loin de s'offusquer, lui tendit le pli.

— Vous pouvez le lire, lui dit-elle, cela vous concerne.

Si cette note le concernait, ce ne pouvait être que pour une seule raison. Dans sa hâte à en prendre connaissance, Ewan faillit l'arracher des mains de la jeune femme. Tant pis pour les bonnes manières et pour la bonne impression…

Il n'eut pas besoin d'en vérifier la signature pour savoir que ce message était de la main de lady Lydiard. La calligraphie un peu trop soignée, alambiquée, même, était tout à fait celle à laquelle il s'attendait de la part de la digne dame.

— « Ma chère Claire…, lut-il à mi-voix, les sourcils froncés, j'ai bien peur que nous ne puissions vous accompagner, M. Geddes et toi, à Strathandrew… »

Ewan pouvait presque entendre lady Lydiard prononcer ces mots sur un ton de triomphe et de malice. Il serra les dents et continua sa lecture, silencieusement cette fois.

— Tessa est malade…, dit-il finalement, je dois aller la voir.

Il froissa le message dans sa main, sans plus se soucier d'impressionner favorablement ou non l'aînée des sœurs Talbot.

Pendant un instant, Claire le regarda comme si elle voulait l'en dissuader. Puis elle parut changer d'idée.

— Si vous pensez que vous le devez, allez-y, lui dit-elle, volez à son chevet.

Etrangement, cette attitude, son refus de le retenir et son ton amusé douchèrent un peu, en lui, le sentiment d'urgence.

— Vous croyez que je ne le devrais pas ? lui demanda-t-il.

— C'est à vous d'en décider, je pense, dit doucement Claire en reprenant son ombrelle des mains du timide quadragénaire qui avait apporté le pli.

— Merci, monsieur Catchpole, lui dit-elle. Je ne veux pas vous retenir plus longtemps.

— Toujours heureux de pouvoir vous rendre service, miss.

Le secrétaire regardait sa patronne avec un respect nuancé d'affection.

— Si je puis me le permettre, je dirai que je suis ravi que vous fassiez ce voyage. Vous vous épuisez tant à la tâche, depuis trois ans, qu'il est heureux que vous puissiez prendre un peu de repos !

C'était drôle, le propre secrétaire d'Ewan lui avait dit exactement la même chose, lorsqu'il avait précipitamment quitté les Etats-Unis pour s'embarquer vers l'Angleterre.

Claire remercia Catchpole d'un sourire.

— J'ai effectivement bien besoin de changer d'air, admit-elle. Et je sais que je peux compter sur vous pour maintenir MM. Adams et Monteih dans le droit chemin.

Les épaules de Claire s'affaissèrent alors et Ewan s'avisa que sous une façade d'énergie et de maîtrise de soi, elle montrait, en effet, d'évidents signes de fatigue.

Après le départ de son secrétaire, elle se tourna de nouveau vers lui.

— L'état de Tessa ne peut être grave, lui dit-elle, sinon ce message l'indiquerait. Il doit s'agir d'un simple embarras. Un embarras — elle baissa un peu la voix — peut-être de nature... féminine. Je crois que vous la gêneriez en vous ruant à son chevet et en en faisant grand cas…

Ewan rougit jusqu'à la racine de ses cheveux.

— Oui, je… bien sûr, bégaya-t-il, confus. J'aurais dû y penser.

— Les hommes ont rarement besoin de penser à ces choses, monsieur Geddes. C'est là une chose que nous, les femmes, pouvons vous envier.

Son ton doux et compréhensif le consolait un peu. Elle baissa les yeux vers le message froissé qu'il tenait toujours dans sa main.

— Ma belle-mère dit qu'elle nous rejoindra par le train, avec Tessa, dans quelques jours. Naturellement, je peux demander au capitaine Mac Leod de retarder notre appareillage, pour les attendre, mais si le temps se gâte d'ici là, je crains que ni ma sœur ni ma belle-mère ne m'en soient très reconnaissantes…

— Ah bon ? Ces dames n'auraient donc guère le pied marin ?

Ewan adorait sentir le pont d'un bateau sous ses pieds. Il ressentait toujours une certaine incompréhension affligée, teintée d'un peu de commisération, pour les malheureux qui souffraient du mal de mer.

— Guère, en effet, répondit Claire en souriant. J'ai probablement été très égoïste en tenant à arranger cette croisière au lieu de proposer, simplement, un trajet en train. Mais, voyez-vous, j'ai beaucoup de mal à imaginer un voyage à Strathandrew autrement que par la mer, sur ce bon vieux *Marlet*…

Ewan ne put qu'approuver, car lui aussi s'était fait une fête de cette croisière à travers la Manche et la mer d'Irlande. Mais voilà que Tessa…

— Je comprendrais que vous préfériez attendre et prendre le chemin de fer…

Certes, mais imaginer ce long voyage, coincé dans un compartiment de première classe, en compagnie de la peu amicale lady Lydiard… Il en frémissait.

Claire s'adossa au bastingage et le regarda bien en face.

— … Et, étant donné les circonstances, je comprendrais parfaitement que vous préfériez rester aussi proche que possible de Tessa jusqu'à ce que, l'ayant épousée, vous n'ayez plus rien à redouter.

C'était là une provocation que la fierté d'Ewan ne pouvait que l'obliger à relever. Il se campa devant elle.

— Croyez-vous que je pourrais craindre que votre sœur ne change d'avis, simplement parce que je me serais éloigné d'elle quelques jours ?

— Je ne crois rien, monsieur Geddes, se défendit Claire d'une voix suave. Dites-moi, vous-même, le croyez-vous ?

— Pas le moins du monde.

Pourtant, il ressentait bien une légère angoisse, que dissimulait le ton ferme de sa voix.

— Un peu d'inquiétude peut parfois s'avérer salutaire, reprit Claire, toujours très doucement. Songez à ce que son éloignement a coûté au précédent séducteur de Tessa…

— Il me semble que c'est très différent, objecta Ewan. Un vœu ancien nous lie, votre sœur et moi. Même si ce… M. Stanton était resté… collé à elle, comme le lierre à un tronc, je ne serais pas moins revenu la trouver !

Claire leva un sourcil intéressé.

— Ah non ? demanda-t-elle, de plus en plus suave.

— Non.

Voilà qu'il se sentait comme un gamin, de nouveau — comme à l'époque où les quolibets de l'aînée des sœurs Talbot lui chauffaient les oreilles... Aujourd'hui encore, il ne pouvait laisser passer de telles insinuations.

— Songez que nous nous étions promis l'un à l'autre depuis notre jeunesse et que nos sentiments sont restés intacts, malgré les années et notre séparation. Quelques jours d'absence de plus ou de moins ne pourront rien y changer.

Claire le regardait toujours, sans paraître particulièrement convaincue. Peut-être, pensa-t-il, parce qu'il essayait tant bien que mal de lui cacher ses propres doutes.

— Je suis disposé à vous le prouver.

Ewan regretta ses paroles aussitôt qu'il les eut prononcées. Mais il était bien trop fier pour faire machine arrière et les retirer.

Il remarqua une lueur de triomphe, dans l'œil de Claire, ainsi qu'un immense soulagement. Cette lueur, il l'avait déjà vue dans celui d'un joueur professionnel, après un coup de bluff réussi.

— Mais vous n'avez rien à me prouver, monsieur Geddes...

Il n'était pas de cet avis. Il devait bel et bien démontrer à Claire Talbot, à la mère de Tessa et peut-être bien à lui-même que la jeune femme l'aimait, qu'il s'agissait de bien plus qu'une simple passade, un feu de paille, et que ce sentiment était bien assez vivace pour qu'il ne fût pas obligé de l'entretenir en étant constamment auprès d'elle.

— Je ne m'imposerais pas dans votre famille si je ne savais pas votre sœur aussi déterminée que je le suis moi-même.

Au fond de son cœur, il avait bien l'intuition que Claire Talbot le menait là où elle le souhaitait, mais il refusait catégoriquement de l'admettre.

— Je dois avouer, conclut-il, que moi aussi je me réjouis de voyager à bord du *Marlet*. Je n'aime pas beaucoup les longs trajets en train.

Les lèvres de Claire s'étirèrent en un sourire moqueur.

— ... Ni, peut-être, la perspective de devoir vous enfermer dans un compartiment, pour plusieurs jours, en compagnie de lady Lydiard ?

— Peut-être bien, en effet.

Un autre argument se présentait à l'esprit d'Ewan. Quelle meilleure opportunité que cette croisière pour convaincre la redoutable Claire Talbot qu'il n'était pas impensable qu'un ex-*gillie* de son père pût épouser sa sœur ?

— ... Et puis, je ne saurais, sans passer à mes yeux mêmes pour le dernier des goujats, vous laisser voguer seule vers notre chère Ecosse...

Claire replia sèchement son ombrelle.

— Ne vous croyez pas obligé de jouer les chevaliers servants, monsieur Geddes. Je ne suis pas, comme ma sœur, une créature très sociable. Ma propre compagnie me suffit tout à fait.

— C'est étrange, miss Talbot. C'est la deuxième fois que vous me soupçonnez d'avoir pitié de vous. Pourquoi le devrais-je ?

— Allons, vous le savez très bien !

Elle semblait éprouver une envie soudaine de lui briser son ombrelle sur la tête.

— ... Je n'autorise personne à avoir pitié de moi, et pourtant beaucoup de gens s'y croient obligés, simplement parce que je n'ai pas de mari. Croient-ils donc qu'il ne me serait pas facile de dénicher un mâle, si jamais l'envie m'en prenait ?

La véhémence de l'aînée des Talbot laissait Ewan

interdit ; mais elle ne lui avait pas encore dit tout ce qu'elle avait sur le cœur.

— Je dirige une des entreprises les plus prospères du royaume, alors que je suis une femme et que je n'ai pas encore trente ans. Pourtant les gens pensent que j'ai raté ma vie, simplement parce que je n'ai pas trouvé un homme disposé à me faire une demi-douzaine d'enfants !

Présentés ainsi, en effet, le mariage et la maternité n'avaient rien de bien attirant. D'où venait alors ce regret qu'il percevait nettement dans la voix de Claire Talbot ?

Chapitre 5

Qu'est-ce qui avait bien pu la pousser à cet éclat ridicule ? Claire aurait voulu se cacher à fond de cale ou, mieux encore, plonger dans les eaux troubles de la Tamise, afin de ne plus avoir à affronter le regard d'Ewan Geddes. Pour quelqu'un qui refusait qu'on la prît en pitié, elle se sentait plutôt pitoyable…

Heureusement, le capitaine du *Marlet* vint à son secours, sans l'avoir prémédité et comme elle pensait bien devoir mourir de honte.

— Je vous demande pardon, miss Claire, mais la marée va bientôt s'inverser. Devons-nous appareiller ? Sinon, il faudra attendre la prochaine…

Claire hésita un instant, tout en lorgnant son hôte.

Pour l'heure, tout se déroulait suivant ses plans. Elle avait pris un risque calculé en feignant l'indifférence lorsqu'il avait parlé de courir au chevet de Tessa ; mais elle savait depuis leur adolescence qu'il était volontiers rebelle et n'aimait rien tant que de faire le contraire de ce qu'on attendait de lui, de ce qu'on lui ordonnait ou lui interdisait. Heureusement pour les petits projets de Claire, il ne paraissait pas avoir fondamentalement changé sur ce point. Elle l'avait défié sur la constance des sentiments que Tessa avait pour lui et il avait parfaitement mordu à l'hameçon.

— Oui, nous pouvons partir, capitaine.

Elle avait parlé de ce ton bref et décidé qu'elle avait appris à utiliser dans les relations d'affaires et pensa s'être suffisamment reprise, à présent, pour pouvoir se permettre de regarder Ewan en face.

— Eh bien, cher monsieur, lui dit-elle, partez-vous avec nous ou préférez-vous débarquer ? Je vous demande pardon pour mon éclat de tout à l'heure. C'était très aimable à vous de me proposer d'être mon compagnon de voyage et je serais très heureuse si vous persistiez dans ce choix. J'aimerais profiter de cette occasion pour apprendre à mieux vous connaître. Je me ferais ainsi une opinion, en conscience, sur le bien-fondé de votre projet d'épouser ma sœur.

Voilà, c'était fait. Elle avait ravalé sa fierté et l'avait plus ou moins prié de l'accompagner. Elle espérait vivement qu'elle pourrait s'en tenir là, qu'il comprendrait à demi-mot combien elle souhaitait qu'il acceptât. Pour le bien de Tessa et celui de la Brandcaster Company, bien entendu…

Ewan s'inclina.

— J'accepte de bon cœur la gageure de devoir vous faire changer d'opinion, miss Talbot. Quant au reste, je m'en fais, par avance, une joie. Vous savez que, dans le passé, j'ai toujours pris beaucoup de plaisir à votre compagnie.

— Oh, le menteur ! s'écria Claire en riant. Vous étiez abominable avec moi, comme je l'étais avec vous.

Mais elle luttait secrètement contre l'enchantement dans lequel la plongeaient ces mots chaleureux…

Autour d'eux, c'était l'effervescence des manœuvres d'appareillage. Les gabiers se préparaient à hisser les voiles, tandis que les boscos s'affairaient à larguer les aussières et à amener la coupée.

— Venez, dit Claire en entraînant son hôte vers l'échelle de descente, je vais vous montrer votre cabine. Si vous le voulez, vous pourrez vous reposer un peu avant de vous changer pour le dîner. Nous gênerions la manœuvre, en restant sur le pont.

Il la suivit dans l'étroite petite échelle, puis sous les barrots du pont inférieur.

— Pardonnez-moi de me déplacer si lentement, s'excusa Claire. Ces marches sont difficiles à emprunter en robe et en jupons. J'envie aux hommes leur costume si pratique, si bien conçu pour faciliter leurs mouvements. Parfois, je me demande si les tailleurs pour dames ne font pas partie d'un vaste complot qui vise à entraver tous nos déplacements.

Ewan se mit à rire.

— Lorsque je suis arrivé en Amérique, je n'étais certes pas de votre avis. C'était la première fois de ma vie que je portais un pantalon en permanence et non plus un kilt. Je me sentais comme si... le bas de mon corps... était entièrement ficelé.

Cette confession provoqua en Claire une vive bouffée de chaleur en même temps qu'un franc éclat de rire. Las, ces maudits corsets n'étaient décidément pas plus conçus pour les manifestations d'hilarité que pour le simple mouvement...

Pour tout arranger, le *Marlet* donna un brusque coup de gîte sur son flanc en s'écartant du quai. Claire perdit l'équilibre. Elle serait tombée dans les dernières marches de l'échelle de descente si Ewan ne l'avait fermement rattrapée entre ses bras... juste sous sa poitrine.

La senteur masculine de son eau de toilette enveloppa la jeune femme, la grisant légèrement...

Dès qu'elle ne fut plus en danger immédiat de choir, il la lâcha.

— Je vous prie de me pardonner si… j'ai dû prendre quelques libertés avec vous, miss Talbot.

Claire tentait de conserver son équilibre, même si ses jambes ne lui avaient jamais paru aussi peu solides qu'à cet instant.

— Mais… vous n'avez rien à vous reprocher, murmura-t-elle.

Elle espérait qu'il mettrait le tremblement de sa voix sur le compte de sa peur rétrospective et son souffle court sur celui de la pression qu'il avait exercée sur sa poitrine.

— Dans une telle situation, ajouta-t-elle, il faut agir rapidement sans se préoccuper des convenances. Vous m'avez empêchée de faire une mauvaise chute et je vous en suis très reconnaissante.

— Vous avez bien changé en dix ans, miss Talbot…

Claire se concentra sur les toutes dernières marches, qu'elle descendit sans autre incident. Parvenue sur le pont inférieur, elle se retourna vers Ewan.

— Que voulez-vous dire ?

Le coin de sa bouche se soulevait et, dans le soleil éclairant la coursive par l'écoutille restée ouverte, ses yeux brillaient d'un éclat malicieux.

— Je me souviens qu'une fois, en vous guidant à travers une tourbière, j'ai pris votre bras — je voulais vous aider dans un passage difficile. Vous vous êtes dégagée aussi vivement que si un fer rouge vous avait effleurée et vous m'avez dit : « Lâche-moi, espèce d'idiot, je peux marcher sans toi ! »

En le voyant imiter drôlement la mine courroucée qu'elle devait avoir eu ce jour-là, Claire se sentit partagée entre le rire et consternation.

Comme il avait dû la détester alors, pour se souvenir aussi précisément, dix ans après, des mots et du ton blessants qu'elle avait employés !

Elle aurait voulu pouvoir s'excuser humblement et effacer ce mauvais souvenir, mais que lui dire ? Devait-elle avouer qu'elle brûlait alors d'amour et de désir pour lui, de toute la force de son cœur tout neuf ?

Dieu merci, elle avait depuis longtemps fait son deuil de cette douce folie…

— Si je me souviens bien…

Claire affermit le ton de sa voix, comme elle le faisait depuis toujours pour tenir Ewan Geddes à distance et l'empêcher de deviner ses sentiments.

— … Vous n'avez pas manqué de me répondre de façon assez cinglante, comme à votre habitude.

— Moi ?

Il feignit comiquement de paraître outragé.

— Envoyer promener la fille du *laird* ? Vous n'y pensez pas ! On m'aurait écorché vif pour cela…

Bien sûr, vu ainsi, cela pouvait paraître une lutte très inégale. Mais Claire savait qu'il n'en avait rien été. Les sentiments qu'elle éprouvait pour Ewan avaient donné à celui-ci, sans qu'il s'en doutât, un réel avantage.

— Oh, vous n'alliez pas jusqu'à vous montrer insolent, lui rappela-t-elle. Mais vous vous arrangiez néanmoins pour avoir le dernier mot. Vos réponses avaient un double sens ou bien étaient si outrageusement polies que l'on ne pouvait ignorer que vous vous moquiez de moi.

Ewan prit le temps d'assimiler ces propos.

— Sans doute me suis-je assagi avec l'âge, finit-il par répliquer. Je n'ai plus le sang aussi vif qu'autrefois. Mais vous m'avez bien souvent remis à ma place. Vous aviez la langue très acérée, en ce temps-là…

— Et vous la peau plus dure qu'un bœuf des Highlands, c'est du moins ce que vous prétendiez…

Elle n'y avait jamais pensé auparavant, mais si, justement, il *feignait*, alors, de ne pas plus se soucier de ses remarques que d'une guigne ? Etait-il possible qu'en fait il ait été profondément blessé par elles, au point d'en souffrir encore, des années après ? Aujourd'hui, il semblait sourire avec indulgence de toutes leurs escarmouches passées. Se pouvait-il que cela, aussi, fût un masque ?

— Pensez-vous que nous pourrons terminer cette croisière sans nous entre-déchirer ? demanda-t-il plaisamment.

Claire eut un sourire timide.

— Pourquoi pas ? Nous ne sommes plus deux adolescents arrogants, bien que le temps, je le crains, n'ait guère émoussé ma « langue très acérée », comme vous dites.

Elle n'avait jamais trop, c'est vrai, cherché à modérer son tempérament. Cette langue bien pendue, alliée à une feinte froideur, avait toujours été sa meilleure alliée contre les Max Hamilton-Smythe et tous ceux de sa sorte.

Il fallait l'admettre, Ewan ne leur ressemblait guère et il était difficile de se persuader qu'il était bien de leur espèce…

— Oh, dit-il, moi aussi, à ce que l'on m'a dit, mon mauvais caractère se fait encore jour, par moments… Nous devrions nous entendre à merveille.

Claire ressentit alors l'envie impérieuse de caresser sa joue. Dieu du ciel ! Ils étaient dangereusement proches, ainsi, les yeux dans les yeux. Allait-elle donc laisser cet homme la charmer au point de lui faire oublier qui il était et ce qu'il recherchait ?

Et dire que le *Marlet* venait juste de larguer ses amarres ! Que serait-ce quand il arriverait à destination ? Serait-elle alors prête à lui offrir d'être le témoin de Tessa et à déposer la Brandcaster Company dans leur corbeille de mariage ?

— Pardonnez-moi...

Elle espéra que son ton ne trahissait pas trop son changement d'humeur.

— ... Je crois que je néglige mes devoirs d'hôtesse. Nous avons de longues journées devant nous pour reparler du bon vieux temps. Pour l'heure, je dois vous montrer votre cabine.

Qu'avait-il donc dit ou fait pour froisser ainsi Claire Talbot ? Ewan se le demandait, en la suivant le long de la coursive lambrissée d'acajou.

Certes, ils avaient évoqué les querelles d'autrefois, leur hostilité alors toujours prête à se rallumer. Mais ils en avaient parlé avec la pondération et l'indulgence venues avec la maturité, chacun d'eux acceptant de prendre sa part des responsabilités.

Puis, en un clin d'œil, un changement s'était opéré dans l'attitude de miss Talbot. Une transformation subtile, sans doute, mais qu'il n'avait pu manquer de remarquer. C'était comme si une agréable brise de sud-ouest avait soudain viré à un aigre vent du nord ou comme si elle lui claquait tout à coup violemment une porte au nez.

Si elle s'était formalisée qu'il pût la saisir comme il l'avait fait, pour lui éviter une chute dans l'échelle de descente, il l'aurait compris ; mais elle ne semblait pas y accorder une réelle importance.

Lui aurait aimé oublier son émotion, à ce moment.

La plume de son chapeau lui chatouillait le nez, mais le poids de sa poitrine contre son bras... Bref, sans doute y avait-il bien trop longtemps qu'il n'avait pas tenu une femme contre lui...

La... chaleur de sa propre réaction inquiétait beaucoup Ewan. Un peu de repos, seul dans sa cabine, lui ferait du bien. Et une bonne toilette à l'eau froide.

— Voici vos quartiers pour la durée du voyage, lui dit Claire en s'arrêtant devant une porte.

Suivant son hôtesse de près et perdu dans ses pensées, il faillit la percuter. Ses réflexes l'en empêchèrent, de justesse. Quand elle se tourna vers lui, elle eut un petit sursaut de surprise à le voir aussi près et recula d'un pas.

— J'espère que vous en trouverez les aménagements suffisamment confortables.

Les changements d'attitude de Claire troublaient Ewan et l'embarrassaient. Il se sentait vaguement confus.

— J'ai accompli ma première traversée de l'Atlantique en troisième classe, à bord d'un bateau rempli d'émigrants, ne l'oubliez pas. Je pense que je devrais apprécier le confort du yacht privé d'un *laird*.

Si Claire tressaillit un peu sous l'ironie assez mordante de sa remarque, elle ne répliqua rien.

— Le dîner sera servi à 19 h 30. Suivez cette coursive et vous arriverez directement au carré. Entre-temps, si vous avez besoin de quoi que ce soit, n'hésitez pas à sonner l'un des stewards.

Ewan se força à retrouver ses bonnes manières, tant pour la réussite de ses projets que pour la satisfaction de son amour-propre.

— Je suis sûr que je serai très bien. Merci, miss Talbot. A tout à l'heure.

Sur ces mots, il s'engouffra dans sa cabine et referma la porte derrière lui.

Il demeura un instant immobile, écoutant les pas de Claire s'éloigner le long de la coursive. Accepter cette croisière vers l'Ecosse, était-ce une si bonne idée, après tout ? Bah ! Il ne pouvait plus que s'en accommoder et prendre les événements comme ils se présenteraient.

Il embrassa du regard la confortable cabine, qui sentait bon l'huile de citron et le vernis. Le bois et le cuivre brillaient doucement dans la lumière qui filtrait par les rideaux du hublot. Cette niche au confort maritime et viril lui seyait à merveille.

Sa malle-cabine avait été installée debout, comme il convenait, afin que l'on puisse l'ouvrir et l'utiliser comme une petite armoire. Un socle vissé dans les planches du pont l'immobilisait pour prévenir tout tangage ; la couchette, le paravent, le petit bureau et son fauteuil capitonné de cuir bénéficiaient du même système. En jetant un coup d'œil derrière le paravent, Ewan découvrit un meuble de toilette enchâssant un lavabo de porcelaine, surmonté d'un miroir au cadre de cuivre. En étendant la main, on avait accès à un grand équipet servant de penderie et à d'autres plus petits, tous aménagés dans l'épaisseur de la cloison. Peut-être cette cabine avait-elle été celle de lord Lydiard, lorsque toute la famille embarquait pour ses vacances d'été en Ecosse ?

Posant son haut-de-forme sur le bureau, Ewan retira sa redingote et déboutonna son col dur. Il lança un coup d'œil distrait au gentleman à l'air prospère qu'il pouvait voir dans le miroir. *Quelle transformation*, songea-t-il, *et quel décor, pour un ex-*gillie *des Highlands ! Tu as fait ton chemin, mon garçon…*

Les gens qu'il connaissait, en Amérique, croyaient

volontiers qu'il tenait son mode de vie actuel pour définitivement acquis. Comme ils se trompaient !

Au début, lorsqu'il avait commencé d'amasser sa fortune, il avait été tenté de gaspiller son argent dans un luxe effréné. Cette existence lui était vite apparue vide et désespérante. Alors il était revenu à la vie frugale à laquelle il était habitué et avait réinvesti la plus grande part de ses bénéfices dans la société dont il était le dirigeant, ce qui s'était rapidement révélé encore plus rentable.

Bien sûr, son mariage avec Tessa allait changer tout cela. Il lui achèterait une belle maison ou, mieux, en ferait construire une, la couvrirait de bijoux et de toilettes, lui offrirait tout ce dont elle pouvait rêver.

Voudrait-elle le suivre aux Etats-Unis, ou bien exigerait-elle qu'il dirige ses affaires depuis la Grande-Bretagne, afin de ne pas s'éloigner de sa mère et de sa sœur ?

Tout en imaginant sa vie future, il pendit sa redingote et son chapeau dans le grand équipet, puis sortit de sa malle quelques effets, qu'il rangea dans les petits. Ensuite, il fit les cent pas dans la cabine, ne sachant trop que faire de lui-même. Il était encore trop tôt pour s'habiller en vue du dîner et il ne voyait pas pourquoi il se raserait ou se laverait, ayant fait une toilette complète avant de quitter son hôtel. Quant à faire une petite sieste, cela n'était pas son genre. Il y avait beau temps qu'il travaillait de l'aube au crépuscule ou bien plus tard encore et il en avait pris le pli. Il songea à s'asseoir au petit bureau et à écrire une lettre à Tessa. Il pourrait ainsi lui expliquer pourquoi il avait pris la décision de partir avec Claire pour Strathandrew. Las, comment poster cette lettre, puisque le bateau avait quitté Londres et se dirigeait vers l'embouchure de la Tamise ? Et même s'il y parvenait, pouvait-il faire confiance à lady Lydiard ? Celle-ci ne chercherait-elle pas à intercepter son message ?

Quelques coups discrets furent frappés à sa porte et Ewan se précipita pour ouvrir, heureux de cette diversion inattendue.

— Oui, demanda-t-il à son visiteur, que puis-je faire pour vous ?

— C'est ce que j'étais moi-même venu demander à Monsieur, répondit le steward, un petit homme fluet, plus jeune qu'Ewan de quelques années. Monsieur aurait-il besoin d'un coup de fer, ou...

Le steward s'interrompit et, levant les yeux, le dévisagea avec curiosité.

— Dieu me damne... Ewan Geddes, c'est bien toi, dans ces beaux habits ?

Il lui tendit sa main.

— Jock... Jockie Mac Murdo, le neveu de Rosie, de Strathandrew.

— Jockie ! s'exclama Ewan en secouant vigoureusement la main du petit homme. Comment ça va, mon vieux ? C'est bon de te revoir !

Il ne mentait pas le moins du monde. Sa fébrilité avait disparu et il se sentait parfaitement à l'aise, tout à coup.

Jock hocha la tête.

— Tatie m'avait bien dit que tu avais fait fortune en Amérique. Qu'est-ce qui te ramène au pays, vieux frère ? Et comme invité de miss Claire, encore !

Que diraient Jock et les autres, à Strathandrew, lorsqu'ils apprendraient qu'il n'était pas seulement l'invité des sœurs Talbot mais un peu plus que cela, pour l'une des deux ?

— C'est une assez longue histoire, mais je te promets

de te la raconter bientôt. Pour ce que tu m'as demandé juste avant, je te remercie, mais mes vêtements sont repassés de frais. Non, ce que j'aimerais, c'est me trouver une occupation. Je ne sais pas rester sans rien faire. Je ne pense pas que tu puisses me mettre au travail, si ?

Jock éclata de rire et lui fit un clin d'œil.

— Comme de te faire astiquer les cuivres, par exemple ? Ah, ça, non, mon vieux, non ! Le cap'taine m'arracherait la peau, si je faisais ça…

— Ah oui ? Oui, bien sûr…

Ewan tâchait de dissimuler sa déception.

— Mais tu peux toujours venir faire un tour sur le pont, reprit le steward. Je te présenterai à l'équipage. Au moins tu prendras l'air et tu pourras bavarder un brin avec des « pays ».

— C'est-à-dire que… miss Talbot a dit que nous devions descendre pour ne pas gêner les boscos, objecta Ewan, qui était malgré tout très tenté d'accepter l'offre de Jock.

Le steward haussa les épaules en souriant.

— Bah, la manœuvre d'appareillage est terminée, à présent. Le pont est libre. Et puis, je te crois assez malin pour ne pas te mettre dans les pattes des gens quand ce n'est pas le moment.

Pas toujours, songea Ewan. Il n'avait pas été assez malin pour se tenir hors du chemin de Claire Talbot, quand il l'aurait fallu.

A moins qu'il l'ait inconsciemment fait exprès ?

— Mademoiselle peut me croire, le monsieur ne pourra pas détacher ses yeux de Mademoiselle de tout le dîner.

Sa nouvelle femme de chambre, une replète petite

Galloise, finissait de la coiffer en tournant une boucle autour de son doigt.

Claire n'eut pas besoin de se regarder dans le miroir de la coiffeuse pour s'aviser qu'elle rougissait jusqu'aux oreilles.

— Que M. Geddes me regarde ou non m'indiffère totalement.

— Ah ? Comme Mademoiselle voudra…

La jeune fille retint un sourire, comme si elle n'en croyait pas un mot.

— En tout cas, il serait bien bête de ne pas le faire. Et Mademoiselle ne voudra pas le regarder non plus ?

Avant que Claire ait pu imaginer une réponse point trop compromettante, la jeune domestique enchaîna :

— Mademoiselle aurait bien tort ! Je l'ai aperçu tout à l'heure, ce gentleman. Eh bien, je l'aurais volontiers regardé plus longtemps. C'est le plus bel homme que j'aie jamais vu…

— Oui, je suppose qu'il n'est pas mal, admit Claire du bout des lèvres, quand on aime ce genre-là…

— Et… ce genre-là plaît à Mademoiselle ?

Oui. Beaucoup trop.

Elle haussa les épaules.

— A la rigueur.

Si seulement elle pouvait ressentir la moitié du calme qu'elle essayait de montrer ! A présent que son plan était en marche, une foule de doutes l'assaillaient. En tout premier lieu, celui de ne pas avoir la force de le mener elle-même à bien.

Le petit échange qu'elle avait eu avec Ewan dans la coursive lui avait ouvert les yeux sur une difficulté qu'elle avait jusque-là ignorée. Si elle voulait détourner l'Ecossais de ses projets envers Tessa pour le conduire à se tourner vers elle et, par là, à dévoiler sa duplicité, elle ne pouvait continuer à ranimer ainsi leurs querelles passées. Il lui fallait à tout prix se montrer plus aimable, plus accommodante. Mais il n'était toutefois pas question de succomber réellement à son charme, sinon il lui briserait le cœur, comme autrefois...

Jamais, depuis qu'elle était en âge de prendre des responsabilités et notamment depuis qu'elle avait pris en main la destinée de la Brandcaster Company, elle n'avait eu à faire face à un défi qui eût des contours aussi flous. Dans le monde des affaires, au moins, elle se savait efficace, malgré son sexe, son jeune âge et toutes les préventions que, pour ces deux raisons, on pouvait avoir contre elle. Elle pouvait se targuer d'un don naturel pour l'organisation et d'une tête bien faite... Son père mourrait de rire s'il pouvait la voir jouer ainsi les séductrices.

Elle se força à n'y plus penser et à se concentrer sur son reflet dans le miroir.

— C'est du beau travail, Mary-Jane, dit-elle à la jeune fille. Rien d'étonnant à ce que lady Cunningham fasse si grand cas de vos services. Elle a été très aimable de vous « prêter » à moi pour la durée de ce voyage et vous, également, d'avoir accepté cette mission.

La façon dont la petite Galloise venait de la peigner était un peu apprêtée pour son goût, mais sans doute était-ce le genre de choses qui plaisait aux hommes. Quant à son usage généreux des cosmétiques... Claire se faisait l'effet d'une poupée de porcelaine, avec ces joues vermillonnées.

— J'étais très heureuse que milady me le propose, avoua la jeune fille. On dit que l'Ecosse est si belle, à cette époque de l'année, et comme ma maîtresse déteste voyager... ! Et puis, que Mademoiselle se rassure ; ce n'est pas bien difficile de l'aider à se faire belle. Mademoiselle a un si joli teint et de si beaux yeux... Mais Mademoiselle me permet-elle de lui faire une suggestion ?

— Certainement. C'est vous l'experte.

— Mademoiselle va peut-être me trouver trop curieuse, mais je me demandais pourquoi elle tenait à porter autant de bijoux.

Claire ne pouvait lui en expliquer la vraie raison.

— Vous pensez qu'il y en a trop ? C'est qu'ils ont une grande valeur...

Elle en avait vidé ses coffres, dont de nombreuses pièces qui n'avaient plus été portées depuis la mort de sa mère ; lady Lydiard était venue à la rescousse, lui confiant plusieurs des siens pour renforcer l'image de grande richesse qui devait faire tomber Ewan dans son piège.

— ... Ce collier de saphirs, par exemple, vaut plusieurs milliers de livres.

— Et il s'accorde à ravir avec les yeux de Mademoiselle, qu'il met en valeur. Mais ces boucles d'oreilles, est-ce que Mademoiselle ne trouve pas qu'elles vont assez mal avec le collier ? Et puis, il y a les bracelets... Mademoiselle tient-elle vraiment à en porter à chaque bras ?

Claire eût préféré n'en pas porter du tout. Une robe toute simple et voilà... Alourdis par les perles et les diamants, ces maudits bracelets lui paraissaient des chaînes de forçat. Quant aux boucles d'oreilles, elles ajoutaient leur torture à celle que lui infligeait déjà son corset. Elle espérait qu'un jour Tessa apprécierait à leur juste valeur tous les sacrifices qu'elle consentait pour elle...

Elle n'était cependant pas disposée à discuter avec la jeune femme de chambre de l'opportunité de porter, ou non, toute cette quincaillerie. Ces bijoux n'étaient pas des accessoires destinés à rehausser sa beauté, si beauté il y avait, mais avant tout des appâts, qui devaient leurrer un coureur de dot et aider à le confondre.

Elle se leva, s'écartant de la coiffeuse.

— J'apprécie beaucoup votre franchise et fais grand cas de votre opinion, Mary-Jane, mais, voyez-vous, j'ai trop rarement l'occasion de porter mes bijoux, alors je ne voudrais pas manquer celle-ci.

— Bien sûr, Mademoiselle. Je comprends.

La petite Galloise esquissa une révérence. Les domestiques le savent bien, il ne faut jamais contredire les maîtres.

— Puis-je avoir mon éventail, s'il vous plaît ?

Mary-Jane le lui tendit. C'était, là encore, une pièce de prix, aux branches d'ivoire délicatement ouvragées et à la soie peinte par un artiste de renom. Il ne manquerait pas, lui aussi, de faire grande impression sur Ewan, et de le convaincre que Claire Talbot était une femme très fortunée.

— Le voici, Mademoiselle.

Claire l'ouvrit d'un coup et l'agita nerveusement. Elle avait besoin d'air, tant l'appréhension lui chauffait les joues et les tempes…

Chapitre 6

Sapristi, voilà qu'il allait être en retard, et au-delà de ce que permettait le « bon ton ».

Dévalant l'échelle de descente à une allure fort peu prudente, Ewan mit la main à son gousset pour en tirer sa montre et ce qu'il lut sur le cadran ne le rassura pas du tout.

— Bon sang, plus de 19 h 30, murmura-t-il, et moi qui ne me suis pas encore changé !

Grâce à Dieu, lady Lydiard n'était pas à bord. Mais Claire Talbot, comme tout dirigeant d'entreprise, devait priser la ponctualité... Croyait-il donc qu'il avait la moindre chance de faire une bonne impression en se conduisant avec une telle désinvolture ?

En comparant la brusque froideur de la sœur de Tessa à l'accueil chaleureux qu'il venait de recevoir de la part des membres de l'équipage, sur le pont du *Marlet*, il se demandait s'il se sentirait jamais à son aise dans l'univers luxueux des Talbot. Et, d'ailleurs, le souhaitait-il vraiment ?

Il se rua dans sa cabine sans en refermer la porte et, dans sa hâte, heurta du pied le montant de sa couchette. A cloche-pied, il entama sur la moquette une sorte de danse de guerre, en éructant un chapelet de jurons gaéliques que lui avait appris, dans sa jeunesse, Fergus Gowrie, le garde-chasse de Strathandrew.

Il ne s'aperçut pas que sa porte était restée ouverte jusqu'à ce qu'il entendît un petit rire joyeux et qu'il vît, dans la coursive, une petite bonne aux cheveux sombres qui le considérait, une main sur sa bouche, dans un vain effort pour retenir un fou rire. Ewan ne douta pas un instant qu'elle pouvait comprendre chacun des jurons qu'il venait de proférer. Les répéterait-elle à Claire Talbot ? Il referma sa porte d'un geste sec et arracha sa chemise plutôt qu'il ne l'enleva, faisant sauter un bouton au passage.

Lorsque l'on frappa de nouveau, il se mit à aboyer :

— Que voulez-vous ? Dites à miss Talbot que j'arrive !

Jock, le steward, passa la tête par l'entrebâillement.

— Ce n'est que moi. Je t'apporte une bouilloire d'eau chaude, au cas où tu voudrais te laver…

— Ah oui, merci, pose ça là, veux-tu ? Je dois me dépêcher.

Il montrait le meuble de toilette.

— Est-ce que je peux t'aider ? s'enquit Jock en versant l'eau dans la vasque de porcelaine.

Etre aidé dans sa toilette par l'un de ses vieux copains ? L'idée ne lui souriait guère, même si de cette façon, objectivement, il serait certainement prêt plus vite.

— Ne te donne pas cette peine, répondit-il avec un peu d'embarras.

Il fourragea dans les équipets pour dénicher une chemise et un col dur.

— … J'ai l'habitude de me débrouiller seul… Merci pour la bouilloire.

— Comme tu voudras. Si tu changes d'avis, tu n'auras qu'à sonner.

Lorsque Jock referma la porte derrière lui, Ewan

lorgna dans son miroir… et constata qu'il avait mal boutonné sa chemise. Il se maudit de nouveau.

Le temps de faire, à toute vitesse, une toilette sommaire, de finir d'enfiler son habit de soirée, son gilet immaculé et sa cravate blanche, de passer fébrilement un peigne dans ses cheveux, il était définitivement de mauvaise humeur.

L'accueil que lui réserva Claire, quand il la rejoignit enfin dans la salle à manger du carré, ne fit rien pour arranger les choses.

— Ah, vous voilà, dit-elle en agitant un élégant éventail. Je commençais à me demander si vous n'étiez pas passé par-dessus bord…

Ewan regrettait presque de ne pas l'avoir fait. Malgré son retard, ils avaient devant eux une longue soirée en tête à tête… De quoi allait-il donc parler avec cette femme ? Devrait-il répondre à ses sarcasmes jusqu'à ce qu'il soit l'heure de regagner leurs cabines respectives ? Il s'installa auprès d'elle dans l'un des confortables canapés de cuir du carré. En dépit de son désir de prendre un nouveau départ, toutes les humiliations passées lui revenaient à la mémoire, lui laissant en bouche un goût amer.

— J'ai… j'ai oublié l'heure, grommela-t-il.

Après une courte hésitation et avec une certaine répugnance, il ajouta :

— Je vous fais mes excuses pour vous avoir fait attendre.

— Et à quoi avez-vous donc occupé votre temps ?

Le ton de Claire était courtois, mais l'acier de son regard gris-bleu donnait à son interlocuteur l'impression qu'elle le soumettait à une sorte d'interrogatoire.

— En fait, expliqua-t-elle, je craignais que l'ennui vous gagne.

— Il est vrai qu'au début je me cherchais une occupation…

Ewan regarda la table impeccablement dressée, la porcelaine, l'argent et le cristal plus étincelants encore qu'à Lydiard House.

— … J'ai retrouvé un de mes bons camarades de Strathandrew. Il m'a présenté aux autres membres de l'équipage. Nous avons discuté et puis… le temps a passé.

— Ah oui ?

Les doigts de Claire s'étaient crispés sur l'éventail. Peut-être tenait-elle pour un affront qu'il se fût mis en retard en bavardant avec des stewards et des matelots. Eh ! Que dirait l'élégante miss Talbot si elle savait qu'il aurait préféré, de beaucoup, prendre son repas avec l'équipage plutôt que dans ce carré trop luxueux et trop silencieux ?

— Bien, soupira-t-elle, vous êtes là, à présent, et c'est le principal. Voulez-vous boire quelque chose avant le dîner ?

Il avait bien besoin d'un verre, en effet, pour calmer ses nerfs à vif.

— Je prendrais volontiers un whiskey. Merci.

La boisson nationale écossaise était souvent considérée, dans la bonne société anglaise, comme un alcool assez grossier et campagnard, tout juste acceptable lors d'une partie de chasse, par une froide journée d'hiver. Mais Ewan supposait que les Talbot, qui fréquentaient les Highlands depuis de longues années, gardaient quelques-uns des meilleurs whiskeys à bord de leur yacht.

Claire fit signe à un jeune steward en veste blanche à boutons dorés et celui-ci s'approcha avec une carafe sur un plateau. Il versa à Ewan une bonne mesure de liquide ambré et lui demanda :

— Monsieur prendra un peu d'eau ? C'est un pur malt…

Ewan savait qu'il pouvait accepter en confiance. En Amérique, il avait vu avec réprobation les buveurs mélanger leur whiskey d'eau gazeuse, voire, horreur ! y plonger des morceaux de glace, par temps chaud. C'étaient là des mœurs qu'un Ecossais de bonne souche ne pouvait observer sans frémir. Seule un peu d'eau plate est admissible dans un whisky des Highlands, pour en exacerber le bouquet, à plus forte raison s'il s'agit d'un pur malt. Ewan ne doutait pas qu'à bord du *Marlet* on respectait cette règle intangible.

Les arômes végétaux et boisés roulèrent sur sa langue et se déployèrent, lui communiquant toute leur vigueur.

— Est-ce que Mademoiselle prendra quelque chose, elle aussi ? fit le jeune steward.

Claire secoua la tête.

— Seulement un peu de vin au dîner, merci, Angus.

En refusant de l'accompagner, voulait-elle lui faire sentir qu'il aurait dû refuser la boisson offerte ? Cela devenait vertigineusement compliqué.

Ewan décida de ne pas se laisser intimider. Il termina son verre en quelques gorgées — plus vite, en fait, qu'il ne l'aurait voulu — et claironna :

— Délicieux ! Je crois que j'en prendrai volontiers un autre, si vous le permettez.

— Mais bien sûr, monsieur Geddes. Je suis heureuse de vous voir faire honneur aux ressources de notre petit bar…

Tout en parlant, elle agitait négligemment son

poignet, faisant tinter un lourd bracelet orné de pierres précieuses.

Combien d'années de dur travail aurait-il fallu au jeune homme pauvre qu'il avait été pour acquérir un tel objet ? Claire Talbot essayait-elle de l'impressionner, en lui montrant de quels mondes radicalement différents Tessa et lui étaient issus ? Il n'était pas nécessaire qu'elle se donnât cette peine. Il ne le savait déjà que trop.

— Pensez-vous que vous arriverez à tenir un couteau et une fourchette, avec un tel poids sur vos poignets ? lança-t-il, goguenard, en terminant son deuxième verre et en le tendant au steward. Ou bien les enlevez-vous pour dîner ?

Claire lui jeta un regard glacial, mais répondit comme s'il venait de lui tourner un compliment.

— Ils sont beaux, n'est-ce pas ?

Elle agita ses mains et les pierres précieuses chatoyèrent dans la lumière des lampes à pétrole. Si c'était un ravissant spectacle, Ewan n'oubliait pas qu'il avait désormais tout à fait les moyens, lui aussi, d'acquérir ce genre de merveilles — et même par caisses entières, s'il le voulait.

— On m'a dit que cette bague était celle que ma mère préférait.

Elle se pencha pour la lui faire admirer, puis se lança dans une interminable tirade sur la taille des pierres, le nombre de carats, le cours du diamant, toutes choses qui donnèrent très vite à Ewan la sensation que la tête lui tournait. Hum. Les deux whiskeys avalés très vite n'étaient peut-être pas étrangers à cette sensation… Quoi qu'il en soit, lorsque la jeune femme suggéra, finalement, de passer à table, il lui en fut très reconnaissant.

Ewan était presque déjà assis sur sa chaise quand

il réalisa que Claire était encore debout. Il se releva comme mû par un ressort et, dans sa hâte, accrocha légèrement la nappe, ce qui fit tinter désagréablement les verres et les assiettes. Puis il se précipita pour tenir la chaise de son hôtesse avec un embarras plutôt comique.

— Je… je vous prie de me pardonner, bredouilla-t-il. Je n'ai pas souvent l'occasion de dîner en tête-à-tête avec une dame.

… et si cela doit chaque fois se dérouler de cette façon, ajouta-t-il en lui-même, *c'est un plaisir dont je préférerais me passer…*

— Vous allez souvent en avoir l'occasion durant les jours qui viennent, remarqua doucement Claire.

Comme elle passait près de lui, elle effleura son bras ; il eut la surprise de ressentir, à ce simple contact, une forte bouffée d'excitation érotique.

C'est encore l'œuvre du whiskey, songea-t-il. Il buvait à la vérité fort peu. En Amérique, il détestait le goût du whiskey local, qu'il trouvait plutôt pharmaceutique, et sa seule boisson forte était, parfois, un *rhum toddy*, un grog bien brûlant, après une journée glaciale ou encore pour soigner un rhume.

En toutes circonstances, il préférait garder ses moyens ; il avait souvent pris avantage, lors de dîners d'affaires, à être le seul convive qui sût rester sobre, l'esprit parfaitement clair.

Il ne niait pas que cette *lass* fût une fort jolie femme, malgré toute la verroterie qu'elle exhibait comme s'il s'agissait d'amadouer un chef indigène, mais ce n'était pas pour elle qu'il avait retraversé l'Atlantique. Elle n'était pas celle qu'il voulait faire sienne.

Ressentir à son contact ce genre… d'élan… c'était… oui, c'était tout à fait déplacé.

Claire s'était assise sur la chaise que lui tenait Ewan, en fronçant quelque peu le nez devant l'odeur d'alcool, légère mais bien perceptible, qu'exprimait l'haleine de son invité. Tous les coureurs de dot qu'elle avait connus étaient, curieusement, de grands buveurs, et celui-ci ne faisait pas exception.

— Votre sœur ne porte pas tant de bijoux, fit-il remarquer en retournant s'asseoir et en écartant sa chaise d'un geste si nerveux que Claire crut bien qu'il allait la faire voler en éclats.

Il y avait dans sa remarque quelque chose d'accusateur qu'elle décida d'ignorer, pour mieux profiter de l'opportunité qu'il lui offrait d'aborder le sujet de sa différence de fortune avec Tessa.

— Ma sœur n'a pas eu la chance d'hériter de sa mère et de sa grand-mère autant de bijoux que moi.

Elle reposa son bras sur la table afin qu'il pût bien voir bagues et bracelets.

— Bien que nous nous aimons autant, elle et moi, que si nous étions réellement des sœurs, il ne vous faut pas oublier que nous sommes de mères différentes. C'est de mon grand-père Brandcaster que vient ma fortune.

Elle espérait que tout ce qu'impliquaient ces mots trouverait un chemin dans l'esprit embrumé par l'alcool de son interlocuteur.

C'était le cas, apparemment. Après quelques instants de silence pensif, pendant que le steward servait le potage, Ewan lança à Claire un regard interrogateur.

— Vous voulez dire que vous êtes plus riche que votre sœur, miss Talbot ?

— Eh bien…

Elle dut lutter pour continuer à lui sourire, tant son attirance pour lui n'avait d'égale que le mépris qu'il lui inspirait.

— ... Il se trouve que j'ai un capital plus conséquent et un revenu nettement plus élevé. Aujourd'hui, Tessa reçoit une rente annuelle de cinq cents livres de la succession de notre père. Naturellement, lorsque sa mère décédera, ce revenu augmentera. Mais lady Lydiard est encore jeune et en excellente santé. Elle vivra probablement encore de nombreuses années.

Ewan fit une grimace un peu narquoise en avalant une cuillerée de son consommé. Ne le trouvait-il pas à son goût, ou bien étaient-ce les mauvaises nouvelles qu'elle lui donnait qui le faisaient tiquer ainsi ?

Claire porta sa cuillère à ses lèvres. Tout à fait savoureux, à son avis. Ni trop salé ni pas assez.

— ... Alors que moi je dispose d'un revenu de cinquante mille livres par an, sans parler de mes parts dans la Brandcaster Company.

Plus il dégustait son potage et plus Ewan semblait l'apprécier. Il acheva son assiette comme Claire continuait d'égrener la liste de ses possessions et richesses.

Quand elle s'interrompit enfin pour terminer son consommé, il se pencha vers elle et la regarda d'une manière qui la rendit à la fois mal à l'aise et étrangement fébrile.

— Quel dommage que l'argent ne fasse pas le bonheur, n'est-ce pas, miss Talbot ?

Claire tenta aussitôt de geler toute expression sur son visage, afin de ne pas lui montrer combien cette remarque apparemment anodine avait touché juste. Elle savait depuis longtemps que le bonheur ne s'achetait pas. Ce que l'on pouvait s'offrir pour de l'argent n'était qu'un ersatz, chatoyant, sans doute, mais sans réelle valeur — et qui vous brisait le cœur, au passage.

Elle tendit la main vers son verre de vin, pour éviter de devoir répondre incontinent. Mais elle n'en avala qu'une petite gorgée, tenant toujours à conserver, sur son adversaire, l'avantage de la sobriété.

Il venait de lui faire, en somme, une petite ouverture. Il allait falloir y répondre en demeurant dans le personnage de la riche héritière susceptible de succomber au charme d'un habile coureur de dot.

Elle reposa son verre avec un soupir qui ne manquait pas de sincérité. Et pour cause...

— Hélas, vous avez mille fois raison. J'ai souvent pensé moi-même qu'il serait bien agréable d'avoir un compagnon pour la vie, de connaître la joie d'avoir des enfants...

Elle ne pouvait en dire plus, même pour décider Ewan Geddes à lui faire la cour. Ces mots-là dépeignaient un peu trop bien les sentiments qu'elle éprouvait réellement et cachait jalousement à tous.

— Si cela peut vous être de quelque réconfort, je sais exactement ce que vous ressentez, Claire, lui dit-il doucement en posant sa large main brune sur sa main blanche, délicate et couverte de bagues. Oui, plus que vous ne sauriez l'imaginer.

Que la peste l'étouffe ! Claire résista à l'envie urgente de retirer sa main. Que croyait-il donc savoir de ce qu'elle éprouvait ? Que savait-il de ses désirs profonds ?

— Je n'ai aucun droit de me plaindre, affirma-t-elle, comme elle se l'était souvent répété elle-même depuis des années. La plupart des femmes et beaucoup d'hommes, aussi, envieraient ma chance. Je possède une belle maison dans Mayfair, une part de copropriété d'un grand domaine en Ecosse. J'ai ce yacht magnifique à ma disposition. J'ai aussi la chance de diriger, malgré mon sexe, une société aussi florissante que la Brandcaster Company.

Décidément, elle promenait son appât directement sous son nez ! Le carnassier allait-il y mordre ?

Il retira vivement sa main, car le jeune steward revenait avec deux assiettes d'huîtres. Ce n'était pas de très bon augure.

— Un peu de vin ? proposa Claire. J'espère que vous l'aimerez, c'est un Château Laville Haut-Brion 1859. Une excellente année pour les graves blancs. L'importateur nous le facture une véritable fortune, mais il le mérite.

— Non, je vous remercie, répondit-il avec un sourire embarrassé. Les whiskeys que j'ai bus risqueraient de m'en gâcher le bouquet, ce qui serait dommage.

Il n'ajouta plus rien et dégusta ses huîtres.

Plus le temps passait, plus Claire se rendait à l'évidence, si frustrante fût-elle : son plan ne fonctionnait pas. Le geste qu'avait eu Ewan de poser sa main sur la sienne n'était qu'un mouvement de compassion, de pitié, rien de plus. Il ne montrait pas le moindre signe d'intérêt pour sa fortune et semblait même se rembrunir et se renfermer de plus en plus à mesure que la soirée s'avançait.

Du reste, n'étaient Tessa et la Brandcaster Company, Claire lui aurait volontiers lancé son assiette d'huîtres à la tête et tout aurait été dit.

Pire, une petite voix provocatrice osait lui souffler qu'Ewan Geddes n'était peut-être pas un coureur de dot, après tout. Que, peut-être, il aimait sincèrement Tessa et se moquait bien de son argent, de ses bijoux et de tout ce que Claire déployait pour l'obliger à afficher ses prétendues mauvaises intentions. Elle ordonna à cette voix impertinente de se taire et se concentra sur le « rôle » qu'elle avait choisi de tenir.

— Ah, un coq de bruyère rôti ! s'exclama-t-elle. Voilà

qui nous annonce déjà les Highlands et va réveiller vos souvenirs, monsieur Geddes.

Elle espérait que son ton ne trahissait pas son angoisse et sa frustration. Ewan refusa le Pétrus à la belle robe d'un rouge presque noir, comme il avait refusé le Laville Haut-Brion.

— Le cuisinier du bord est un artiste, ce qui l'autorise à exiger des gages particulièrement élevés...

Comment ramener, une fois encore, la conversation sur le sujet de sa fortune ? Si elle ne prenait pas en défaut la cupidité d'Ewan Geddes, comment devrait-elle réagir ?

Le coq de bruyère était délicieux, en effet, mais le plaisir qu'Ewan aurait pu retirer de sa dégustation était quelque peu gâché par l'insistance que mettait Claire Talbot à étaler devant lui sa maudite fortune. On aurait dit qu'elle le prenait pour son trésorier et tenait absolument à lui rendre compte de chaque guinée amassée !

Pourquoi donc se croyait-elle obligée de parader ainsi ? Cherchait-elle à l'impressionner, à lui faire mesurer le fossé infranchissable qui le séparerait toujours de Tessa ? Allait-elle ensuite lui montrer l'arbre généalogique des Talbot, pour lui prouver que leur sang aristocratique ne saurait, sans déchoir, se mélanger au sien ?

Ah, il n'aurait pas dû avaler ces deux satanés whiskeys coup sur coup. Il avait espéré, assez sottement, que boire lui rendrait un peu de bonne humeur, or l'alcool n'avait fait que l'assombrir plus encore. Hanté par le maudit sentiment d'infériorité contre lequel il avait lutté toute sa vie, il se surprenait à remâcher de vieux griefs contre les *lairds*, et à tout prendre pour une offense personnelle.

Après un silence embarrassant, peuplé de ressentiments divers, il leva les yeux de son assiette.

— Je vous demande pardon. Que disiez-vous, miss Talbot ?

Il se forçait, par politesse, à la regarder en face, mais il craignait les réactions qu'elle était capable de provoquer en lui.

Malgré tous les efforts qu'elle déployait pour accomplir avec élégance ses devoirs d'hôtesse, Claire Talbot avait l'air si hautaine, si sûre d'elle… et était si attirante, en dépit de tout ! Elle lui donnait envie de se jeter sur elle et de faire fondre, par ses baisers et ses caresses, la carapace de snobisme qui la corsetait. De la dépouiller de sa robe de prix et de ses bijoux, de toutes ses fanfreluches coûteuses — pour ne plus avoir qu'une vraie femme, enfin, entre ses bras.

— Je disais seulement que vous me paraissiez préoccupé, monsieur Geddes. Quelque chose vous tourmente ?

Ses yeux gris-bleu semblaient deviner toutes ses pensées, même les moins avouables. Il valait mieux prendre congé, faute de quoi la lassitude et l'ivresse allaient altérer son jugement et avoir raison de ses bonnes manières.

— J'ai, en effet, deux ou trois problèmes en tête et la journée a été longue pour moi…

Il se leva de sa chaise — pas aussi dignement qu'il l'aurait souhaité.

— … Aussi vais-je vous prier de m'excuser et me retirer dans la cabine que vous avez si aimablement mise à ma disposition.

— Mais, monsieur Geddes, nous… n'avons pas

terminé ! Vous n'avez pas goûté les filets de veau. Leur sauce est exquise, le chef...

— Le chef la prépare à partir d'épices qui ne coûtent pas moins de deux guinées l'once, la coupa-t-il sèchement. Je n'en doute pas. Merci pour votre splendide hospitalité, miss Talbot. Mais je crains que votre dîner ne soit trop riche pour un estomac comme le mien, habitué depuis l'enfance au mouton et à la bouillie d'avoine.

Claire bondit sur ses pieds.

— Insinueriez-vous que vous étiez mal nourri, lorsque vous apparteniez à notre personnel ?

Il se félicita secrètement d'être enfin parvenu à faire sortir Claire Talbot de ses gonds policés, dût-il le regretter dès le lendemain matin.

— Je n'ai rien dit de tel, lui répliqua-t-il nettement, et vous le sauriez si vous aviez voulu prendre la peine de m'écouter attentivement. J'ai seulement tenu à vous expliquer que je ne suis pas habitué à un tel luxe et qu'il m'embarrasse, quoique je ne nie pas que tout était exquis. Que cela ne vous empêche pas d'en profiter. Vous pourrez même manger ma part, si le cœur vous en dit ! Bonne nuit, miss Talbot.

Sur ces mots, il tourna les talons et marcha vers la porte, tandis que, dans son dos, Claire s'écriait :

— Mais vous ne pouvez pas me laisser, simplement, comme cela. Revenez immédiatement !

Ewan se retourna si brusquement qu'il faillit en perdre l'équilibre, les effets du whiskey s'ajoutant à ceux d'un léger tangage.

— Est-ce un ordre, miss ?

— Oui ! Non ! Je veux dire... vous n'allez pas me laisser dîner seule, tout de même ?

Il hocha la tête.

— J'ai l'impression que vous préférerez cela de beaucoup au fait de devoir supporter ma misérable compagnie.

— C'est faux, je l'apprécie au plus haut point.

Sa voix tremblait.

— Dans ce cas, vous avez de bien curieuses façons de me le témoigner !

Il ouvrit la porte et, cette fois, elle ne tenta rien pour le retenir.

Quand il eut rejoint sa luxueuse cabine, Ewan retira rageusement ses vêtements, murmurant entre ses dents tous les griefs qu'il aurait voulu jeter au visage de Claire Talbot.

Tout ce qu'il aurait voulu pouvoir lui dire, dix ans auparavant, s'il avait alors osé vider son sac.

Tout ce qu'il ne lui dirait sans doute jamais, s'il voulait avoir une chance de garder Tessa. Las, ce n'était pas si sûr…

Le comportement de Claire Talbot, ce soir, l'avait convaincu que jamais elle ne serait son alliée. Jamais elle ne donnerait sa bénédiction au mariage de sa sœur avec un ex-*gillie*. Il avait été stupide de présumer qu'il pourrait gagner sa confiance. La snob sans cœur qu'elle était lui en avait fait miroiter la possibilité avant de lui frotter impitoyablement le nez dans la mirifique fortune des Talbot.

A maintes reprises, il avait failli lui répliquer qu'il était devenu plus riche encore qu'elle et que chaque penny gagné par lui était le fruit de son propre travail et non celui de la réussite d'un ancêtre. Oui, il aurait aimé le lui clamer, rien que pour voir la tête qu'elle aurait fait.

Mais il valait mieux penser à la surprise de Tessa lorsqu'il lui apprendrait, une fois qu'elle aurait accepté sa demande, qu'elle allait devenir l'épouse d'un homme riche.

Peu à peu, il commença à se détendre; son estomac se dénoua et le poids qu'il avait sur la poitrine finit par disparaître. Sa respiration se fit plus lente et le doux roulis du *Marlet* l'amena doucement au sommeil. Avant d'y sombrer tout à fait, Ewan se fit à lui-même une promesse. Si Claire Talbot s'entêtait dans son invraisemblable attitude, il lui demanderait de le faire débarquer dans le premier port qui se présenterait.

Chapitre 7

Claire se réveilla en sursaut le lendemain matin, la respiration hachée, spasmodique, le front baigné de sueur froide. Sans doute avait-elle crié ou appelé dans son sommeil car Mary-Jane, la jeune femme de chambre, qui dormait dans la petite cabine attenante à la sienne, se rua à son chevet.

— Que se passe-t-il, Mademoiselle ? Oh, Mademoiselle m'a fait peur ! Elle a crié si fort que j'ai cru qu'on l'assassinait dans sa couchette.

— C'était juste un cauchemar.

Claire secoua la tête, comme pour en chasser jusqu'au souvenir. En vain...

Elle s'était vue avancer dans la travée centrale d'une vieille église, près de Strathandrew. Elle marchait à la rencontre d'Ewan Geddes, qui l'attendait au pied de l'autel, dans le même kilt et la même veste de laine aux tons passés qu'il portait autrefois. Il était si beau qu'elle voulait courir vers lui, mais ses pieds semblaient des gueuses de plomb qui la clouaient au sol.

— Oh, il devait être bien pénible, alors, ce rêve, s'apitoya la gentille soubrette. Mademoiselle veut-elle un verre de lait chaud, ou un cordial ?

Claire se frotta les yeux.

— Non, merci. Cela ira mieux dès que je me serai levée.

La suite du cauchemar lui revint. Lorsqu'elle avait enfin atteint l'autel, Ewan l'avait prise dans ses bras et l'avait embrassée, comme cette fameuse nuit, autrefois, lorsqu'il l'avait prise pour sa sœur, dans l'obscurité. Claire avait alors senti son cœur tout près d'éclater. Aujourd'hui encore, le souvenir qu'elle avait de ce baiser était d'une précision hallucinante et ses lèvres en brûlaient toujours.

— Dois-je faire préparer le petit déjeuner ou Mademoiselle voudra-t-elle se rendormir un peu ? Il est encore tôt et, comme nous sommes sur un bateau, je suppose que rien d'urgent n'attend Mademoiselle, n'est-ce pas ?

Claire avait bel et bien des choses à faire, dont sa femme de chambre ne se doutait certes pas. Et cela pressait, en effet.

— Je prendrai mon petit déjeuner, s'il vous plaît.

Elle se leva de sa couchette et Mary-Jane lui présenta son peignoir.

— Je ne me rendors quasiment jamais, une fois que j'ai ouvert les yeux, expliqua Claire.

— Bien Mademoiselle. Mademoiselle voudra un plateau ou bien...

— Non, non, je le prendrai au carré, merci.

Bien qu'elle redoutât un autre fiasco, déjeuner dans sa cabine la priverait d'une nouvelle occasion de rencontrer Ewan. Or elle ne voulait manquer aucune opportunité de se rabibocher avec lui après son consternant échec, au dîner de la veille.

Tandis que la femme de chambre courait s'habiller, Claire se glissa derrière le paravent. Ouvrant le robinet relié à un réservoir d'eau douce, elle s'aspergea longuement le visage. L'impression née de son rêve se dissipa quelque peu, mais pas totalement. Il faudrait plus qu'un peu d'eau froide pour en effacer les dernières images, effroyables : comme Ewan la tenait dans ses bras et l'embrassait avec une ardeur sauvage, Tessa l'avait soudain appelé, depuis le seuil de la nef. Claire s'était accrochée à lui de toutes ses forces et il l'avait repoussée.

« Ce n'est pas vous que je veux ! », avait-il craché, et le mépris de son regard lui avait brisé le cœur. Tout comme hier soir, quand il avait interrompu leur dîner pour quitter le carré...

Ce n'était pas cela, pourtant, qui l'avait tirée du sommeil. L'image suffisamment atroce pour la réveiller en sursaut avait été celle de Tessa courant dans la travée, volant dans les bras d'Ewan — et lui l'embrassant avec la même fureur, la même passion avec laquelle il l'avait embrassée, elle, précédemment.

Claire ferma un instant les yeux, quoi qu'elle sût bien que c'était inutile. La pénible image n'en était que plus précise, plus éclatante.

Elle s'aspergea derechef le visage.

Sa femme de chambre revint dans la cabine, fringante et pleine d'entrain. Claire lui enviait son caractère avenant, confiant et chaleureux.

— Je suis prête à transmettre les ordres de Mademoiselle à la cuisine, lui dit-elle. Ensuite, si Mademoiselle le veut bien, je l'aiderai à s'habiller.

— Pendant que vous y êtes, Mary-Jane, voulez-vous aller voir si M. Geddes est déjà debout ?

— Oui, Mademoiselle.

Lorsque la femme de chambre eut à nouveau quitté la cabine, Claire s'assit sur sa couchette et soupira profondément. Son rêve lui avait fait prendre conscience que ses sentiments pour Ewan n'étaient pas uniquement à conjuguer au passé.

Pourtant, après l'édifiante expérience de la veille et la manière dont il l'avait traitée, elle le détestait plus que jamais. Mais l'attraction qu'il exerçait sur elle n'avait pas faibli... Que pouvait-il donc arriver de pire à une femme et surtout à une femme comme elle, qui se targuait d'être intelligente et pondérée, que d'éprouver de violents sentiments pour un homme qui la méprisait cordialement ?

Allons, c'était une raison de plus pour le chasser hors de sa vie... et de celle de Tessa !

Peut-être, après tout, n'avait-elle pas encore joué de tous ses atouts. Elle avait certes tenté d'éveiller sa convoitise en étalant complaisamment devant lui l'étendue de sa fortune, mais lui avait-elle suffisamment fait comprendre qu'elle pourrait se laisser séduire par un homme tel que lui ?

Elle allait devoir prendre un nouveau départ et y employer toute son énergie. Il ne fallait pas compter sur la trop faible lady Liyard pour empêcher bien longtemps Tessa de rallier l'Ecosse. Hélas, elle n'avait pas envisagé la possibilité qu'Ewan pût se montrer rétif à ses manœuvres...

La porte s'entrouvrit et Mary-Jane se glissa à l'intérieur de la cabine.

— Le chef fera servir dès que Mademoiselle sera habillée. Mais si Mademoiselle me permet... il est très en colère !

Claire se remit debout avec un soupir d'exaspération.

— Allons, bon ! Qu'y-a-t-il encore ?

— C'est à cause de toute la nourriture qui a été retournée à la cuisine, hier soir. Le chef dit que c'est une insulte à son art. Il faut espérer que Mademoiselle et Monsieur auront meilleur appétit, ce matin.

Ah, ces hommes ! Si Claire avait pu, sans eux, assurer la manœuvre du *Marlet*, elle les eût bien volontiers tous passés par-dessus bord.

— A propos de M. Geddes...

Claire tâchait de conserver un ton neutre et détaché.

— ... Vous vous êtes enquise de lui ?

— Je n'en ai pas eu besoin, Mademoiselle.

La femme de chambre ouvrit la penderie de Claire, abondamment pourvue.

— Juste comme je longeais la coursive, j'ai vu M. Geddes sortir de sa cabine et monter sur le pont... Laquelle Mademoiselle choisira-t-elle, ce matin ?

Une qui incite un homme à tenter sa chance avec moi, songea Claire.

— Oh, quelque chose de joli...

Que savait-elle de ce qui pouvait attirer les hommes ?

— Elles sont toutes très jolies, Mademoiselle...

— Une qui soit... pimpante — elle rougissait de seconde en seconde —, qui... ne me couvre pas trop, vous voyez...

— Oui...

Mary-Jane dépendit une robe rose ornée d'une débauche de dentelles en ajoutant d'un air très innocent :

— S'il ne déplaît pas à Mademoiselle que le monsieur la regarde, alors peut-être que celle-ci...

Claire examina la robe. En d'autres circonstances, elle l'eût considérée comme bien trop frivole et, d'ailleurs, le rose n'était pas du tout sa couleur favorite. Mais il était vrai que cette toilette était très jolie, avec ses manches courtes à gigots et son décolleté profond.

Elle hocha simplement la tête en signe d'approbation. Aux grands maux, pensa-t-elle, les grands remèdes.

C'était à désespérer de tout, se disait Ewan en émergeant sur le pont et en clignant des yeux sous le soleil de ce radieux matin d'été. Une migraine, pour deux malheureux verres de whiskey ! Il avait connu des hommes capables d'en vider une barrique sans souffrir de la moindre gueule de bois. Honte à lui ! Il ne méritait pas même le nom d'Ecossais. Ses tempes semblaient prises dans un étau et son estomac vide protestait contre le roulis pourtant très modéré du yacht. Il espérait au moins qu'une goulée de bon air marin le remettrait d'aplomb…

Il se pencha au-dessus du bastingage et, plusieurs fois de suite, inspira profondément. Il sentit la chair nouée de sa nuque se détendre quelque peu… jusqu'à ce qu'il entende des pas derrière lui.

A son grand soulagement, ce fut la forte voix du capitaine du *Marlet* qui retentit à ses oreilles.

— Belle journée, n'est-ce pas, monsieur Geddes ? J'espère que vous avez bien dormi ?

— Parfaitement, mentit Ewan.

Il y avait bien longtemps qu'il n'avait pas passé une aussi mauvaise nuit.

Des images provocantes de Claire Talbot l'avaient poursuivi jusqu'aux premières lueurs de l'aube. Le doux et sensuel mouvement de la goélette n'avait rien fait pour arranger les choses et il n'avait pas tardé à brûler d'un désir qui l'emplissait de honte. S'il devait ressentir ce genre de… pulsions, ç'aurait dû être pour sa sœur et non pour elle, que diable ! Mais il n'y parvenait pas. Quand il essayait de substituer l'image de Tessa à celle de Claire, son imagination s'y refusait absolument. Il essayait de se remémorer toutes les vexations que l'aînée des Talbot lui avait fait subir, dix ans auparavant et même la veille, encore ; las, sans avoir le moindre effet sur ses fantasmes, cela ne servait qu'à le faire se sentir un peu plus misérable.

Qu'avait-il donc ? Claire avait-elle versé un philtre dans son whiskey ?

— Où sommes-nous ? s'enquit-il.

Dans le souci de se distraire de ses pensées, il regardait les falaises crayeuses que longeait le yacht.

Le capitaine Mac Leod retira sa pipe de sa bouche et en pointa le tuyau vers la côte.

— Nous sommes devant les côtes du Sussex, monsieur Geddes.

Ewan fit la grimace.

— Le Sussex ? Je pensais que nous devions longer le Devon, à l'heure qu'il est…

Il ne voulait pas voir cette croisière durer une minute de plus qu'il n'était strictement nécessaire. Après la soirée et la nuit qu'il venait de passer, la perspective d'un long voyage en train avec lady Lydiard n'était plus si effrayante qu'auparavant… Au moins il ne risquerait pas, à son contact, de développer de troubles pensées.

— Comme vous l'aurez sûrement remarqué, répondit plaisamment le capitaine, notre bon vieux *Marlet* est une goélette et non un navire à vapeur. Il lui faut l'aide des vents pour avancer. Or cette petite brise de terre, pour agréable qu'elle soit, freine notre allure.

— C'est tout de même étrange, soupira Ewan en lançant un coup d'œil aux grandes voiles auriques. Brandcaster construit quelques-uns des plus modernes engins à vapeur du monde et sa dirigeante a toujours pour yacht un voilier !

— Rien d'étrange à cela…

Ce n'était pas Mac Leod qui avait répondu, mais Claire. Elle vint s'appuyer au bastingage, entre les deux hommes, mais un peu plus près d'Ewan que du capitaine.

Plus près, en tout cas, qu'il ne l'aurait souhaité.

— Tout est une question de fonction, expliqua-t-elle, les yeux tournés, elle aussi, vers les blanches falaises de la côte. Certes, Brandcaster construit des navires de guerre, des paquebots et des cargos. Nos architectes navals se donnent beaucoup de mal pour les rendre toujours plus sûrs et plus rapides. Mais mon cher *Marlet* est un bateau de plaisance. Il est fait pour que l'on soit heureux de vivre à son bord et non pour atteindre le plus vite possible une quelconque destination. Je préfère que nous y soyons dispensés du bruit et de la fumée d'une machinerie à vapeur, ainsi que de la nécessité de devoir ravitailler sans cesse une dégoûtante soute à charbon.

Bien qu'Ewan fût, en fait, parfaitement en accord avec cette opinion, quelque chose dans le ton de Claire le hérissait. Il ne faisait pas de doute, pour lui, que la hautaine miss Talbot considérait sa présence à bord aussi peu désirable que celle d'une machine au bruit assourdissant, d'une cheminée crachant une fumée noire ou d'une soute à charbon crasseuse.

— S'il nous faut un jour ou deux de plus pour rallier Strathandrew, reprit-elle, le mal n'en sera pas bien grand, à mon avis. Qui s'en plaindra ?

Ewan se demandait, lui, s'il parviendrait à supporter un jour de plus en sa compagnie, sans même parler de plusieurs. Il essaya bien de ne pas la regarder, de garder ses yeux fixés au loin, mais il n'y parvint pas. Quelle idée de porter une telle robe le matin ! S'il ne la connaissait pas, il aurait pu croire qu'elle tentait de le séduire.

Les volants de dentelles soulignaient ses formes et la

couleur pastel la faisait paraître plus jeune qu'elle ne l'était. Elle avait renoncé à toute sa quincaillerie ; seul un modeste médaillon était niché dans le sillon de sa poitrine. Ses cheveux n'étaient plus ni artificiellement bouclés, ni rassemblés en une pièce montée élaborée. Quelques-unes de ses mèches fauves volaient au vent, lui donnant l'envie d'avancer la main pour les remettre en place. Au passage, il aurait aimé caresser, du bout des doigts, le satin de ses joues...

A quoi pensait-il donc, sacrebleu ?

Il s'écarta vivement d'un pas.

— Oui, il y a quelque chose d'aristocratique dans la ligne de ces goélettes, n'est-ce pas ? lança-t-il tout à trac. Elles glissent silencieusement sur l'eau, sans effort apparent. Sans doute sont-elles un peu capricieuses, un peu rétives à la manœuvre, mais c'est peut-être ce qui fait leur charme...

Tout cela pouvait sembler innocent, voire flatteur, mais il y avait de lourds sous-entendus dans cet éloge de la voile. Des sous-entendus qui n'avaient pas grand-chose à voir avec la construction navale...

— Oui, peut-être...

La réponse de Claire avait un ton de méfiance, comme si elle se gardait d'une possible embûche, sans savoir exactement laquelle.

— ... Je n'y ai jamais vraiment réfléchi.

Rêvait-il, ou bien venait-elle de s'approcher encore un peu ? Il aurait voulu s'écarter franchement, mais ç'eût été passablement ridicule.

Il passa sa main sur son menton, que le rasoir n'avait pas encore touché.

— En somme, dit-il, il faut croire que les navires à vapeur sont les prolétaires de la mer. Bruyants, puants et sales — mais faisant leur boulot.

— Les voiliers rendent service à l'humanité depuis des millénaires, monsieur Geddes, répliqua Claire. Je trouve un peu brutal de les abandonner complètement au nom du progrès et de l'efficacité.

Le capitaine Mac Leod dut sentir l'hostilité sourde de leur échange et manœuvra pour se dégager, tout comme il aurait écarté le *Marlet* de la route d'une tempête.

— Je vous prie de m'excuser, leur dit-il, mais c'est l'heure de la relève de quart. Je vais aller voir qui est le prochain homme de barre.

Il s'éloigna en tirant sur sa pipe et en hochant la tête. Ewan aurait aimé trouver une excuse pour s'échapper, lui aussi ; las, nul doute que Claire lui aurait immédiatement emboîté le pas. Il était pris au piège par cette femme, sur un bateau qui se *traînait* jusqu'en Ecosse !

Claire retint à grand-peine un soupir de soulagement, en regardant s'éloigner le capitaine. Un frisson glacé l'avait saisie, en entendant Ewan demander pourquoi le *Marlet* n'avait pas parcouru plus de route durant la nuit. Que serait-il advenu si Mac Leod lui avait révélé qu'il suivait en cela ses instructions ?

Par bonheur, le vieux loup de mer ne l'avait pas trahie et avait fourni à leur invité une explication tout à fait plausible. Elle était alors intervenue dans leur conversation, empêchant Ewan de questionner plus avant, et s'était glissée entre eux, malgré le trouble insensé qui s'emparait d'elle chaque fois qu'elle se trouvait un peu trop près de lui.

Ses sens semblaient hors de tout contrôle, en sa présence. Bien qu'elle s'efforçât de garder ses yeux fixés sur la ligne de la côte, elle ne pouvait s'empêcher de lancer de fréquents coups d'œil à son compagnon. L'émotion lui nouait la gorge lorsque son regard fugace s'arrêtait un instant sur la ligne volontaire de la mâchoire d'Ewan. Les oreilles de Claire semblaient sourdes à tout autre son que sa voix grave et mélodieuse. Sa peau même semblait conserver la mémoire — et le regret — des trop rares occasions où il l'avait frôlée.

Dire que sa belle-mère l'avait récemment présentée comme une femme sagace et mesurée ! Claire ne s'était jamais sentie aussi insensée ni aussi frivole de toute sa vie.

Avant qu'Ewan n'ait pu reprendre ses critiques contre son attachement sentimental à la marine à voiles et son désir « passéiste » de conserver le *Marlet* en service, elle se tourna vers lui pour lui demander :

— Avez-vous pris votre petit déjeuner ?

— Non, je n'avais pas faim.

Malgré toutes ses bonnes résolutions, Claire ne put se garder de le titiller quelque peu.

— Comme c'est curieux ! Vous n'aviez déjà pas faim hier soir. L'air marin est pourtant censé ouvrir l'appétit !

Il fit une moue agacée, mais, même ainsi, il restait bien trop beau pour que les sens de la pauvre Claire pussent connaître la paix.

Elle essaya de tempérer sa propre exaspération. Elle avait si peu de temps pour appliquer son plan ! S'ils continuaient à s'opposer ainsi, le *Marlet* aurait le temps de faire trois fois le tour du monde avant qu'elle soit parvenue à le séduire.

— Le mal de mer ? dit-elle en feignant la sollicitude.

— Par ce temps ? Vous plaisantez !

Il montra la légère ondulation des vagues, à peine frangée d'écume.

— J'ai fait montre d'un appétit de cheval sur des mers bien plus démontées que cela !

C'était donc la compagnie de Claire qui le lui coupait aujourd'hui ? Elle se le demandait. Convoitait-il sa fortune, tout en répugnant à consentir le moindre effort pour la conquérir ?

Elle lui fit une petite révérence ironique, puis tourna les talons.

— A votre aise, lui lança-t-elle par-dessus son épaule. Moi, je descends au carré.

En fait, ce serait miracle si elle parvenait à avaler plus qu'une bouchée. Mais c'était la meilleure excuse pour quitter Ewan Geddes avant d'éclater en sanglots ou de succomber à la tentation de le jeter par-dessus bord.

Elle avait presque atteint l'échelle de descente lorsqu'il l'interpella.

— Qu'est-ce que le grand artiste aura concocté, ce matin ? Des œufs de paon sur lit de foie gras truffé ?

Qu'il était donc désagréable ! Il l'avait déjà contrainte à une retraite humiliante. Ne pouvait-il s'en contenter ?

— Œufs de poule, tout simplement, répliqua-t-elle sans se retourner. Du jambon frit, du bacon… quelques *crumpets*, *scones* et *muffins*… Ah, et puis je lui ai demandé de nous préparer du porridge, au cas où vous éprouveriez pour cette bonne vieille bouillie d'avoine une certaine nostalgie.

Elle n'avait pas descendu trois marches qu'il demandait, juste derrière elle :

— Du porridge, disiez-vous ?

Allait-il maintenant lui infliger le déplaisir de sa compagnie ?

— Je crains que la recette préparée par notre chef ne sache emporter votre adhésion, monsieur Geddes.

Aussi est-il préférable, après tout, que vous ne souhaitiez pas déjeuner…

— Gâcher de la bonne bouillie d'avoine ? Vous n'y pensez pas !

Il la suivait dans l'échelle de descente.

— … Ma grand-mère Cameron risquerait de sortir de sa tombe pour me traiter de *Sassenach*…

On désignait ainsi en Ecosse, et de manière fort péjorative, les Anglais.

Claire se retourna vivement et lui fit face.

— Je sais ce que ce mot signifie, monsieur. Nul doute que c'est ainsi que vous nous qualifiez, ma famille et moi !

Elle s'attendait plus ou moins à l'entendre le revendiquer avec fierté, mais au lieu de cela il s'écria :

— Tenez donc la main courante, voulez-vous ? Je suis trop loin pour vous rattraper si jamais vous tombez !

— Vous l'avez dit vous-même, la mer est calme.

Elle posa cependant la main sur le filin, fixé à la cloison par des anneaux de cuivre. Elle ne voulait à aucun prix qu'il remît les mains sur elle.

— Eh bien, venez ou ne venez pas déjeuner, à votre guise, soupira-t-elle en prenant bien garde de ne pas trébucher. Quoi que je préconise, vous aurez certainement à cœur de me contredire…

— Serais-je donc inconséquent, à votre avis, miss Talbot ?

— Je laisse à votre conscience le soin de répondre à cette question, monsieur Geddes.

Il ne put retenir un petit rire. S'il se demandait s'il avait de la suite dans les idées, voilà qui apportait bien la preuve du contraire !

Lorsqu'elle tentait de se rapprocher de lui, il l'évitait soigneusement ; et lorsque c'était à son tour de s'éloigner, excédée, il la poursuivait. Qu'elle le flatte, il s'en formalisait, qu'elle l'insulte et il en riait! Si elle lui montrait combien il lui donnait envie de l'étrangler, se mettrait-il à éprouver de tendres sentiments pour elle ?

— Vous savez, lui dit-il après avoir presque vidé son bol, il n'est pas mauvais du tout, ce porridge...

Il avait l'air surpris, comme s'il s'était attendu à le trouver empoisonné.

— ... C'est exactement ce qu'il me faut, après la nourriture trop riche d'hier soir...

— Et le whisky, murmura Claire.

— Oui, aussi, admit-il avec une irritante bonne humeur.

Puis il regarda l'assiette de son hôtesse.

— Eh bien, et vous ? Où est passé votre appétit ?

Envolé, songea Claire, *tu me l'as coupé !*

Comme elle ne daignait pas lui répondre, il insinua :

— Les ingrédients de ce petit déjeuner seraient-ils trop communs à votre goût ?

Cette fois elle ne put retenir une réplique cinglante.

— Et si c'était plutôt votre compagnie, monsieur ?

— Qui est inconséquente, à présent ?

Ewan but une gorgée de son thé.

— Hier soir, poursuivit-il sans perdre son calme, vous ne vouliez pas me laisser quitter la table. Il y a quelques instants à peine, vous m'invitiez à prendre ce petit déjeuner avec vous et, avant l'appareillage, vous avez tout fait pour que j'embarque avec vous sur ce bateau — qui se traîne, entre parenthèses...

Claire se leva et jeta sa serviette.

— Certainement pas ! C'était votre décision, à vous seul !

— Sornettes ! Vous m'y avez amené et de plus d'une manière... Entre autres choses, vous disiez que vous vouliez me connaître mieux, afin d'être à même de juger si je ferais un mari convenable pour votre sœur.

— Et vous, vous m'avez assuré que vous étiez heureux de relever ce défi. Est-ce là votre façon de me faire une bonne impression ? De fonder les bases de votre relation avec notre famille ?

Sur ces derniers mots, sa voix se fêla. Devoir assister au mariage d'Ewan et de Tessa. Les voir ensemble à chaque fête de famille. S'obliger à accepter, peut-être, de devenir la marraine de leurs enfants. La perspective même en était insupportable.

Ewan se leva à son tour, mais lentement. Il avait été suffisamment incorrect de ne pas l'imiter aussitôt.

— J'ai été stupide de croire que vous me laisseriez la moindre chance. Après tout, vous m'avez toujours pris pour un imbécile, n'est-ce pas, miss Talbot ?

Avait-il tout deviné ? L'angoisse fit se contracter l'estomac de Claire, si douloureusement qu'elle crut bien qu'elle allait devoir rendre le peu qu'elle avait avalé. Il lui fallait un peu d'air, et tout de suite.

— Je ne sais pas de quoi vous parlez, Ewan Geddes, lâcha-t-elle avec le plus grand mépris, en marchant vers la porte. Et je doute fort que vous le sachiez vous-même.

— Oh, mais si, vous le savez — il la suivait comme son ombre, le goujat ! —, ne prétendez pas le contraire.

Claire fut tentée de se réfugier dans la cabine, mais dans l'humeur où il se trouvait, il était à craindre qu'Ewan Geddes n'ait aucun scrupule à s'y engouffrer derrière elle. Si cela arrivait, Dieu seul savait à quelles extrémités elle pourrait se laisser conduire, car elle le désirait au moins autant qu'elle le détestait. Elle devait être folle !

Elle préféra donc monter sur le pont, espérant qu'il ne la suivrait pas. S'il le faisait, la présence de l'équipage l'empêcherait, elle l'espérait encore, de se livrer à quelque esclandre.

Le premier de ces espoirs de Claire fit long feu, car il la suivit dans la coursive.

— Allons, dites-le, que vous n'aviez pas l'intention de me laisser la moindre chance !

Il parlait assez haut pour qu'elle sût, sans l'ombre d'un doute, que son deuxième espoir serait vain, lui aussi.

Quand elle parvint sur le pont, elle fit volte-face pour l'affronter. Elle ne craignait plus de se retrouver prise au piège de ses bras.

— Je vous demande pardon ? lui dit-elle avec hauteur.

Il l'avait suivie de si près, littéralement sur ses talons, qu'en se retournant elle se trouva quasiment aussi proche d'Ewan qu'elle l'avait été quand ils valsaient ensemble au bal des Fortescue. Elle essaya bien de reculer mais, par malchance, se retrouva adossée au mât de misaine.

— J'y vois clair dans votre jeu, bon Dieu !

Il paraissait immense au-dessus d'elle, si menaçant et si diaboliquement attirant, aussi. Elle le regardait avec surprise et il se reprit.

— Je vous demande pardon... Je vois ce que vous aviez en tête. Vous vouliez m'attirer à votre bord, en vous montrant toute douce et bienveillante, puis, à la minute où on larguerait les amarres, me titiller, me pousser dans mes derniers retranchements. Ainsi, vous pourriez raconter à votre sœur tout un tas d'anecdotes sur ma balourdise, afin de bien la convaincre que je ne suis pas un parti convenable pour elle.

Claire aurait pu lui éclater de rire au nez, si elle

n'avait craint que, dans sa rage, il ne vînt à l'étrangler. C'était donc *cela* qu'il croyait avoir deviné de son plan ?

— Je n'ai pas ménagé mes efforts pour vous rendre cette croisière agréable, au contraire, et vous ai offert pour cela ma meilleure hospitalité, protesta-t-elle, la conscience tranquille.

— En me parlant de votre fichue fortune ? En me la jetant à la figure ? Laissez-moi vous dire une bonne chose, Claire Talbot...

Elle refusait de toutes ses forces de le laisser la rudoyer... comme de se laisser séduire par lui.

— Vous me direz ce qu'il vous plaît, monsieur, que je le permette ou non, j'en ai peur...

A la grande surprise de Claire, cette réplique parut lui couper tous ses effets. Il ouvrit la bouche, puis la referma, l'ouvrit encore ; nul son n'en sortit.

— Eh bien, triompha Claire, vous vouliez me dire quelque chose, je crois ?

— Oui. Je... J'en ai assez. Je vous prie de me débarquer immédiatement.

— Je vous demande pard...

Elle s'interrompit pour ne pas lui donner de nouveau l'occasion de l'insulter.

— Mais c'est impossible, nous ne pouvons pas...

Il montra la côte du doigt et elle suivit son geste. Le *Marlet* était en train de doubler une petite île où l'on distinguait un hameau de pêcheurs.

— Dites au capitaine de mouiller ici et de mettre une chaloupe à la mer.

Claire réfléchit à toute allure. Débarqué sur cette île, il paierait un pêcheur pour le conduire à un port quelconque et sauterait dans le premier train pour Londres. Il raconterait sa mésaventure à Tessa, qui n'hésiterait pas une seconde à s'enfuir avec lui pour l'épouser. Plus jamais alors, sans doute, elle n'adresserait la parole à sa demi-sœur. Quant à Ewan Geddes, que se passerait-il s'il décidait de se venger ? Certes, la part d'actions que Tessa détenait dans la Brandcaster Company était minoritaire, mais si elle passait entre les mains d'un homme habile et peu scrupuleux...

— Non.

— Qu'est-ce que vous dites ?

— Je pense que c'est clair, monsieur. Vous resterez à bord de mon yacht jusqu'à ce que nous ayons atteint notre destination. Alors seulement vous pourrez aller où bon vous semble...

Le bon sens de Claire faisait qu'elle s'écoutait elle-même avec le plus grand étonnement et se demandait si elle n'était pas devenue folle. D'ailleurs, à quoi pourraient bien lui être utiles quelques jours de plus ? A ce train-là, ce serait miracle s'ils ne s'entre-tuaient pas !

Mais fureur et désespoir se liguèrent pour étouffer en elle la voix fluette de la raison. Elle n'allait pas permettre à cet Ewan Geddes de lui dicter ses quatre volontés. Il y avait déjà bien assez de choses qu'il lui faisait faire et dire contre son gré.

L'espace d'un instant, elle put craindre qu'il la frappe ou la maudisse. Mais il parut se maîtriser, au prix d'un immense effort sur lui-même.

— Très bien, lui dit-il en marchant vers le bastingage. J'irai donc à la nage...

— Vous n'oseriez pas ?

Ewan retira ses bottines et ses chaussettes.

— Vous croyez ça ? Attendez un peu...

Tout à coup, Claire prit conscience du silence inhabituel qui régnait sur le pont. Tous les marins de la bordée de quart les observaient.

— Allez-vous rester sans rien faire ? s'exclama-t-elle. Arrêtez-le, voyons !

Personne ne bougea et, de l'arrière, le capitaine Mac Leod lui cria :

— C'est délicat, miss, nous ne pouvons retenir ce gentleman contre sa volonté !

Dieu du ciel, et s'il la poursuivait pour tentative d'enlèvement ? Elle voyait d'ici les titres des journaux !

— Vous préférez être complice de sa mort ? lui répliqua-t-elle rageusement.

Puis, à Ewan :

— Vous allez vous noyer !

Mais il avait déjà arraché sa veste et son gilet, défaisait ses boutons de col, puis ceux de sa chemise. Quand elle vit apparaître ses épaules nues, puis son torse musculeux, Claire en eut le souffle coupé.

— Je préfère encore une mort rapide au lent supplice que je subirais en restant auprès de vous...

Il n'était pas sérieux. Ce n'était pas possible.

— Je vous en prie...

Le capitaine Mac Leod hésitait encore. Il allait falloir donner l'ordre de déposer Ewan sur le rivage.

— Ne soyez pas ridicule !

— Je fais ce que je veux. Serviteur, miss Talbot — et notez bien que c'est seulement une façon de parler, car je ne suis PLUS votre serviteur !

Avant qu'elle ait pu faire un seul geste, il avait escaladé le bastingage et plongé dans les vagues.

Chapitre 8

Etait-il bien sûr de ne pas avoir perdu l'esprit ?

Cette question tournait dans la tête d'Ewan, tandis qu'il plongeait du pont du *Marlet*.

C'était un saut plus impressionnant qu'il ne l'aurait cru et il eut la sensation de fendre l'air à une vitesse terrifiante, avant de heurter les vagues en vidant ses poumons. Il s'enfonça profondément dans l'eau de la Manche, plutôt froide, malgré la saison. Quand enfin, essoufflé, il creva à nouveau la surface, le yacht s'était déjà passablement éloigné et il n'était plus question de le rejoindre à la nage. D'ailleurs, il ne voulait pas offrir à Claire Talbot cette satisfaction.

Il se dirigea donc vers la côte, qui lui parut nettement plus lointaine que lorsqu'il l'observait depuis le pont de la goélette.

D'abord, il nagea avec vigueur, galvanisé par la colère. Mais cette humeur, il le découvrit vite, ne suffisait pas à elle seule à le propulser vers la plage. C'était un carburant qui s'épuisait rapidement et que l'eau froide se chargeait de tarir tout à fait.

Après avoir nagé pendant ce qui lui parut un long moment, la côte lui sembla toujours aussi éloignée. Une fois encore, il se demanda s'il avait bien toute sa raison. La réponse que lui fit sa conscience n'était pas rassurante. *Oui, tu as bien été un imbécile, et pas seulement parce que tu as plongé du pont du* Marlet*!*

Il n'avait pas été juste envers Claire Talbot. Il avait eu de bonnes résolutions en ce sens, au début de cette croisière, mais le premier signe de froideur chez son hôtesse l'avait incontinent fait changer d'attitude. Assez absurdement, arriver en retard au dîner avait aigri son humeur…

Jamais il n'aurait dû boire ces deux whiskeys coup sur coup.

Peut-être, après tout, miss Talbot n'avait-elle pas voulu l'offenser par cette débauche de mets fins et de bijoux. Et si, d'une manière certes ostentatoire mais sincère, elle avait voulu l'honorer, en le recevant de la façon la plus fastueuse possible, et parée de ses plus beaux atours ? Ewan s'en était presque convaincu quand une vague plus haute que les autres le submergea momentanément. Il dut faire de grands efforts pour se maintenir à flot, toussant et crachant l'eau qu'il venait d'avaler.

Les choses peuvent paraître très différentes suivant le point de vue duquel on le considère. Il avait appris cela au cours de ses années de *gillie*. Le yacht lui avait semblé moins haut sur l'eau et la côte plus proche qu'ils ne l'étaient en réalité, sans doute parce qu'il souhaitait qu'il en fût ainsi. De même, les actions et les propos de Claire Talbot avaient pu lui paraître hautains et hostiles parce qu'il redoutait qu'ils le soient.

Et si la grossièreté de son comportement l'avait mise hors d'elle, qui donc était à blâmer ?

Ses membres s'engourdissaient, devenaient raides comme des morceaux de bois. Lorsqu'il essayait de réduire ses mouvements pour les reposer un peu, le froid lui paraissait s'introduire jusque dans la moelle de ses os. Rassemblant toutes ses forces, il continuait néanmoins de nager.

Une peur toute aussi glacée s'insinuait en lui, rendant presque tièdes, par comparaison, les flots de la Manche.

Et s'il ne parvenait pas à atteindre le rivage ? S'il allait perdre la vie, à cause de sa fierté aussi déplacée que stupide ?

A examiner ainsi ses propres actions, quel droit avait-il à se montrer aussi outrageusement fier ? Il avait plutôt des raisons d'avoir honte. En premier lieu, de ses scandaleux désirs pour Claire Talbot. Elle n'en était responsable en rien, même s'il s'était cherché une excuse un peu trop facile en le croyant.

Aurait-il encore une chance de lui dire qu'il le regrettait ?

Quand elle vit Ewan Geddes s'enfoncer dans les eaux de la Manche, Claire, rongée par le désespoir et la culpabilité, faillit bien le suivre.

Elle l'avait terriblement mal jugé. Il n'était pas un coureur de dot. Après qu'elle lui eut étalé sans pudeur sa fortune sous le nez, il avait sauté à l'eau, écœuré, pour lui échapper. Quelle autre preuve de sa bonne foi lui fallait-il ?

Elle aurait dû s'en aviser dès la veille, au dîner. Qui sait d'ailleurs si elle ne s'était pas délibérément aveuglée, pour continuer à suivre, contre vents et marées, son plan idiot et injurieux ?

— Un homme à la mer !

Il était inutile de le crier : tous ceux qui étaient présents sur le pont avaient vu son invité plonger du bastingage. Il y aurait peut-être même des témoins pour affirmer qu'elle l'avait poussé à l'eau de ses propres mains !

— Capitaine, ordonna-t-elle, faites faire demi-tour !

— Impossible, miss Claire, répondit Mac Leod en secouant sa tête grise. Nous naviguons dans un étroit chenal, au milieu de récifs. Une telle manœuvre nous jetterait dessus, à coup sûr.

— Aux chaloupes, alors !

Elle sauta dans la première à sa portée, un petit youyou qui ne pouvait porter que trois ou quatre hommes, tout au plus. Avec Tessa, elle avait souvent « canoté » dans des embarcations similaires, sur le loch Liath.

Le capitaine accourait vers elle, mais Claire appela les deux matelots les plus proches.

— Allez-y, affalez !

Trop disciplinés pour discuter et à plus forte raison pour désobéir, les deux hommes se ruèrent sur les manivelles de bossoir pour faire descendre la petite embarcation, le long de ses filins, jusqu'aux flots. Peut-être aussi s'inquiétaient-ils du sort d'Ewan...

Le youyou n'avait pas encore atteint la ligne de flottaison que Claire se reprochait de n'avoir pas demandé à l'un de ces matelots d'embarquer avec elle.

Elle détacha les goupilles qui retenaient la frêle embarcation, engagea les avirons dans les dames de nage et tira dessus de toutes ses forces.

— Je vous en supplie, murmura-t-elle, ne le laissez pas se noyer ! Pas avant que j'aie pu lui dire que je regrettais...

Ce n'était pas à proprement parler une prière. Elle ne croyait pas vraiment en un dieu bienfaisant et débonnaire, qui écouterait, assis sur son nuage, les suppliques des pauvres mortels. Mais elle avait ressenti le besoin de s'adresser à une puissance supérieure, quelle que pût être celle-ci.

Après quelques minutes d'efforts frénétiques, elle s'arrêta pour reprendre son souffle et, ne voyant toujours pas Ewan, devint de plus en plus inquiète. S'était-il déjà noyé ? Il n'aurait certainement pas plongé s'il n'était pas sûr de pouvoir atteindre le rivage sain et sauf.

Enfin, elle repéra un point noir, à la surface de l'eau. Etait-ce sa tête ? Puis elle vit la tache pâle de son bras s'élever et replonger, dans le mouvement de la nage...

De soulagement, elle sentit ses muscles se relâcher ; or il n'était pas question de mollir. Par des moulinets rapides de son aviron droit, en gardant l'autre immobile, elle modifia son cap pour diriger le youyou vers Ewan. Puis elle rama aussi vite qu'elle le put, priant silencieusement pour qu'il restât à flot jusqu'à ce qu'elle l'ait rejoint.

Ses paumes lui brûlaient au contact du bois des rames. Nul doute qu'elle aurait bientôt des ampoules. Si seulement elle avait enfilé quelque chose de confortable, ce matin, au lieu de cette fanfreluche rose qui entravait tous ses mouvements ! Cette robe serait en loques après cette aventure... et c'était bien là le moindre de ses soucis.

Enfin, elle ne fut plus qu'à une faible distance d'Ewan. La brise de terre aidant, le courant propulsait le youyou jusqu'à lui.

— Ewan ! cria-t-elle en lui tendant l'aviron. Attrapez ça, je vous en prie !

Il paraissait éberlué de la voir venir à son secours. Un moment elle eut peur que les vagues ne l'engloutissent avant qu'il ait compris ce qu'il devait faire pour se tirer de là.

— Ici !

Elle se pencha au-dessus du plat-bord autant qu'elle l'osa.

— Attrapez l'aviron… l'aviron !

Quand il sortit ses mains de l'eau et s'agrippa à la « pelle », un sanglot monta dans la gorge de Claire.

De toutes ses forces elle tira sur le manche, ramenant Ewan contre le flanc du youyou, jusqu'à ce que, finalement, il pût s'accrocher au plat-bord. Il y resta une seconde, le temps de reprendre sa respiration, tandis qu'elle replaçait l'aviron dans sa dame de nage. Puis elle se pencha pour l'aider à se hisser à bord.

Claire sentait, sous l'effort, le sang lui monter à la tête, la sueur ruisseler sur ses tempes. Quant à Ewan, si ses cheveux trempés faisaient couler sur son beau visage de véritables rigoles, il paraissait trop épuisé pour seulement penser à les essuyer.

Bien qu'elle n'eût pas vraiment assez de souffle pour parler, il fallait qu'elle lui dise quelque chose, avant que sa fierté retrouvée ne paralyse de nouveau sa langue.

— Ewan…

— Claire…

Simultanément, ils s'écrièrent :

— Je suis désolée.

— Je suis désolé.

Elle fut si surprise de l'entendre prononcer ces mots qu'elle faillit le lâcher ; Ewan, pour sa part, manqua de se laisser retomber à l'eau. Cet avertissement leur fit, ensemble, redoubler d'effort, Claire pour tirer Ewan au sec et celui-ci pour se hisser. L'espace d'un instant, le youyou gîta dangereusement, puis Claire tomba au fond de l'embarcation, Ewan s'écroulant sur elle.

La jeune femme expulsa en un seul souffle tout l'air qu'elle avait dans les poumons. La tête lui tourna et son dos lui fit très mal en heurtant le banc de nage.

Pour une fois, il lui fallait remercier le corset qu'elle portait : sans les solides baleines de son armature, Claire aurait probablement eu une côte fêlée.

Ewan remuait au-dessus d'elle, tremblant et tâchant tant bien que mal de retrouver son équilibre, la tête contre sa poitrine. Claire rassembla ce qui restait de force dans ses bras pour les nouer autour des épaules nues de l'Ecossais. Combien de fois avait-elle rêvé de le tenir ainsi, tout contre elle ? Elle n'aurait certes pas cru que cela se passerait ainsi…

Elle se reprit incontinent. Il lui fallait apprendre, une fois pour toutes, à brider son imagination ! Elle n'était plus une jeune fille soupirant après un beau jeune homme qui faisait à peine attention à elle. Elle avait des responsabilités et des obligations. Au premier rang de celles-ci était son devoir d'assurer le bonheur de sa sœur.

Si Ewan Geddes ne cherchait pas à accaparer l'argent de Tessa, s'ils s'aimaient réellement, l'un et l'autre, alors Claire devait leur apporter son soutien, surtout après tous les efforts pour le moins contestables qu'elle avait déployés pour contrecarrer ce mariage. Et c'était également son devoir envers eux deux, tout autant qu'envers elle-même, d'arracher de son cœur toute trace des sentiments déshonorants qui avaient recommencé à y fleurir, après toutes ces années.

Mais pour l'heure, elle oubliait son devoir et son chagrin à venir pour mieux goûter au bonheur de sentir le corps à demi nu d'Ewan se presser contre le sien. Elle aurait donné toute sa fortune, jusqu'au dernier penny, pour qu'il lève un peu la tête et pose ses lèvres sur les siennes…

Ewan devait trouver la force de se soulever pour soulager un peu la pauvre jeune femme, faute de quoi il allait l'écraser comme une crêpe. Si seulement il pouvait persuader son corps glacé et amorphe de bien vouloir coopérer !

Cela dit, Claire ne se plaignait pas… et c'était si bon d'être ainsi pressé tout contre elle ! Il lui fallait mobiliser toute sa volonté pour ne pas lever la tête et l'embrasser.

La nuit dernière aussi, il avait voulu le faire, et pour les raisons les plus discutables du monde. A la fois pour la provoquer, prendre l'avantage dans leur bras de fer — et pour satisfaire le désir primitif qu'elle lui inspirait. Il n'en était pas fier et se reprochait amèrement d'en avoir seulement eu l'idée…

S'il brûlait toujours de prendre ce baiser, c'était à présent pour de tout autres raisons. Pour lui dire ses regrets et sa reconnaissance. Pour obéir à cet élan sauvage qui les rapprochait, bien qu'ils luttassent l'un et l'autre de toute leur âme pour le nier et pour garder leurs distances.

C'était là une sorte de baiser qu'il était bien plus difficile de s'empêcher de lui donner…

Peut-être parce qu'il venait d'échapper à l'étreinte mortelle de la mer, il sentait la vie bouillonner dans ses veines et s'émerveillait de la si douce et si exaltante sensation que lui procurait ce corps de femme sous le sien.

Il savait confusément que ce bonheur-là lui était interdit ; il s'y abandonnait néanmoins, et trouva juste assez d'énergie pour relever la tête. Son regard rencontra celui de Claire et s'y plongea pour un long, très long moment.

— Ohé !

Un cri qui roulait sur les vagues interrompit la magie de l'instant.

— Miss Claire ! Est-ce que tout va bien ?

La jeune femme voulut se redresser… et Ewan découvrit qu'il avait tout à fait la force de rouler sur le côté.

Claire prit appui d'une main sur le plat-bord et se rassit sur le banc de nage.

— Nous sommes là, cria-t-elle en réponse, vivants, tous les deux !

Sa voix était si faible qu'Ewan doutait qu'elle pût porter bien loin.

Enveloppant son torse de ses bras, il se redressa et s'adossa au plat-bord. Ainsi, il put voir l'une des deux grandes chaloupes du *Marlet* s'approcher, ses trois paires d'avirons manœuvrées par six matelots. Jamais Ewan n'avait connu un plus intense soulagement, de toute sa vie.

Puis sa conscience se troubla quelque peu et ce fut dans une sorte de brouillard qu'il perçut la voix de Claire, aussi chaude que l'épaisse couverture de laine dans laquelle elle était en train de l'envelopper.

— Nous serons bientôt à bord du *Marlet* et je vais demander au capitaine Mac Leod de faire route sur Portsmouth.

Ewan ouvrit la bouche pour demander pourquoi, avant de se souvenir qu'il avait exigé d'être débarqué au plus vite. Il secoua la tête.

— C'est… c'est inutile, dit-il en tremblant de froid. A moins que vous ne vouliez vous débarrasser de l'imbécile que je suis !

La chaloupe remorquait leur petit youyou. Claire était assise près de lui, sur le banc de nage, une couverture de laine sur ses épaules recouvrant le torchon mouillé qu'était désormais sa jolie robe rose ; sa chevelure s'était défaite. Ils avaient l'air aussi misérables l'un que l'autre.

— Si vous avez été stupide de plonger, j'ai été plus stupide encore de vous y contraindre, répondit Claire, qui n'avait pas tout à fait perdu son sens de la repartie.

— C'était une folie de venir seule à mon secours...

Ewan essuya un filet d'eau qui coulait le long de son nez.

— ... Mais je vous en remercie. Vous m'avez sauvé la vie. Le froid était en train de m'engourdir et je ne sais pas combien de temps j'aurais pu me maintenir à la surface.

— Vous pensiez ce que vous avez dit, là... ?

Claire serra autour d'elle les pans de sa couverture.

— ... Vous voulez vraiment faire le reste du voyage en ma compagnie ? C'est que je ne tiens pas à aller vous repêcher de place en place, tout au long des côtes et jusqu'en Ecosse.

Ewan étira ses lèvres en un faible sourire. Cette fille avait décidément du cran, pour plaisanter dans une telle situation.

— Si jamais je saute à la mer de nouveau, il faudra me rendre le service de me laisser me noyer...

Il plaisantait, mais pas tout à fait, cependant.

Claire parut choquée par ses paroles et le considéra un instant sans parler, puis un hoquet de rire lui échappa soudain, suivi d'un autre et d'un autre encore. Ewan l'imita. Ils riaient toujours lorsqu'on les hissa à bord de la goélette, sur ce que les marins appellent une « chaise » — laquelle n'est rien de plus qu'une simple planche, comme celle d'une balançoire.

Le capitaine Mac Leod les regarda comme s'ils étaient deux fous échappés d'un asile.

— Ecoutez-moi bien, leur dit-il sévèrement, je ne

veux plus de ce genre d'incidents à mon bord, c'est bien compris ?

Claire évita diplomatiquement de rappeler au vieux loup de mer que, s'il était le capitaine du *Marlet*, elle en était la propriétaire. Au lieu de cela, elle regarda ses pieds comme une fillette prise en faute et murmura ce qui ressemblait à des mots d'excuse. Las, elle ruina tout l'effet de cette belle attitude en partant d'un nouveau fou rire.

— Fichez-moi le camp de ce pont, grogna Mac Leod — toutefois, Ewan crut discerner une lueur amusée dans ses yeux. Allez donc enfiler des vêtements secs, avant d'attraper la mort.

Comme il empruntait l'échelle de descente, Ewan entendit la voix de Claire, derrière lui.

— Jock, disait-elle au steward, faites attention à M. Geddes, voulez-vous ? Je ne sais pas s'il a assez de force pour se tenir correctement au filin.

Une heure auparavant, une telle sollicitude eût mis Ewan au comble de l'agacement ; mais il se tourna et lui sourit avec chaleur.

— Et vous, qui va vous aider ? lui demanda-t-il. Vous devez être bien fatiguée, vous aussi...

Ces mots tout simples, et son sourire, parurent la troubler profondément. Elle rougit et repoussa nerveusement les mèches de cheveux qui retombaient sur son visage.

— Merci..., bredouilla-t-elle. Ma femme de chambre est là. Elle va s'occuper de moi.

— Alors, c'est bien.

Ewan regarda la jeune femme s'éloigner le long de la coursive avant de se retourner vers Jock.

— Pourquoi est-ce que tu souris comme un imbécile, toi ?

— Tu es sûr que c'est bien moi, l'imbécile ? lui répliqua doucement le steward en souriant toujours d'un air suave.

— Non, pas si sûr, grommela Ewan.

Il était le premier à se qualifier ainsi et n'allait pas se formaliser qu'un autre lui décernât ce nom.

— Alors pourquoi tu regardes un imbécile en souriant comme un imbécile ? reprit-il.

Le sourire de Jock s'agrandit encore.

— Parce que tu viens de me faire gagner un pari, camarade… avec l'aide de miss Claire.

— Heureux de t'avoir rendu service, soupira Ewan en s'engageant sur la coursive devant son compagnon. Qu'ai-je fait pour cela ?

— Tu ne t'es pas noyé, mais tu n'es pas non plus arrivé jusqu'à la côte. Il y avait des paris sur tout ça, parmi l'équipage, tu vois ?

— Des paris sur ma noyade ?

— Pas seulement, corrigea Jock comme si cela faisait toute la différence. Il y en avait qui disaient que tu te noierais et d'autres que tu arriverais jusqu'à la côte. Moi, j'hésitais à risquer de l'argent là-dessus, parce que c'était tout de même loin…

— Ta confiance me va droit au cœur…

Jock eut un rire bref.

— Puis des gars ont parié que miss Claire te tirerait de l'eau, et alors j'ai marché avec eux. Parce que je savais que, si elle s'y mettait, rien ne l'empêcherait de te sortir de là.

— C'est quelqu'un, pas vrai ? murmura Ewan, plus pour lui-même qu'à l'attention de Jock.

Il entra dans sa cabine et passa derrière le paravent pour retirer son pantalon trempé.

— En toute franchise…

Le steward referma la porte derrière lui et baissa la voix.

— … Je n'en dirais pas forcément autant du reste de la famille, mais miss Claire, elle, est formidable. Elle ressemble beaucoup au vieux Brandcaster. Dis-moi, elle t'a bien poussé à bout, avant que tu plonges ?

— Peut-être pas encore assez, en fait.

Ewan lança son pantalon par-dessus le paravent et Jock le reprit adroitement.

— Tu parlais du reste de la famille. Que dis-tu de miss Tessa ? Elle est très bien aussi, non ?

— Elle est très jolie, répondit Jock, un peu embarrassé.

— Oui, elle est adorable, renchérit Ewan en se saisissant d'une serviette.

Il entreprit de s'essuyer. Ses doigts et ses orteils étaient encore exsangues, mais ses bras commençaient à recouvrer un peu de leur vigueur.

— Elle a l'habitude de mener sa barque comme elle l'entend, reprit Jock. Son père, le *laird*, l'aimait beaucoup, alors qu'il était plutôt indifférent envers sa fille aînée.

Il déposa des vêtements secs sur le haut du paravent.

— Ah, au fait, j'ai ramassé les frusques que tu as laissées sur le pont, avant de plonger.

Intrigué par ce que Jock venait de lui révéler sur Claire, Ewan remercia distraitement. Il se sentait vaguement coupable de quelque chose, sans bien savoir de quoi.

Le steward éclata de rire derechef, troublant ses pensées.

— Qu'y a-t-il de si drôle ? s'enquit Ewan en se hissant sur la pointe des pieds pour le regarder par-dessus le paravent.

— Rien, gloussa Jock, j'étais en train d'imaginer ce

qui se serait passé si miss Tessa avait été sur le pont quand tu as plongé, au lieu de miss Claire.

— Eh bien ?

— Entre les cris, l'évanouissement…

Il pouvait à peine continuer tant il était secoué par les rires.

— L'équipage aurait été tellement occupé autour d'elle que personne ne t'aurait secouru. Tu te serais noyé pour de bon !

Ewan s'imagina la scène et se reprocha d'être déloyal envers celle pour qui il était revenu en Europe.

— Si miss Tessa avait été à la place de miss Claire, je n'aurais pas plongé ! affirma-t-il avec force.

Jock se dirigea vers la porte, le pantalon et le caleçon trempés sur son bras. En riant toujours, il hocha la tête.

— Je n'en serais pas aussi sûr, à ta place… non, pas aussi sûr !

Chapitre 9

Après une longue toilette, un grog bien chaud et une sieste réparatrice, Claire se sentit suffisamment en forme pour s'aventurer dans le carré, à l'heure du thé. Elle eut la surprise d'y voir Ewan déjà installé devant des sandwichs, des tranches de cake aux fruits et des gâteaux divers.

Elle hésita un instant sur le seuil, saisie par une certaine appréhension. Lorsqu'elle ne voyait en lui qu'un ennemi dont elle devait à tout prix déjouer les plans, il était bien plus facile de l'approcher… A présent, elle ne savait comment s'y prendre et frissonnait en songeant à la folie qui avait été la sienne, quand elle essayait de le séduire.

Mais un autre souvenir surpassait tous les autres : celui d'Ewan étendu sur elle, au fond du youyou. Cette image lui brûlait le cœur, la rendant extrêmement vulnérable.

Intimidée, elle voulut faire demi-tour et quitter le carré, mais à cet instant il leva les yeux et la découvrit.

Reposant précipitamment son sandwich sur le rebord de son assiette, il sauta sur ses pieds.

— Je vous en prie, ne vous sauvez pas à cause de moi, miss Talbot ! s'écria-t-il.

— V… vraiment ?

Claire détestait le ton de timide incertitude qu'elle percevait dans sa propre voix.

— Je peux peut-être revenir plus tard. Je pensais que vous vous reposiez dans votre cabine...

Pourquoi diable ne pas avoir demandé à sa femme de chambre de s'en assurer, au préalable ?

Il fit un pas dans sa direction.

— Il ne faut pas me craindre, lui dit-il doucement. Je vous promets de ne plus me conduire mal en votre présence...

Son sourire embarrassé était vraiment très séduisant.

— ... Même si vous venez prendre votre petit déjeuner couverte de diamants des pieds à la tête.

Elle haussa les épaules, plus nerveusement qu'elle ne l'aurait voulu.

— Cela ne serait guère confortable, j'en ai peur. Surtout pour s'asseoir.

— Je le reconnais volontiers.

Il lui sourit de nouveau et lui offrit son bras pour l'amener à table.

Il paraissait si désireux de jouir de sa compagnie qu'une vraie inquiétude se lisait dans ses yeux. Il semblait même redouter que Claire pût la lui refuser et cette constatation soulagea la jeune femme d'une grande partie de sa gêne.

Elle le laissa donc l'escorter jusqu'à sa chaise et s'assit tandis qu'il la lui tenait.

— Vous savez, lui dit-il en lui passant le plateau de sandwichs, je sais pourquoi vous portiez tous vos bijoux hier soir et pourquoi votre cuisinier avait concocté des plats aussi riches.

Claire en laissa échapper le plateau.

— Je suis désolée, bredouilla-t-elle. Je... je suis si maladroite !

— Non, c'est moi, c'est ma faute !

Ewan avait adroitement rattrapé le plateau et l'avait reposé sur la table, de façon qu'elle pût se servir.

— C'est moi qui suis navré, j'aurais dû me souvenir… vos mains… les avirons…

Avant qu'elle ait compris ce qu'il voulait faire, il s'emparait de l'une d'elles, à la paume bandée.

— Je ne vous blâmerais pas si vous souhaitiez ne plus prendre vos repas avec un balourd dans mon genre…

Mais comment pouvait-il, lui, supporter de se trouver à la même table qu'elle, s'il avait deviné qu'elle avait cherché à lui tendre un piège ?

La discrétion aurait voulu qu'elle évitât ce sujet épineux et qu'elle ne cherchât pas à en savoir plus. Mais elle devait en avoir le cœur net.

Elle prit un gâteau aux noix, rien que pour justifier d'avoir à retirer sa main.

— Vous disiez que vous saviez pourquoi je portais tous mes bijoux et pourquoi le cuisinier avait concocté des plats aussi riches ?

— Ah, oui…

Il la regarda d'un air compréhensif.

— Il y a des gens qui exigent ce genre de choses, n'est-ce pas ? Si vous ne vous mettez pas en quatre pour les recevoir, ils considèrent que vous les offensez. Vous avez cru que j'étais de ceux-là, non ? Et, vu d'où je viens, vous avez eu à cœur de me montrer que vous ne me sous-estimiez pas, c'était une marque de respect, et moi, je n'ai pas su le voir…

Ainsi, il n'avait rien deviné ! Une vague de soulagement déferla sur Claire, la laissant plus affaiblie que ne l'avait fait son exercice de canotage matinal.

— C'est bien cela, n'est-ce pas, vous vouliez me faire honneur ? ajouta Ewan.

— En... en quelque sorte.

Ce mensonge resta en travers de la gorge de Claire.

— Voulez-vous encore un peu de thé ?

Il accepta.

— Ecoutez, reprit-il, je sais que c'est beaucoup demander, après la façon dont je me suis conduit, mais pensez-vous pouvoir m'accorder une seconde chance ? Oublier tout ce qui s'est passé depuis vingt-quatre heures et prendre un nouveau départ ?

Il lui avait déjà fait cette demande, la veille au soir, mais elle n'avait alors pas été sincère en l'acceptant. A présent, bien qu'elle ne fût pas bien sûre de mériter elle-même une seconde chance, elle brûlait de s'en voir accorder une. Peut-être, si elle apprenait à le connaître mieux, pourrait-elle oublier le garçon merveilleux qu'il avait été et se débarrasser des sentiments scandaleux et sans espoir qu'elle nourrissait pour lui. Seulement alors, elle pourrait en venir à l'estimer et à le considérer vraiment comme son futur beau-frère.

— Je ne saurais vous laisser porter seul le blâme pour tout ce qui s'est passé, lui dit-elle. Mais je crois que vous avez raison, nous devons prendre un nouveau départ, pour le bien de Tessa.

— Alors, c'est dit !

Ewan leva sa tasse de thé comme pour porter un toast.

— Aux nouveaux départs et aux secondes chances, puissent-ils être féconds !

— Aux nouveaux départs et aux secondes chances ! répéta Claire en levant sa tasse à son tour.

Ewan Geddes la regarda avec, dans ses yeux sombres, une lueur de tendresse et d'admiration. Claire lutta pour ne pas se laisser emporter par le tendre sentiment qui lui poignait le cœur...

Pour le bien de Tessa. Ces quelques mots embarrassaient Ewan, et du diable s'il savait exactement pourquoi !

Bien sûr qu'il souhaitait améliorer ses relations avec Claire Talbot — et précisément pour le bien de Tessa ! Si tout s'arrangeait comme il le souhaitait, il entrerait bientôt dans leur famille. Or cette perspective-là le troublait, elle aussi…

Fallait-il mettre cette gêne sur le compte des désirs bien peu fraternels qu'il éprouvait pour Claire ? Probablement. Mais ces désirs-là, il voulait s'en persuader, n'avaient rien de réel. C'était sûrement un effet pervers de l'espèce d'hostilité passionnée qui régnait entre eux depuis toujours. Une fois qu'ils se seraient tous deux calmés et auraient appris à se connaître, ces gamineries se transformeraient en une relation normale, voire amicale, qui sait ?

Oui, mais si ce n'était pas le cas ? Mieux valait y penser maintenant, avant de se laisser entraîner trop loin…

Ewan fut tiré de ses réflexions par la vue de Claire le dévisageant avec intensité. Il avait la désagréable impression qu'elle pouvait lire dans ses pensées.

— Parlez-moi de l'Amérique, Ewan, lui dit-elle. Aimez-vous y vivre ? Vous y avez fait votre chemin…

Certes, et mieux encore qu'elle ne le croyait. Une fois encore, il fut tenté de lui révéler toute la vérité au sujet de sa fortune, bien que ce fût pour des raisons diamétralement opposées à celles qui l'avaient amené à la lui dissimuler. Il voulait alors la tromper, et à présent, il le sentait bien, c'était l'honnêteté qui devait primer dans leurs rapports. Las, il redoutait l'effet que pourrait avoir, sur le pacte fragile qu'ils venaient de conclure, la révélation qu'il dirigeait une puissante société de construction navale, concurrente de la Brandcaster Company sur les marchés internationaux.

Comme il tardait à lui répondre, elle insista.

— Cela n'a pas dû être facile, j'imagine ?

— Non, bien sûr. Au moins cela n'a pas été impossible. Comme je vous le disais au bal des Fortescue, l'Amérique offre mille opportunités, pour un homme qui accepte de courir sa chance et de travailler dur.

— Il faut qu'il soit intelligent, aussi…

— Oh, je…

Claire s'amusa de le voir rougir.

— … J'ai eu une bonne éducation, pour un garçon de ma condition.

Il devait cela aux Talbot, même s'il ne l'avait jamais vraiment reconnu, ni ne se l'était avoué.

— Et puis…

Il tourna la tête vers ce qui, étant donné la route que suivait la goélette, devait être l'ouest.

— … Là-bas, ils pensent que tout Ecossais a vocation à devenir un ingénieur, même s'il faut pour cela, le cas échéant, lui faire suivre un petit complément d'études…

Claire sourit de cette exagération manifeste.

— Et vous leur avez prouvé que cette croyance était fondée, c'est ça ?

Il ne voulait tout de même pas lui donner à penser que son ascension sociale avait été facile.

— Cela n'a pas été aussi simple. Même dans un pays neuf, si certains veulent bien vous donner une chance, plus nombreux sont ceux qui pensent que l'on devrait renvoyer chez eux tous les nouveaux venus. Surtout lorsqu'ils prétendent s'élever un peu trop au-dessus de leur condition.

Tandis que, l'appétit aidant, ils faisaient honneur

aux sandwichs et aux gâteaux, Claire continua à bombarder Ewan de questions, tant et si bien qu'il se prit bientôt à lui en dire plus sur son travail et sur sa vie récente qu'il n'avait eu l'intention de le faire. Plus, en tout cas, qu'il n'en avait dit à Tessa, depuis son retour…

— Et vous ? lui demanda-t-il enfin. Cela a dû être bien difficile, pour une femme, de prendre la direction d'une compagnie comme Brandcaster ?

— Oui, en effet…

Claire secoua la tête avec un air de dépit qui en disait long sur les batailles qu'elle avait dû mener et la souffrance qu'elle en avait conçue.

— … Ceux qui ont vu en vous un indésirable sont probablement les mêmes que ceux qui dénient aux femmes le droit d'en avoir d'autres qu'à la nursery, à l'église ou à la cuisine…

Pendant les quelques minutes qui suivirent, Ewan rit de bon cœur au récit d'anecdotes qui lui semblaient si familières qu'il aurait presque pu en être le malheureux héros et les raconter lui-même en changeant, outre son sexe, quelques noms et détails.

— Finalement, conclut Claire, j'ai compris que je me heurtais à un mur en prétendant apparaître publiquement comme le chef de l'entreprise. J'ai donc engagé deux messieurs pour jouer ce rôle à ma place.

— Ces deux types dont parlait votre secrétaire, lorsque j'ai embarqué ?

— C'est cela. Adams et Monteih. Ils ont une apparence irréprochable et s'expriment avec suffisamment d'autorité et d'aisance pour rassurer nos clients. Mais c'est tout de même moi qui surveille les marchés publics, détermine la politique de la maison et, de manière générale, contrôle son activité.

— Et cela ne vous ennuie pas que d'autres jouissent du crédit que devraient vous valoir vos efforts ?

Claire allait répondre par un « non » emphatique et définitif, mais elle réfléchit un instant et sa réponse fut plus nuancée.

— Si, parfois. J'éprouvais cela surtout à mes débuts, en fait. Maintenant, j'ai la satisfaction de voir la compagnie prospérer. J'ai pris les bonnes décisions, même si c'était de façon un peu clandestine.

— Tant que vous faites du bon travail, les opinions des autres vous importent peu, c'est cela ?

Ewan, lui, rêvait souvent de pouvoir se moquer de ce que l'on pensait de lui. Claire lui fit un sourire timide.

— Pour être tout à fait honnête, j'ai aussi la satisfaction d'avoir trompé tous ces imbéciles. Mais je me dis parfois que j'ai tort d'avancer ainsi sous un masque… Si je pouvais faire savoir publiquement qui dirige réellement Brandcaster, peut-être aiderais-je un peu les femmes à forcer la porte du monde des affaires.

— Bravo ! s'exclama Ewan en faisant claquer sa main sur le plateau de la table. Je suis tout à fait à vos côtés dans cette bataille-là !

Il l'avait jusque-là jugée si privilégiée par l'existence, qu'il avait cru que tout ce qu'elle pouvait désirer lui était immédiatement apporté sur un plateau. Jamais il n'aurait imaginé qu'elle avait à lutter, elle aussi, contre des préjugés imbéciles. L'admiration se mit à grandir en lui. Oui, Claire Talbot avait la force de combattre pied à pied, et aussi l'intelligence de mener sa barque avec beaucoup de succès. Ce n'était certes pas ordinaire.

— Et vous pensez, reprit-il, que ces deux beaux messieurs sauront gérer sans dommage votre Brandcaster Company pendant les quelques semaines que doit durer votre absence ?

Claire sourit de plus belle.

— Disons que, aussi longtemps que M. Catchpole gardera un œil sur eux, nous pourrons éviter la banqueroute et le dépôt de bilan.

Ewan éclata de rire et elle rit avec lui, mais assez vite une expression pensive passa sur son visage.

— Henry Adams voudrait prendre sa retraite cette année, murmura-t-elle, plus pour elle-même que pour son compagnon.

— Et vous avez pensé à quelqu'un pour le remplacer ? Votre M. Catchpole, peut-être ? Il semble avoir toute votre confiance...

Claire lui sourit mais ses sourcils un peu froncés disaient toute sa préoccupation.

— Je ne suis pas certaine que M. Catchpole puisse inspirer la même confiance à nos clients. C'est un homme de l'ombre. Tout comme moi, il est habitué à tirer discrètement les ficelles. Non, j'avais pensé à Spencer Stanton...

— L'homme que Tessa doit épouser ? euh... devait épouser ? corrigea Ewan, surpris d'avoir pu prononcer ces mots sans même éprouver un soupçon de jalousie.

Claire acquiesça.

— Peut-être est-ce à vous que je devrais confier ce poste, si vous épousez ma sœur. Mais je ne suis pas bien sûre que vous vous contenteriez de n'être rien de plus qu'un paravent...

Ils rirent tous les deux de cette remarque — et s'interrompirent net, à l'entrée d'un jeune steward.

— Excusez-moi, miss Claire, mais le chef m'envoie vous demander si vous et Monsieur voulez dîner ou bien si vous entendez « prendre le thé toute la soirée ». Excusez-moi, miss, mais ce sont ses propres mots.

Surpris, Ewan tira sa montre de gousset.

— Non, ce n'est pas possible ! s'étonna-t-il. Le temps a donc filé aussi vite ?

Il ne s'en était pas même aperçu, ce qui ne lui était pas du tout habituel.

— Transmettez nos excuses au chef, dit Claire au jeune homme. Dites-lui que nous prendrons un souper léger, un peu plus tard… si vous en êtes d'accord, Ewan ?

— Oh, tout à fait, s'empressa de répondre celui-ci. Je ne sais même pas combien de gâteaux j'ai pu avaler… Si je continue à ce rythme, il faudra que je me remette au kilt dès notre arrivée à Strathandrew ; aucun de mes pantalons ne m'ira plus !

— Il ne faudrait pas en arriver là, n'est-ce pas ?

Claire quitta sa chaise, ses jambes et son dos encore un peu raides de leur mésaventure de la matinée.

— Quoique je sois tout à fait de l'avis de Tessa, ajouta-t-elle. Vous aviez fière allure dans votre kilt et votre veste de tweed, partant pour la chasse ou la pêche…

— Oh, je vous en prie, ne me flattez pas, j'avais l'air d'un grand dadais de dix-neuf ans ! grommela-t-il en se mettant lui aussi sur ses pieds.

— Si nous allions faire un tour sur le pont ? proposa Claire. Un peu d'air frais et d'exercice nous fera du bien.

— Cela me va !

Ewan lui offrit son bras. Plus que l'air marin et la possibilité de se dégourdir les jambes, la compagnie de cette femme remarquable, il en était convaincu, lui était bénéfique.

Si elle avait su combien elle apprécierait la fréquentation d'Ewan Geddes, après avoir abandonné les rêveries romantiques qu'il lui inspirait, elle s'y serait résolue depuis des années déjà. C'était du moins ce que Claire se répétait interminablement, pendue à son bras dans la douce lumière du crépuscule.

Dieu seul savait depuis quand elle n'avait pas autant ri ! Cet esprit si acéré, si brillamment caustique, qui leur avait servi à s'affronter dans tant de joutes verbales, ils l'utilisaient à présent contre d'autres cibles, pour leur plus grand amusement mutuel.

Ewan remarqua un matelot qui frottait le pont dans un silence renfrogné.

— Oh, oh, dit-il, voilà certainement un perdant...

— Un perdant ?

— Oui, figurez-vous que ces bons messieurs de l'équipage avaient fait des paris sur l'épilogue de notre petite histoire de ce matin : qui me repêcherait, si je me noierais, ou non...

Claire rit tellement qu'elle se demanda si les baleines de son corset n'allaient pas lâcher brusquement.

Ewan lui-même ne put conserver longtemps l'expression faussement indignée qu'il avait voulu arborer pour la divertir.

— Je crois que l'ami Jockie Mac Murdo, que nous avons fait gagner, lui, me devra bien une pinte de bière à la taverne, quand nous aurons atteint Strathandrew, dit-il avec un sourire en coin.

Peu à peu, leur conversation redevint sérieuse et Ewan l'écoutait avec une si évidente et si attentive sympathie que Claire se sentit encouragée à se confier. Quand, à son tour, il parla, elle sut qu'il lui ouvrait davantage son cœur et ses pensées qu'il ne l'avait sans doute fait avec quiconque auparavant.

En regardant le soleil qui rougeoyait et semblait retarder l'instant de plonger dans la mer, elle eut envie de faire sentir à son compagnon comme cette complicité était inattendue.

— C'est si nouveau pour moi, murmura-t-elle avec une émotion contenue, qu'un homme m'écoute sérieusement parler affaires... ou même seulement qu'il fasse semblant !

Ewan fit courir sa main le long du bastingage.

— Je ne faisais pas semblant. Ce n'est pas tous les jours non plus que je peux parler de ce genre de sujet avec une dame, en étant à peu près sûr de ne pas l'ennuyer...

— Parliez-vous affaires avec les femmes, en Amérique ?

Claire ignorait ce qui la poussait à poser cette question, et pourquoi elle attendait si avidement sa réponse.

— Parfois.

Elle savait que leurs relations avaient changé trop récemment pour qu'elle pût se permettre d'insister, mais la brièveté de sa réponse piquait sa curiosité.

— Y a-t-il eu... quelqu'un... en Amérique, ou bien avez-vous... toujours pensé revenir vers Tessa ?

Ewan émit une sorte de ricanement bref, qui parut un peu douloureux à Claire.

— Je n'aurais jamais imaginé pouvoir un jour courtiser votre sœur. J'étais sûr qu'elle était mariée depuis des années...

Il expliqua alors qu'il avait lu l'annonce des fiançailles de Tessa dans un vieux numéro du *Times*. Claire dut admettre que cela ressemblait fort à un signe du destin. Fallait-il s'acharner à le contrecarrer ?

Accepte ce que tu ne peux changer et fais de ton mieux avec ce que tu as. Claire aurait dû se soumettre bien plus tôt à cette dure leçon de la vie... Elle se serait épargné beaucoup d'amertume et de luttes inutiles.

Il lui avait déjà fallu bien des années pour se résigner au fait que son père ne l'aimait pas. Elle avait fini par l'admettre et par se contenter de son respect. A présent, il lui fallait accepter l'idée qu'Ewan Geddes puisse épouser Tessa, et ne plus rien désirer d'autre que son amitié. A en juger par la relation qui semblait se nouer entre eux, elle ne perdrait peut-être pas tant que cela au change, après tout.

Le regard d'Ewan était fixé dans le vague, comme s'il pouvait voir, au-delà de l'Océan, l'Amérique, mais aussi à travers les brumes du passé.

— Au début, et pendant longtemps, je n'avais ni le temps ni les moyens de faire la cour à une femme...

Il hocha la tête avec un sourire timide.

— ... Et puis, il faut croire que mes ennuis m'avaient rendu prudent.

— Vos... vos ennuis ?

Si la mer n'avait pas été très calme, depuis que le *Marlet* avait, une demi-heure auparavant, doublé la pointe de Cornouailles, Claire aurait juré qu'une vague puissante venait de soulever la goélette, puis de la précipiter au fond d'un creux vertigineux.

— Eh oui !

Ewan se détourna du bastingage et se remit en marche. Il n'avait pas, cette fois, offert son bras à Claire, et elle n'essaya pas de le lui reprendre. Elle suivit cependant son invité, en regrettant de ne pas s'en être tenue au seul sujet de conversation, bien plus consensuel, des affaires.

— Vous êtes-vous jamais demandé pourquoi j'avais quitté si rapidement Strathandrew, il y a dix ans ? Ou bien étiez-vous si soulagée d'être débarrassée de moi que vous n'y avez simplement plus pensé ?

— Je me le suis demandé, en effet.

Sa gorge était tellement serrée qu'elle avait l'impression de coasser plutôt que de parler.

Oui, elle se l'était demandé et avait voulu croire qu'il s'agissait d'une coïncidence. A présent, elle redoutait d'entendre ce qu'il en était réellement.

— C'était une véritable folie de ma part, murmura Ewan, une sottise d'autant plus grave que sa réputation aurait été perdue si quelqu'un d'autre nous avait surpris…

Il parlait de leur rendez-vous. Le fameux rendez-vous nocturne où elle avait pris la place de Tessa, sans qu'à aucun moment il ne s'en aperçoive. Claire se souvenait encore de chacun des mots cinglants que lui avait adressés son père à ce sujet. Sans doute Ewan avait-il dû subir le même genre de propos. A l'époque, son seul regret avait été qu'ils n'eussent pas été surpris par un tiers, ce qui aurait forcé le jeune homme à l'épouser.

Par la suite, elle avait eu tout le temps de méditer et en était arrivée à la conclusion que cela valait mieux ainsi. Ewan l'aurait détestée s'il avait été contraint au mariage et ils auraient été malheureux toute leur vie.

Il se tourna vers elle avec un demi-sourire honteux.

— J'étais très jeune, c'est bien ma seule excuse. A cet âge, on ne réfléchit pas toujours. On se laisse emporter par… la chaleur de son sang.

En hochant la tête, Claire baissa les yeux, ce qui pouvait passer pour une réaction de pudeur.

— Mais vous vous demandez probablement de quoi je veux parler, reprit Ewan. Cet été-là, la veille de votre départ pour l'Angleterre, à la fin des vacances, Tessa m'a fait passer un message, me demandant de la retrouver au bord du loch, à la nuit tombée. Votre père nous a surpris ensemble et il m'a chassé.

— Je n'en avais pas idée, murmura Claire. Lorsque

nous sommes revenus l'été suivant et que j'ai constaté votre absence, j'ai cru que vous ne vouliez plus faire le *gillie* et que vous aviez décidé seul de partir pour l'Amérique.

Ewan serra les poings dans ses poches et sa voix prit les accents d'une amertume trop longtemps dissimulée.

— Non, et c'est bien ce que je hais le plus dans toute cette histoire.

— Vous... vous en avez beaucoup voulu à mon père ?

— Oui... non... pas vraiment. Ce qui me rendait fou de rage, voyez-vous, c'était d'être contraint à l'exil.

— Etiez-vous... très seul, au début ?

— Oh, pour ça, oui !

La plaie restait ouverte, son ton le proclamait.

— ... En Ecosse, je n'étais qu'un *gillie* sans un sou vaillant, mais j'étais tout de même quelqu'un. J'étais de ceux de Strathandrew et membre de mon clan. Je pêchais dans les mêmes eaux, chassais dans les mêmes collines que mon père, que le père de mon père et tous leurs ancêtres avant eux, depuis la nuit des temps. De l'autre côté de l'Atlantique, je n'étais rien d'autre qu'un immigrant de plus.

Il y avait tant de tristesse et de rancœur, dans ces mots, que Claire sentit sa gorge se serrer davantage encore et que ses yeux se mirent à lui piquer.

— Alors, c'est vrai, j'ai juré de me venger de votre père, dit Ewan dans un murmure rageur. Peu importaient le temps que cela prendrait, les efforts et les sacrifices. Mais pour cela, il fallait que je devienne quelqu'un là-bas aussi et que je puisse retrouver ma dignité.

Claire sentit un frisson glacé la parcourir.

— Je... je suis désolée, balbutia-t-elle. Excusez-moi...

Puis elle tourna les talons et se précipita vers l'échelle de descente.

— Claire ! Mais... et le dîner ?

— Je n'ai plus faim ! Trop mangé de gâteaux ! eut-elle le temps de répliquer avant de disparaître dans la descente.

Elle courut jusqu'à sa cabine, en referma prestement la porte et s'y adossa. Puis ses jambes la trahirent et elle s'écroula sur la moquette.

Elle s'était décidément bien trompée en prenant Ewan Geddes pour un simple coureur de dot.

Ne poursuivait-il pas de plus sombres desseins en essayant de s'infiltrer au sein de la famille Talbot ?

Il avait reconnu avoir voulu se venger de son père. Comment réagirait-il s'il apprenait que c'était elle, Claire, la vraie responsable de ses années d'exil ?

Chapitre 10

Dire que, durant toutes ces années, il avait soupçonné Claire d'avoir mouchardé auprès de son père, au sujet de son rendez-vous avec Tessa !

Ewan grimaçait devant son miroir, après une nouvelle nuit sans sommeil. Il avait parfaitement entendu l'accent de sincérité dans sa voix, lorsqu'elle lui avait dit qu'elle ignorait la raison de son départ pour l'Amérique. Il avait vu, aussi, le chagrin se peindre sur son visage, lorsqu'elle avait exprimé ses regrets pour tout ce qui lui était arrivé. Et quand elle s'était réfugiée dans sa cabine, sans vouloir dîner, il s'était traité de brute, de balourd et d'imbécile pour la deuxième fois de la journée.

Aurait-il dû refuser de s'en tenir là, la suivre, tambouriner à sa porte jusqu'à ce qu'elle se décide à ouvrir et tenter de s'expliquer ? Mais c'était la fin d'une longue et épuisante journée ; il était lui-même sous l'emprise de son chagrin et le poids de tous ces mauvais souvenirs. Il avait craint de ne pas savoir trouver les mots et de détruire, irrémédiablement peut-être, le lien ténu qui avait commencé, bon gré, mal gré, à se tisser entre eux. Alors, il avait décidé d'aller dormir, espérant qu'il serait plus calme, plus apaisé au matin.

Las, il n'avait fait que se retourner dans sa couchette et ruminer toute la nuit !

Son reflet était pitoyable, avec ses cernes sombres sous les yeux, ses coupures de rasoir dues à l'imprécision de ses gestes et ses cheveux qui semblaient refuser de se soumettre au peigne. Il allait probablement terroriser la malheureuse jeune femme…

Quand Jock, le steward, entra dans sa cabine quelques minutes plus tard, il eut un sourire amusé en découvrant la mine de son ancien camarade.

— C'est ce que tu appelles un rasage ? On dirait plutôt le résultat d'un duel au sabre. Contre qui t'es-tu battu ? En tout cas, ton adversaire a eu le dessus…

— Tu exagères, ce n'est pas si mal, grommela Ewan.

Il s'évertua à étancher le sang avec le coin d'une serviette puis fit couler de l'eau dans ses mains en conque, pour tenter de discipliner sa chevelure rebelle.

— Est-ce que Claire… je veux dire… miss Claire est déjà debout ? demanda-t-il d'un air faussement détaché.

— Oui et, si tu te dépêches, tu pourras la rejoindre au petit déjeuner.

— Merci.

Ewan laissa son ami lui nouer sa cravate ; dans l'état piteux où il se trouvait, il aurait pu tout aussi bien s'étrangler en le faisant lui-même. Puis Jock lui présenta son gilet et enfin son veston, dont il enfila gauchement les manches avant de se ruer dans la coursive. Sur le seuil du carré, il faillit percuter Claire, qui en sortait. En remarquant quelques miettes sur son corsage, il se demanda si elle n'avait pas quitté la table précipitamment, pour ne pas avoir à endurer sa compagnie.

— Bonjour, Ewan. Bon appétit !

Sa voix était plutôt cordiale, quoique peut-être un

peu forcée ; elle essaya d'éviter son regard en passant près de lui. Il la retint, sans brusquerie, par le poignet.

— Claire... je vous en prie... voudriez-vous m'accorder une minute ? Il y a quelque chose que je voudrais vous dire, au sujet d'hier soir.

— Croyez-vous que ce soit nécessaire ?

Elle le regardait, cette fois, et sans indulgence.

— Ne pourrions-nous oublier tout cela, au contraire ? Moins on en reparlera et mieux cela vaudra...

Il ne se tint pas pour battu et ne lâcha pas son poignet pour autant.

— Avec tout le respect que je vous dois, je ne le crois pas. Si on laisse une plaie sans soins, elle peut s'infecter et gangrener le corps tout entier.

Ce qu'il lui disait ne plaisait pas à Claire. Il pouvait le lire dans ses yeux. Or elle savait qu'il avait raison et qu'il était inutile de le lui contester.

— Très bien.

Il lâcha son poignet, bien qu'à regret, et elle revint vers le carré avec une répugnance visible, mais résignée.

— Je continue toutefois de penser qu'il ne sert à rien de remuer tous ces mauvais souvenirs. Le passé est le passé.

— C'est précisément parce qu'on ne peut l'effacer qu'il faut le regarder en face. Il vit toujours en nous.

Claire eut une moue boudeuse, comme si une nounou zélée et autoritaire l'obligeait à avaler une potion amère, mais supposée bienfaisante.

— Je ne suis pas sûre d'être d'accord avec vous, marmonna-t-elle en s'asseyant de nouveau devant son petit déjeuner, auquel elle avait à peine touché.

Puis elle se raidit sur sa chaise, comme si elle se protégeait par avance de ce qu'il allait lui dire.

Ewan passa nerveusement sa main sur son menton

fraîchement et maladroitement rasé. Il saisit une chaise, qu'il approcha de celle de Claire.

— Ecoutez, je regrette de vous avoir, peut-être, fâchée, hier soir. Ce doit être la perspective de rentrer bientôt au pays qui me met sur les nerfs. Je voulais vous dire que mon passé n'a pas été entièrement négatif, il a fait de moi ce que je suis aujourd'hui. Je ne le renie pas, même si je ne suis pas forcément fier de tout ce que j'ai fait, notamment lorsque nous étions jeunes, en Ecosse. Si toutes ces heures sans sommeil m'ont permis de comprendre cela, je ne les regrette pas non plus. Si j'étais resté à Strathandrew, qui peut dire ce que je serais devenu ?

Il n'attendit pas la réponse de Claire et enchaîna :

— ... Je serais peut-être aujourd'hui le garde-chasse en chef du domaine. J'aurais épousé l'une de vos femmes de chambre et serais le père d'une bande de petits diables que j'essaierais d'élever de mon mieux. Je n'aurais probablement jamais mis les pieds à plus de quarante kilomètres de mon village et, les soirs où j'aurais bu une pinte de trop à la taverne, j'aurais rêvé à ce qui se serait passé si seulement j'avais osé traverser l'Océan, quand j'étais jeune...

— Mais vous disiez vous-même, hier soir, que ce départ, vous ne l'aviez pas choisi, objecta Claire.

Ewan haussa les épaules.

— Non, en effet. Mais en débarquant, mon libre-arbitre a repris ses droits. J'aurais pu faire comme beaucoup de mes camarades de travail : dépenser toute ma paie dans les saloons, en tâchant vainement de combler ce trou que la solitude rendait béant, dans mon cœur.

— Mais vous êtes bien trop intelligent pour cela...

Claire le regardait avec une admiration si sincère qu'il s'en sentit soudain embarrassé.

— Intelligent ? Ce n'est pas cela, pas du tout — il ne pouvait lui mentir —, j'étais seulement poussé par la fierté, l'amour-propre. Je savais que votre père pensait que je finirais dans le ruisseau, qu'il me le souhaitait, sans doute, pour avoir posé les yeux sur sa fille. Et je refusais de lui accorder cette satisfaction, même s'il devait ignorer à tout jamais quel était mon sort.

— Ainsi, vous me dites que mon père vous a rendu une sorte de... service, en vous chassant ?

— Oui, je dois l'admettre.

Ewan se pencha pour tapoter sa main.

— ... Et puis, je ne veux pas vous voir vous tourmenter pour quelque chose qui est arrivé il y a longtemps, où vous n'avez pris aucune part et qui, finalement, s'est plutôt bien terminé...

Il aurait dû retirer sa main, mais n'en avait nulle envie.

— Je voudrais que mon père soit toujours en vie, dit Claire, pour qu'il puisse voir l'homme que vous êtes devenu.

— Eh bien, eh bien, miss Talbot, dit Ewan en feignant d'être choqué, vous auriez donc aimé embarrasser votre père ?

Elle le regarda bien en face et ses lèvres se relevèrent en un sourire assez provocant.

— Eh bien oui, je pense que ce vieux butor aurait mérité de recevoir cette bonne leçon !

Sa propre rancune envers feu lord Lydiard n'était sans doute que bien peu de chose, songea Ewan à ces mots, comparée à celle de sa fille aînée...

Claire aurait dû être soulagée d'entendre Ewan Geddes affirmer qu'il ne songeait plus à la vengeance… ou du moins le prétendre. Tandis que se déroulait une nouvelle journée, toujours marquée par leur récente et si agréable complicité, elle se reprochait ses soupçons. Pourquoi fallait-il toujours qu'elle fût aussi méfiante ?

Il avait raison, bien sûr, le passé modelait les personnalités. Tant mieux pour ceux qui s'en trouvaient satisfaits. Claire avait cru l'être. Mais, à présent, qu'en était-il exactement ?

Satisfaite ? Peut-être, plutôt : habituée, faute de mieux. C'était ainsi qu'elle se sentait. Le retour d'Ewan dans sa vie la forçait quelque peu à l'introspection et elle n'aimait pas beaucoup ce qu'elle découvrait.

— Et vous, s'enquit-il alors que le yacht longeait les côtes du pays de Galles, n'avez-vous donc fait que travailler pendant ces dix ans ? Y a-t-il eu… quelqu'un, dans votre vie ?

Non, personne dont la compagnie fût aussi agréable que celle qu'il lui offrait depuis deux jours. Etait-ce son imagination ou bien Ewan était-il réellement intéressé par la question qu'il lui posait ?

— Pourquoi me demander cela ?

Il haussa les épaules.

— Vous m'avez posé la même question. Maintenant, c'est mon tour.

— Très bien. Mais je crois vous avoir tout dit à ce sujet, le soir du bal des Fortescue. Je n'ai jamais manqué de prétendants. Ils se sont agglutinés autour de moi comme des mouches, dès que j'ai eu l'âge de sortir dans le monde. Un ou deux m'ont séduite… quelque temps. Je n'ai pas été longue, hélas, à découvrir que cette lueur, dans leurs yeux, n'était pas de l'amour, seulement l'appât du gain.

— Etes-vous certaine de ne pas avoir été trop dure, envers certains d'entre eux ?

Ses épais sourcils se rapprochaient, en signe d'interrogation attentive. C'était une mimique plutôt banale, et pas spécialement attirante... Elle l'était diablement, pourtant. Terriblement ! Claire eut envie d'embrasser ce petit plissement de chair, au-dessus de son nez. Si seulement elle en avait eu le droit...

— Je veux dire qu'un de ces hommes a pu être réellement séduit par vous, après avoir commencé à vous courtiser pour votre fortune. Qu'on le veuille ou non, tout un tas de types ont besoin d'argent, pour bien des raisons. Se marier peut être une façon agréable d'en avoir...

Claire eut un rire bref et amer.

— Agréable pour qui ?

— Pour les deux, il faut l'espérer...

Il rit à son tour.

— Si le monsieur en donne à la dame pour son argent, cela peut même se révéler une très bonne affaire.

— Voilà qui est parler en véritable Ecossais !

— Ah, non !

Son indignation n'était pas feinte.

— Cette réputation d'avarice est indigne ! La vérité, c'est que nous sommes un peuple à la fois économe et généreux, pragmatique et rêveur. Et incurablement romantique. Surtout nous, dans les Highlands...

A l'appui de cette déclaration, il prit sa main, plia le genou et se mit à réciter d'un ton emphatique :

— « *Mon amour est une rose rouge, éclose en juin*
C'est la chanson du vent dans les pins... »

Ce qu'il ignorait, c'est qu'elle ne pouvait supporter de l'entendre lui dire ces mots-là, même pour rire. Ils éveillaient en elle des sentiments qu'elle tentait en vain d'étouffer... Aussi l'interrompit-elle en s'esclaffant un peu nerveusement.

— Ah, je vous en prie, épargnez-moi les classiques...

Une lueur joyeuse brilla dans les yeux gris d'Ewan et Claire comprit qu'il ne s'arrêterait pas là.

— Que dites-vous de celle-ci ?

« *Si doux sont tes baisers, qu'en te courbant sur notre lit,*

Je pourrais bien abandonner et mon souffle et ma vie, entre tes lèvres ouvertes... »

Claire se mit à rougir comme une pivoine. Elle eut de beaucoup préféré qu'il s'en tînt aux poésies sentimentales de Robert Burns, plus éthérées que réellement charnelles.

— Relevez-vous, voyons, l'implora-t-elle. N'importe quel matelot de quart pourrait vous voir ! D'accord, vous avez gagné, les Ecossais sont un peuple éminemment romantique, j'en conviens ! Cela vous va ?

Elle l'avait en fait toujours pensé, mais ne s'attendait certes pas à devoir le reconnaître en de telles circonstances...

Il bondit sur ses pieds, sans lâcher sa main.

— Je veux bien admettre, lui dit-il, que, de prime abord, vos prétendants se soient lancés à votre poursuite en raison de votre fortune, mais s'ils avaient eu, comme moi, la chance de passer un peu de temps auprès de vous, je suis sûr qu'au bout de deux jours, tout au plus, ils auraient été ravis de vous prendre pour femme, même sans un seul penny de dot.

Claire essaya, tant bien que mal, de se composer l'attitude, sourire superficiel à l'appui, de qui vient de recevoir un compliment agréable, mais sans conséquence. Pourtant, en secret, elle sentait bondir son cœur dans sa poitrine, et son estomac se nouait.

Quand elle put maîtriser suffisamment son émotion, elle demanda :

— Laisseriez-vous entendre que j'ai peut-être laissé passer une occasion ?

Ewan ne parut pas remarquer son émoi. Il se mit à rire.

— C'est le genre d'avis qu'un *gillie* pourrait donner, n'est-ce pas ? Et peut-être n'aurait-il pas tout à fait tort. Mais vous m'avez dit, l'autre jour, que vous aviez bien cru, une fois, avoir trouvé un homme digne de vos espérances. Qu'est-il advenu de lui ?

Claire aurait aimé revenir dans le passé, vers ce fameux soir de bal, et ne jamais avoir prononcé ces mots-là. Qu'il s'en souvînt la surprenait : elle l'avait cru incapable, ce soir-là, de se concentrer sur un autre sujet que Tessa.

— Celui dont vous parlez n'a jamais su ce que j'éprouvais pour lui...

Etrangement, faire cette révélation à Ewan la soulageait, même s'il était bien peu probable qu'il sût jamais que cet homme-là, c'était lui.

— ... Cela n'avait de toute façon guère d'importance, car il était amoureux d'une autre.

Ewan se troubla visiblement.

— Je suis désolé. Je vous ai rappelé de mauvais souvenirs. Je n'aurais jamais dû vous poser cette question.

— Il n'y a pas de mal, répondit Claire en tâchant de s'en persuader elle-même. Beaucoup d'eau a passé sous les ponts, depuis. Cela valait peut-être mieux, après tout. Nous aurions pu nous apercevoir assez vite que nous n'étions pas faits l'un pour l'autre.

Durant toutes ces années, cette idée l'avait réconfortée. Las, plus elle apprenait à connaître Ewan Geddes, plus elle se convainquait qu'ils étaient bel et bien parfaitement assortis.

Ewan semblait hésiter entre la discrétion et une curiosité un peu candide. La curiosité l'emporta.

— N'avez-vous jamais regretté de n'avoir pu le vérifier ?

— Oh, j'ai bien assez de regrets sans m'encombrer de celui-là !

Doucement, elle retira sa main de la sienne. S'était-il seulement aperçu qu'il la tenait toujours ?

Quelque temps plus tard, Ewan montait sur le pont du *Marlet*, une cape passée à la hâte sur ses vêtements de nuit. Il s'était pourtant endormi facilement, sans préoccupation particulière. Puis, au bout de quelques heures, il s'était brusquement réveillé, comme appelé par une voix puissante. Tout était calme sur le pont ; on n'y entendait que le clapotis des vagues se brisant sur l'étrave et les divers et habituels craquements de la mâture. La lune presque pleine jetait sa lueur fantomatique sur la mer d'Irlande, lisérant d'argent la crête des vagues et illuminant le coton blanc de la trinquette, de la brigantine et autres voiles de la goélette, lesquelles battaient doucement sous la brise.

Le premier lieutenant était de quart et il eut un léger sursaut de surprise en voyant s'approcher Ewan de la barre.

— Révérence parler, il est bien tard ou bien tôt pour être debout, Monsieur, remarqua l'officier. Personnellement, si je le pouvais, je serais dans ma couchette. Puis-je faire quelque chose pour vous ?

— Nous serons bientôt en vue des côtes d'Ecosse, non ?

— En effet, nous encapons en ce moment même le North Channel. Si vous vous tournez vers l'est, vous ne devriez pas tarder à voir la lumière du phare de Galloway Head.

En souriant, Ewan gagna le tribord et s'appuya au bastingage.

Il savait à présent quel était ce mystérieux appel qui l'avait attiré sur le pont. C'était celui de sa patrie.

Le vent soufflait dans ses cheveux, de même que les jours précédents ; c'était pourtant différent, cette fois — un peu comme si son père, dont il se souvenait à peine, les ébouriffait... Au-dessus de lui, une mouette poussa son long cri. Le son plaintif résonna longtemps aux oreilles d'Ewan. L'Ecosse lui souhaitait-elle ainsi la bienvenue ?

Il sursauta à son tour en entendant la voix de Claire.

— Tout va bien, Ewan ?

Elle semblait inquiète pour lui. Quel contraste avec son attitude au moment de leur départ de Londres !

— Oui, très bien...

Il se tourna vers elle.

— Et vous-même, que faites-vous debout à cette heure-ci ?

La lune brillait sur sa chevelure éparse. Elle avait passé une simple robe de chambre sur sa chemise de nuit et avait un verre à la main.

— Je ne dormais pas et je vous ai entendu marcher dans la coursive. J'ai ouvert ma porte au moment où vous montiez sur le pont... Je ne sais pas pourquoi, je me suis dit que vous pourriez avoir envie d'un peu de votre alcool national...

Elle leva le verre de whiskey à l'appui de ses dires.

— ... Alors je suis allée au carré vous en chercher. Le sommeil vous fuit, vous aussi ?

— Oui.

Elle lui tendit le verre.

— Après vous, lui dit-il doucement.

— Vous voulez que je boive du whiskey ?

— Pourquoi pas ? Personne ne nous regarde…

Elle hésita un instant avant d'avaler une gorgée et de lui tendre son verre de nouveau. Il savoura le goût un peu sauvage, sur sa langue, de l'orge grillé.

C'était exactement ce qu'il lui fallait à cet instant précis et elle l'avait deviné.

— Je vous envie le bonheur de retrouver votre patrie, murmura-t-elle. Je sais qu'elle vous a terriblement manqué, pendant toutes ces années. A présent, vous voilà revenu…

Il acquiesça puis lui demanda tout à trac :

— Et vous ? Où est votre patrie ? L'endroit que vous appelez votre foyer. A Londres ?

— J'y ai ma maison, mais je ne pourrais pas vraiment dire que c'est mon foyer. Si elle devait brûler de fond en comble, je serais bien ennuyée, mais j'en chercherais une autre sans même verser une larme…

Il lui repassa le verre.

— Et Strathandrew ? Verriez-vous sans émotion le manoir détruit par le feu ?

Claire parut réfléchir en buvant une nouvelle gorgée.

— Certes non… Strathandrew est probablement l'endroit qui, pour moi, évoque le plus l'idée d'un foyer. Je ne me suis jamais imaginée être, pour autant, une enfant du pays, comme vous. Comment disiez-vous, déjà ? Pêchant dans les mêmes rivières et parcourant les mêmes collines que votre père et le père de votre père…

Elle frissonna.

— L'air marin n'est pas bien chaud. Je crois que je vais retourner me coucher.

Etait-ce l'air de la nuit qui la faisait frémir ou le sentiment de sa solitude ?

— Ne pouvez-vous rester un peu plus longtemps ?

Il montra sa cape.

— ... Il fait bon, là-dessous. Je pourrais vous y faire une place, si vous le voulez.

— Vous... Vous croyez ?

— Mais oui, puisque je vous dis que personne ne nous regarde...

Il délaça l'ample vêtement et, dans un grand geste, les en entoura tous deux, en attirant Claire contre lui.

— En ce qui concerne Strathandrew, reprit-il, vous savez... je crois que lorsqu'on aime vraiment un endroit, on y est forcément chez soi.

— Vous avez peut-être raison... En tout cas, il est agréable de le penser.

Mais elle n'avait pas l'air d'en être réellement convaincue. Avec un soupir, elle se laissa aller contre lui, ses courbes libérées du carcan quotidien du corset.

Ewan découvrit qu'il pouvait faire très chaud, sous cette cape.

Il essaya de distraire Claire de ses pensées mélancoliques. Et de se détourner lui-même de pensées fort inconvenantes.

— Vous vous souvenez... quand vous avez voulu que je vous conduise jusqu'à cette ornière rocheuse, là-haut, dans les collines, que l'on appelait le cercle des sorcières ?

Il avait réussi. Claire se mit à sourire.

— Je pense toujours y avoir vu un fantôme, renchérit-elle, ou quelque chose...

— Il est étonnant que votre père ne m'ait pas déjà envoyé en Amérique, après ce coup-là…

Ils continuèrent à évoquer leurs souvenirs du bon vieux temps.

— Je suppose, dit Claire un peu plus tard, que nous serons bientôt en vue de…

Avant qu'elle ait pu achever sa phrase, Ewan aperçut une lueur intermittente qui déchirait la nuit comme une étoile filante, loin vers l'est.

— Là, regardez…

Puis il se tut, trop ému pour pouvoir parler davantage.

— Qu'est-ce que c'est ?

— La lumière du phare de Galloway Head, reprit-il quand il recouvra sa voix. Ma première vision de l'Ecosse depuis dix ans.

Claire lui tendit le verre de whiskey.

— Cela mérite un toast. Pardon de ne pas vous accompagner, mais j'ai assez bu et il en reste très peu.

Il leva son verre en direction du Rhyns, cette avancée de la terre d'Ecosse en mer d'Irlande.

— Bienvenue chez vous, Ewan Geddes, lui dit Claire.

Il était bouleversé, autant par la joie du retour que par la présence de la jeune femme, tout contre lui. Avant même d'avoir compris ce qu'il faisait, il l'avait prise entre ses bras et l'embrassait comme il n'avait embrassé aucune femme depuis bien des années — pas même lors de la fameuse nuit qui lui avait coûté si cher.

Etait-ce le whiskey, le clair de lune ou le mélange des deux qui avait mis le feu dans ses veines ? La bouche de Claire était douce, chaude et accueillante sous la sienne. Comme si elle lui souhaitait la bienvenue, elle aussi.

Il s'enhardit.

Sa langue écarta les lèvres de sa compagne et s'introduisit tendrement mais irrésistiblement entre elles. Une de ses mains se perdit dans sa chevelure et l'autre... lâcha le verre vide.

Il se brisa sur les planches du pont, et du même coup dégrisa les deux jeunes gens.

— Attention à vos pieds !

Comme Claire n'était chaussée que de très légères ballerines, Ewan la souleva dans ses bras pour lui éviter de se blesser.

— Tout va bien, Monsieur ? cria le premier lieutenant, depuis l'arrière.

— Oui, juste un peu de verre cassé ! lui répondit Ewan. Mais je ne vois pas les morceaux !

— Laissez, je vais envoyer un matelot de quart nettoyer tout ça !

Ewan regarda Claire et la déposa plus loin sur le pont. Il ne la lâcha qu'à regret.

— Je suis désolé... je... je ne sais pas ce qui m'a pris.

— Trop d'émotion, sans doute... Il vous fallait l'exprimer.

— Vous... vous avez sans doute raison.

C'était une réaction de bon sens et il aurait lui-même voulu le croire. Or il craignait fort que ce fût, en réalité, bien plus que cela...

Chapitre 11

Bien sûr, Ewan était désolé de l'avoir embrassée !

Le cœur de Claire venait, lui aussi, de se briser sur le pont…

Bah, qu'importait ? Un matelot viendrait passer le faubert par là-dessus et, au matin, nul n'en verrait plus trace.

Dieu merci, la nuit était noire, se dit-elle en retournant à sa cabine. Ce n'était pas la première fois que l'obscurité se faisait son alliée. Cette fois encore, elle avait caché son visage à Ewan Geddes, après leur baiser…

Mais à présent, il savait pertinemment *qui* il embrassait, même si ses raisons pour cela n'étaient guère flatteuses.

C'était bien elle, qui aurait dû être désolée. Quand elle le croyait simple coureur de dot, elle pouvait encore tenter, sans le moindre état d'âme, d'abuser Ewan. Maintenant que ses yeux s'étaient dessillés, elle n'avait plus aucun droit de se conduire ainsi. Elle en rougissait de honte.

Quelle mouche l'avait piquée de se glisser avec lui sous cette cape, alors qu'ils n'avaient sur eux que leurs vêtements de nuit ? Même Tessa aurait reculé devant une telle audace !

Et lui, de l'inviter à partager cette intimité ? Etait-ce

simplement une pulsion un peu canaille, avivée par l'alcool et la promiscuité, ou bien quelque chose de plus fort ? Et que serait-il arrivé, si ce maudit verre n'était pas tombé sur le pont ?

Claire retira sa robe de chambre et se glissa dans sa couchette. Le souvenir du baiser d'Ewan et de la chaleur de son corps la hantait. Que ferait-elle s'il osait s'introduire dans sa cabine ?

Elle en fixa longtemps la porte, transie de peur et de désir...

Elle se leva, le matin suivant, en redoutant l'inévitable : l'instant où il lui faudrait faire face à Ewan, au petit déjeuner. Car il le fallait. Le fuir ne ferait que faire naître en lui le soupçon que leur baiser avait davantage compté pour elle qu'elle ne voulait bien l'admettre. Elle ne voulait à aucun prix qu'il puisse le penser.

A sa grande surprise, l'ambiance au carré fut beaucoup moins menaçante qu'elle ne l'aurait cru. Ils prenaient tous les deux bien garde de faire comme si rien d'anormal ne s'était passé ; par une sorte d'accord tacite, ils évitaient tout rappel des événements de la nuit. Enfin, presque...

Ainsi, Claire demanda à Ewan :

— Est-ce que l'air du large et un peu de whiskey vous ont permis de trouver le sommeil ?

— Oh, tout à fait...

Il opinait vigoureusement, mais ses traits tirés le contredisaient. Etait-il possible que le souvenir lancinant de leur baiser lui ait fait passer, à lui aussi, une nuit blanche ? Le supposer rendait à Claire un peu de sa fierté.

— Et vous ?

— J'ai très bien dormi, moi aussi...

Elle ne voulut pas rester sur ce mensonge et enchaîna :

— Si le vent se maintient, nous devrions atteindre Strathandrew dans la soirée.

Cette diversion parut avoir l'effet attendu. Ewan se détendit quelque peu et se mit à sourire.

— Je suis très heureux à l'idée de revoir ce vieux domaine. A-t-il beaucoup changé ?

Elle sourit à son tour et secoua la tête.

— Non, le temps semble y être suspendu. D'ailleurs, ni Tessa ni moi n'avons voulu y apporter le moindre changement, quand nous en avons hérité.

Et elle ne le ferait jamais. Parfois, M. Catchpole maugréait qu'une propriété de cette taille en Ecosse était un véritable gouffre financier et que les trop rares visites qu'elle y effectuait n'en justifiaient pas les dépenses. Elle avait reçu plusieurs offres d'achat pour Strathandrew, et les avait toujours déclinées. Pourtant, elle ne s'y rendait que très rarement, en effet. Ses séjours là-bas réveillaient trop de souvenirs et de mélancolie.

— Nous attaquons la partie du voyage que j'ai toujours préférée, poursuivit Claire, le passage des îles et l'entrée dans les lochs.

Jadis, une autre excitation se mêlait à celle de retrouver les paysages écossais. Elle allait revoir Ewan... Avait-il encore grandi durant l'année presque écoulée ? Ses épaules s'étaient-elles encore élargies, ses bras étaient-ils plus musculeux ? Combien il paraissait plus digne et plus fier que les dadais bien nés dont elle était obligée de subir la compagnie, le reste du temps...

Chaque été, elle espérait qu'il ferait enfin attention à elle. Ce ne fut jamais le cas. Même alors qu'elle se livrait à mille agacements, simplement pour qu'il la remarque. Dans les moments de désespoir de son adolescence, il arrivait qu'elle se demandât si, en son absence, il se souvenait seulement de son nom.

— Claire ?

Ce prénom, justement, sur les lèvres d'Ewan — mais dix ans trop tard —, l'arracha à ses souvenirs doux-amers.

— Oui ? Excusez-moi...

Elle s'empourpra. La cicatrice de cette vieille blessure serait-elle encore visible ? Pourrait-il lire, sur son visage, la marque de cette ancienne déception ?

Si c'était bien le cas, Ewan n'en laissa rien paraître.

— Voulez-vous que nous montions sur le pont pour voir la côte ?

Le pouvait-elle ? Pouvait-elle se permettre de revenir avec lui à l'endroit même où il l'avait embrassée et faire comme si de rien n'était ?

— Avec plaisir.

Décliner son invitation, c'eut été admettre que ce qui s'était passé la nuit précédente avait une réelle importance.

Et puis, elle aimait tant être avec lui ! Comme dans cette histoire qu'on lui contait quand elle était enfant, où un plat ensorcelé, quand vous le consommiez, vous affamait plus encore.

Si elle n'y prenait garde, elle allait à la fois s'en gorger et en mourir.

Petits villages de pêcheurs aux maisons blanchies à la chaux, plantés face aux vents de l'Atlantique. Colonies de phoques paressant sur les plages désertes. Collines doucement arrondies aux crêtes se perdant dans les nuages. Eperons de granit avançant dans la mer, comme autant de doigts accusateurs pointés vers le ciel. Hautes falaises que hantaient les oiseaux marins. Ruines d'anciennes forteresses, semblant monter une garde fantôme devant la contrée qu'elles avaient autrefois protégée...

Ewan regardait se dérouler le panorama de sa terre natale, plus avidement qu'un homme affamé invité à un banquet fastueux.

La présence de Claire auprès de lui ne rendait le spectacle que plus bouleversant encore...

Il lui faisait observer la forme des îlots, qui ressemblaient à des animaux fabuleux, et elle lui répondait en criant presque, tant le vent leur sifflait aux oreilles.

Elle avait assuré son chapeau en nouant par-dessus un large foulard, attaché sous le menton ; mais les rafales étaient si fortes qu'elle devait encore le retenir de la main. Ce même vent rosissait ses joues, leur donnant la couleur exacte de l'armeria maritime, cette tendre petite fleur qui couvrait les falaises au printemps. Comme elle lui montrait telle ou telle beauté de la côte, ses yeux avaient la couleur même de la mer.

Le *Marlet* faisait route au nord, sous toutes ses voiles, son étrave effilée bondissant sur les vagues à un rythme bien propre à vous donner le mal de mer. Nombreux auraient été, sans doute, ceux qui, en de telles circonstances, se seraient, le teint verdâtre, penchés en hâte au-dessus du garde-corps pour faire au dieu des Flots l'offrande, fort peu respectueuse, de leur petit déjeuner... Claire, elle, semblait enchantée de la bonne marche de la goélette, et son enthousiasme était contagieux.

— Si je n'étais aussi pressé de revoir Strathandrew, dit Ewan, j'aurais plaisir à visiter ces îles.

— Je l'ai souvent pensé, moi aussi, renchérit Claire.

Tessa et vous pourriez y faire une croisière, pour votre voyage de noces...

— Ah ? Euh... oui.

Pourquoi donc cette perspective ne le charmait-elle pas plus que cela ?

La réponse lui vint aussitôt à l'esprit et ses mains se crispèrent sur le bastingage. Il n'était pas aussi impatient de revoir Tessa qu'il l'aurait dû.

Pendant des années, elle avait été l'objet de tous ses rêves et de tous ses projets d'avenir. Or, à présent qu'il était si près de toucher au but, ces rêves lui faisaient l'effet de vieux vêtements qui ne lui iraient plus.

Au cours de cette croisière, Claire avait pris, chaque jour davantage, la première place dans ses préoccupations. Il ne parvenait pas à effacer le souvenir de leur rapide baiser, ni à se départir de la certitude qu'elle y avait répondu avec une ardeur au moins égale à la sienne. Certes, elle se comportait depuis comme si rien ne s'était passé. Sur le moment même, d'ailleurs, elle ne semblait pas y avoir accordé trop d'importance, mettant l'incident sur le compte de l'émotion, amplifiée par le whiskey, que lui causait le retour au pays...

Peut-être était-ce ainsi qu'elle l'avait ressenti, mais Ewan se jugeait lui-même plus sévèrement. Non, ce ne pouvait pas être aussi simple que cela. Si c'était l'ivresse et le clair de lune qui l'avaient poussé à prendre Claire dans ses bras, alors pourquoi mourait-il d'envie de recommencer, en plein jour et parfaitement sobre ?

Des heures plus tard, comme le *Marlet* embouquait l'étroit fjord au fond duquel se nichait Strathandrew, Ewan n'avait toujours pas répondu à cette question et son désir n'avait pas diminué.

Qu'il était étrange de se trouver à bord du yacht des Talbot et de voir tout le personnel du domaine assemblé sur le ponton pour les accueillir ! Il se souvenait du temps où, en de telles occasions, il se trouvait parmi eux, la bonne Rosie Mac Murdo lui soufflant gentiment à l'oreille de rentrer son pan de chemise et de remettre son tartan d'aplomb.

Où était-elle, Rosie ? Là, cette petite silhouette bien en chair, à côté de celle, décharnée, de Mrs Arbuthnot, la gouvernante, qu'il n'aimait guère, autrefois. Près de Rosie se tenait Fack Gowrie, le chef jardinier, et son frère Fergus, le garde-chasse principal. Un imprudent jeune pasteur du village, qui voulait faire rire ses ouailles aux dépens des deux frères, s'était amusé un jour à les comparer en chaire à Abel et Caïn. L'aîné l'avait attendu à la fin de l'office et l'avait entraîné derrière la sacristie pour discuter de ce point de dogme. Les jours suivants, tout le village put admirer les teintes changeantes qu'offrait l'œil fermé de l'infortuné pasteur.

Ewan ne reconnut aucun des jeunes domestiques, mais ce n'était guère étonnant. Après avoir gagné un petit pécule, les jeunes femmes de chambre se mariaient et quittaient le domaine, tandis que les *gillies* et les jardiniers s'en allaient souvent tenter leur chance à Glasgow, voire dans le Sud ou même, comme lui, dans des terres aussi lointaines que l'Amérique ou l'Australie.

— Cela va être une grande surprise pour tout le monde, lui glissa Claire alors qu'ils s'apprêtaient à débarquer. J'ai télégraphié à Mrs Arbuthnot que j'arrivais et que j'avais un invité, sans révéler qui vous étiez.

Ewan ne put s'empêcher de rajuster son col et de chasser une poussière invisible sur son revers. Une vague appréhension s'empara de lui tandis qu'il descendait la coupée derrière Claire. Quel accueil allaient lui réserver ceux qui avaient été jadis comme une seconde famille pour lui ?

— Mrs Artbuthnot, vous êtes resplendissante !

Claire prononça cette contrevérité d'un ton un peu guindé et la gouvernante y répondit par une révérence encore plus raide.

— J'espère que faire préparer le manoir dans un délai aussi court n'a pas été trop pénible ?

— Pas du tout, miss Claire, fit la gouvernante en regardant du coin de l'œil l'hôte de sa maîtresse. Nous tenons la maison prête chaque été, en espérant votre visite.

Ewan surprit une moue ironique sur les lèvres d'une femme de chambre. Il se représentait aisément la déception qu'avaient dû ressentir les domestiques, pour avoir travaillé en vain, chaque fois que Claire avait annulé son séjour au domaine.

Comme celle-ci se tournait vers la cuisinière, Mrs Artbuthnot s'éclaircit la gorge afin d'attirer son attention.

— Milady et miss Tessa ne vous accompagnent pas, miss Claire ? Votre télégramme laissait entendre que nous aurions le plaisir de les recevoir ici.

— Ma belle-mère et ma sœur devraient arriver par le train, d'ici un jour ou deux. Peu avant notre embarquement, Tessa m'a fait savoir qu'elle souffrait d'une légère indisposition et qu'elle nous rejoindrait avec milady dès que possible.

Claire tendit sa main vers Ewan.

— Je voudrais que vous regardiez attentivement qui est notre invité, cet été… Je crois que vous le connaissez bien…

Comme Rosie le dévisageait, Ewan lui fit un grand sourire.

— Ewan Geddes ! s'écria-t-elle.

Il se faufila entre Claire et la gouvernante estomaquée pour serrer Rosie dans ses bras.

— Tu es tellement devenu un monsieur que j'ai failli ne pas te reconnaître, mon garçon ! soupira la cuisinière, très émue.

— Enfin, Rosie, s'étrangla la gouvernante. Monsieur est l'invité de miss Claire !

La bonne cuisinière rougit comme une pivoine et recula en balbutiant :

— Mon Dieu, je suis tellement heureuse de le revoir, ce cher petit, que je l'avais oublié !

Mais Ewan la reprit dans ses bras aussitôt.

— Merci de ton accueil, Rosie, lui dit-il avec chaleur.

Puis il l'embrassa sur les deux joues, en savourant le regard indigné que leur décochait Mrs Arbuthnot.

— ... J'avais peur qu'il n'y ait plus personne à Strathandrew pour se souvenir de moi.

— Que je ne me souvienne pas de toi ? protesta Rosie, des larmes dans la voix. Après toutes les lettres que tu m'as écrites et tous...

— J'espère que tu te souviens encore de mes plats préférés, la coupa Ewan, avant que Rosie ne mentionne les nombreux mandats qu'il lui avait envoyés. Je n'ai jamais rencontré en Amérique un seul cuisinier qui sache faire un *partan bree* comme le tien, ou même seulement un *dundee cake*.

L'évocation de ces recettes traditionnelles de la cuisine écossaise (le *partan bree* est une préparation de crabes au four, en chapelure) apporta la diversion qu'il souhaitait.

— Un *partan bree* ? Dieu te bénisse, mon cher garçon. Je te promets que tu pourras t'en régaler. Demande-moi tout ce dont tu as envie et je te le préparerai !

La gouvernante s'éclaircit la gorge, de nouveau.

— Il me semble que nous avions déjà déterminé les menus…

Avant que la cuisinière ou Ewan eussent pu répondre, Claire intervint.

— Les goûts de nos invités sont prioritaires, Mrs Arbuthnot, dit-elle d'une voix douce mais sans réplique. Pourquoi donc manger en Ecosse comme à Londres ?

— Comme il vous plaira, miss Claire, repartit la gouvernante, les lèvres pincées.

Ewan lui dédia un large sourire plein d'une suave provocation.

— Content de vous revoir, Mrs Arbuthnot. Vous n'avez pas du tout changé…

Ce qui, dans sa bouche, n'était d'évidence pas un compliment. La digne femme répondit par une révérence si raide et de si mauvaise grâce qu'Ewan en fut ravi.

Les frères Gowrie avaient réellement peu changé, depuis toutes ces années, Fack s'étant peut-être un peu plus voûté et Fergus étant devenu un peu plus grisonnant. Le jardinier parut presque aussi heureux de le revoir que la cuisinière, et le garde-chasse, plus encore.

Comme Claire le présentait aux autres membres du personnel, Ewan put mesurer, dans les yeux des jeunes domestiques, l'admiration qu'ils lui vouaient. Il imaginait sans peine ce qu'il aurait ressenti à leur place, s'il avait pu voir un homme de sa condition s'élever jusqu'à devenir l'invité des Talbot.

Quand on lui nomma un jeune *gillie* aux yeux ronds, il lui serra vigoureusement la main.

— Pourras-tu me préparer une canne et quelques artificielles, mon garçon, lui demanda-t-il, que je voie si je peux encore réussir une pose convenable ?

— Oh, oui, m'sieur ! Vous comptez donc pêcher à

la mouche, pendant votre séjour ? C'est très bon pour la truite. Cette année, elles sont très combatives…

— J'ai hâte d'avoir une canne et un moulinet en main.

Cette perspective amena un sourire joyeux sur ses lèvres.

— … Rien de tel que la pêche pour vous vider l'esprit !

Claire se dirigea ensuite vers une toute jeune fille qui arborait sous sa coiffe une belle chevelure châtaine et sur ses lèvres, un petit sourire malin.

— Voici la plus jeune de nos femmes de chambre. Glenna, la fille de Rosie.

— Pas possible ! Pas la petite Glenna ?

Ewan souleva la jeune fille du sol et la fit tournoyer en l'air.

— Mon Dieu, que tu as changé, lui dit-il en riant, c'est à peine croyable ! Tu me fais me sentir bien vieux !

— Bienvenue, Ewan !

La jeune fille recula d'un pas, son joli visage rouge de confusion.

— … Et ne laisse pas maman te dire que tu es trop maigre, s'exclama-t-elle. Tu es beau, on dirait un vrai *laird* !

Ce compliment fit naître en Ewan des sentiments fort contradictoires. Pendant toutes ses années d'exil, il avait rêvé de ce moment — d'un retour triomphal dans ce domaine dont il avait été autrefois banni. Mais à présent, en regardant Glenna Mac Murdo, puis Claire Talbot… il avait le sentiment amer d'avoir perdu sa vraie place sans jamais en avoir retrouvé une autre.

En voyant Ewan soulever dans ses bras la petite bonne, Claire tâcha d'ignorer l'absurde et ridicule pointe de jalousie qu'elle en concevait. Elle n'avait aucun droit sur cet homme et il était du reste patent que ce qu'il éprouvait pour la jeune Glenna n'était rien d'autre qu'une affection toute fraternelle. Si Claire devait s'autoriser une quelconque jalousie, c'était plutôt vers Tessa qu'elle devait se tourner.

Or, elle avait lutté toute sa vie contre la tentation de jalouser sa sœur et y avait jusque-là assez bien réussi. Elle n'entendait pas se couper du seul être au monde avec qui elle avait jamais connu une relation d'amour et de tendresse.

Dès qu'Ewan eut reposé la jeune bonne à terre, Claire voulut continuer à lui présenter les autres membres du personnel, mais Mrs Arbuthnot vint se pencher à son oreille.

— Pardonnez-moi, miss Claire, mais j'ai bien peur que nous soyons bientôt contraints d'écourter ces salutations…

Elle montrait les lourds nuages noirs qui s'amoncelaient, venant de l'Atlantique.

— Oh, en effet…

Claire connaissait bien le climat capricieux des High-lands.

— Mais après tout, M. Geddes n'est pas vraiment un nouveau venu parmi nous… Allons nous abriter avant que le ciel ne nous tombe sur la tête !

Les domestiques n'eurent pas besoin d'une autre injonction pour refluer précipitamment vers le vieux manoir, par le sentier qui menait au rivage, les jeunes valets et jardiniers ouvrant la marche au pas de course, suivis de près par les bonnes qui relevaient leurs jupes pour trottiner. Puis venaient la gouvernante et la cuisinière, Rosie Mac Murdo s'essoufflant rapidement et Mrs Arbuthnot semblant flotter dans l'air à côté d'elle. Les frères Gowrie fermaient le ban, sans hâte particulière, sans doute parce qu'ils étaient habitués, l'un comme l'autre, à se trouver dehors par tous les temps.

Ewan ne semblait pas non plus se soucier de la pluie qui allait venir. Quand les domestiques s'éloignèrent, il offrit son bras à Claire.

— Bah, dit-il, l'averse ne va pas se déclencher si vite que cela ! Me ferez-vous l'honneur, miss Talbot ?

Claire se fit la réflexion qu'elle pouvait marcher seule et n'avait pas vraiment besoin de contacts physiques avec lui au-delà du strict nécessaire. Mais au lieu de décliner son invitation, elle s'entendit lui répondre :

— Avec plaisir, merci !

Elle plaça son poignet dans le creux de son bras et, incontinent, oublia toutes ses bonnes résolutions. Elle savoura sa proximité et l'illusion délicieuse qu'il pouvait être encore un peu à elle, après tout.

— N'avais-je pas raison ? lui dit-elle. Le manoir n'a pas changé, n'est-ce pas ?

En fait, c'était comme si elle voyageait dans le temps pour réaliser un vieux rêve. Remonter l'allée principale au bras d'Ewan Geddes... De son vivant, jamais son père ne l'eût permis et, d'ailleurs, le beau *gillie* n'y songeait même pas. Il n'avait d'yeux que pour Tessa.

— Changé ?

Il secoua la tête en souriant.

— Pas le moins du monde. Si ce n'est que, curieusement, il me paraît plus petit qu'autrefois ! Et maintenant, dites-moi... comment allons-nous occuper notre temps, avant que votre belle-mère et votre sœur ne nous rejoignent ?

Claire sentit son estomac se serrer et eut honte de cette réaction au rappel de l'arrivée imminente de lady Lydiard et de Tessa. Il était coupable d'entretenir ainsi une flamme vieille de dix ans pour un homme que sa sœur projetait d'épouser. Autrefois, bien sûr, Claire avait pu se permettre de soupirer pour Ewan ; mais, en ce temps-là, Tessa ne lui accordait pas un regard.

A présent que sa sœur avait enfin ouvert les yeux, elle devait enfermer ses sentiments au fond de son cœur, à double tour, et ne plus jamais les en laisser sortir.

Ce qui était à peine plus facile à concevoir qu'à accomplir.

Le tumulte qui se déchaînait en elle la poussa à répondre plus sèchement qu'elle ne l'aurait voulu.

— Vous n'êtes plus un domestique, Ewan, et rien ne vous oblige à vous occuper de moi en permanence. Je suis sûre que vous avez, vous aussi, l'habitude d'être autonome : il y a des quantités d'activités auxquelles vous pouvez vous livrer ici.

Même à travers le tissu de son veston, elle put sentir les muscles de son bras se crisper. Lorsqu'elle osa lever les yeux vers son visage, ses sourcils froncés signalaient une tempête sous un crâne aussi sûrement qu'au-dessus d'eux les nuages noirs annonçaient la pluie.

— C'est moi, Claire, que vous tentez de persuader que je ne suis plus un domestique, s'enquit-il d'une voix coupante, ou bien vous-même ?

Il était bel et bien furieux et Claire ne comprenait pas pourquoi.

Il lâcha son bras et se tourna pour lui faire face.

— Avez-vous donc stoïquement supporté ma compagnie sur le *Marlet* dans le seul but de m'empêcher de replonger ? Et à présent que vous voilà dans vos terres, préféreriez-vous que je tienne mes distances ?

Claire faillit laisser échapper un cri de rage. Décidément, cet homme était aussi exaspérant… qu'irrésistible.

— Comment pouvez-vous dire une chose aussi… grotesque ! lui répliqua-t-elle, sans baisser les yeux. J'ai voulu vous éviter la peine de me servir de chevalier servant et vous osez m'en faire le reproche ?

— Et s'il me plaît, à moi, de jouer les chevaliers servants, comme vous dites ? Croyez-vous que votre compagnie soit un fardeau ? Eh bien, vous vous trompez. Elle est très agréable, du moins quand vous faites l'effort de vous montrer un peu sociable !

On pouvait difficilement appeler cela un compliment, surtout comparé au tombereau d'hommages qu'elle recevait quotidiennement depuis des années. D'où venait, alors, qu'elle avait le souffle court, la gorge serrée et les genoux qui flageolaient ?

Claire savait très bien pourquoi, mais ne pouvait l'accepter. Le ciel compatissant mit temporairement fin à ses angoisses en ouvrant grandes ses vannes et ils durent courir pour aller s'abriter dans le vaste hall du manoir.

Chapitre 12

Quand ils y parvinrent, le souffle court, ils étaient à peu près aussi trempés que lorsqu'ils avaient été récupérés par le canot du *Marlet*. On eût dit qu'ils étaient voués à l'eau froide, chaque fois qu'ils se disputaient un peu trop violemment.

La solennelle ordonnance du grand hall et le regard sévère de la gouvernante dissuadèrent Ewan de s'ébrouer tel un chien mouillé.

— Miss Claire et Monsieur voudront se changer avant le dîner ?

Ces mots de Mrs Arbuthnot étaient plus un ordre qu'une question. Son œil glacé fixait Ewan, comme si la revêche gouvernante soupçonnait celui-ci de s'être fait tremper intentionnellement, pour la chagriner.

Elle fit signe à un valet.

— Alec, vous montrerez sa chambre à… l'invité de miss Claire.

En suivant le jeune homme dans le grand escalier, Ewan se retourna vers son amie, qui retirait son chapeau dégoulinant.

— Nous nous verrons au dîner, j'espère ? A moins, ajouta-t-il avec ironie, que vous préfériez que je me fasse un peu plus rare…

— Ne soyez pas ridicule, Ewan, lui répliqua-t-elle.

Vous êtes mon invité. Bien sûr que nous nous retrouverons au dîner !

— Je préférais en avoir la confirmation, grogna-t-il, avant de grimper les marches quatre à quatre pour rattraper son guide.

Au demi-palier, une belle dame emperruquée, dans son cadre, semblait lui reprocher cette attitude désinvolte. D'autres portraits d'élégants disparus vêtus de soie, de satin et de dentelles ornaient les murs, tout le long de l'escalier. Ewan avait l'impression que des générations de Talbot, tous plus distingués et aristocratiques les uns que les autres, le dévisageaient avec horreur, lui, l'ancien domestique reçu dans leur domaine.

— Il y a longtemps que tu sers ici, mon garçon ? demanda-t-il au jeune valet.

Sa voix, qui trahissait sa mauvaise humeur, avait résonné étrangement dans le silence.

— Deux ans, Monsieur.

Le jeune homme, au contraire, s'exprimait à voix basse, ainsi qu'il l'eût fait dans une église.

— Et cela te plaît ?

Le jeune homme réfléchit un instant, comme s'il désirait fournir une réponse posée, la plus honnête possible, puis haussa légèrement les épaules.

— C'était ça ou m'engager dans l'un des régiments écossais, Monsieur. Ici, au moins, je peux rentrer voir mes parents très souvent, la nourriture est fantastique et le service, pas trop dur.

Il s'arrêta devant une magnifique porte d'acajou rehaussé de cuivre, l'ouvrit et s'effaça pour laisser entrer Ewan.

Au passage, celui-ci lui fit un clin d'œil et lui lança :

— ... Et puis ici, pas de risque qu'on te tire dessus, pas vrai ?

Le jeune valet sourit.

— C'est vrai que c'est un avantage de plus, Monsieur.

— Encore qu'à mon avis, reprit Ewan, Mrs Artbuthnot est plus à redouter que n'importe quel sergent-major de la Garde !

Le jeune homme, après qu'il eut jeté un regard inquiet par-dessus son épaule, approuva dans un rire silencieux. Ewan faillit l'imiter, mais son rire mourut dans sa gorge à la pensée que tant de ses compatriotes n'avaient d'autre choix que d'épouser la servitude, civile ou militaire.

Cela dit, n'ayant jamais rien connu d'autre, le jeune homme ne semblait pas trop mécontent de son sort.

— Si Monsieur veut changer de vêtements, proposa-t-il, je vais monter sa malle.

— Très volontiers.

Ewan chercha un paravent, mais il n'y en avait pas, dans la chambre richement meublée. Rien ne manquait, cependant, à son confort, du vaste lit à baldaquin et ses rideaux de brocart à la grande cheminée où brûlait un bon feu, malgré la saison. Pourtant, quelque chose dans ce lieu rendait Ewan mal à l'aise, et ce d'autant plus qu'il ne parvenait pas à deviner quoi.

Le jeune valet se méprit sur l'expression de son visage.

— Le cabinet de toilette et le dressing-room sont ici, monsieur, à la droite de Monsieur…

Ewan se tourna et vit une porte qui s'ouvrait dans les lambris.

— Merci.

— Je suis heureux de pouvoir renseigner Monsieur.

— Alec ?

— Monsieur ?

— Laisse un peu tomber tous ces « Monsieur »,

veux-tu ? Je suis de Strathandrew, moi aussi. Appelle-moi donc Ewan.

Le visage déjà plutôt rougeaud du jeune homme vira au cramoisi.

— Cela m'ennuie de désobéir à Monsieur, mais si Mrs Arbuthnot me pinçait à être familier avec un invité, je n'aurais pas fini de l'entendre.

— Oh, je veux bien te croire..., fit Ewan en se dirigeant vers le cabinet de toilette.

Alec lui monta sa malle et, quelque temps plus tard, Ewan sortait de sa chambre, habillé en prévision du dîner d'une queue-de-pie, sur gilet et cravate blanche. Il avait envie d'un peu de compagnie et était curieux d'apprendre tout ce qui s'était passé à Strathandrew pendant sa si longue absence. Claire lui avait dit que rien n'y avait changé, mais elle n'y séjournait, au mieux, que quelques semaines par an. Certes, Mrs Arbuthnot veillait à tout maintenir en ordre et il était probable que rien n'avait évolué dans le cérémonial du domaine...

Mais l'inflexible gouvernante elle-même ne pouvait rien contre la marche du temps. Les enfants devenaient de jeunes gens, se plaisaient, s'épousaient à l'église du village et fondaient une famille. Entre-temps, leurs parents vieillissaient, leurs grands-parents mouraient. Il y avait de bonnes et de mauvaises récoltes, des fêtes, des événements tragiques ou comiques et des petits scandales. Bref, tout ce qui faisait la vie d'une communauté rurale.

Ewan avait hâte de s'y replonger.

Il referma tout doucement sa porte et s'engagea dans le corridor, attiré par les délicieux effluves qui montaient de la cuisine. Il gagna l'escalier de service, presque sur la pointe des pieds et en se retournant vaguement, comme s'il risquait d'être renvoyé d'où il venait, si jamais il était surpris.

Quand il atteignit la porte par où passaient les domestiques pour leurs discrètes allées et venues, il commença à se détendre un peu. L'odeur de l'exquise cuisine de Rosie Mac Murdo y était encore plus présente.

Sur son chemin, il croisa une jeune femme de chambre chargée d'une pile de draps, qui poussa un cri de souris en le voyant et laissa, de surprise, tomber sa charge. Ewan n'eut que le temps de se pencher pour retenir les draps.

— Oh, merci… merci, Monsieur, balbutia la malheureuse, aussi pâle, dans la faible lumière qui tombait d'une lucarne, que son linge. Monsieur a-t-il besoin de quelque chose ? Parce que Monsieur n'a qu'à sonner, n'est-ce pas, et quelqu'un viendra tout de suite…

Hélas, ce qu'Ewan voulait ne s'obtenait pas ainsi… Il rassura la jeune fille.

— J'ai tout ce qu'il me faut, merci. Je vais seulement à l'office, pour une petite visite…

Elle le regarda comme s'il avait perdu l'esprit.

— Comme Monsieur voudra…

Puis elle lui fit une petite révérence et s'en fut.

Il poussa la porte qui ouvrait sur l'office. Si la table des domestiques y était dressée pour le dîner, personne n'y était encore assis, non plus que devant la cheminée, qui flambait. Au bout du petit corridor qui menait à la cuisine, Ewan voyait s'activer les aides de Rosie et entendait cliqueter plats et casseroles. Les arômes de viande poêlée, d'oignons et d'épices diverses le faisaient saliver.

Il marcha droit vers le potager, devant lequel Rosie montait vigoureusement, au fouet, une sauce mousseline. Elle était tellement concentrée sur son travail qu'elle ne le vit pas s'approcher ; elle sursauta lorsqu'il planta un baiser sur sa joue rebondie.

— Cela sent bon, Rosie ! Qu'y-a-t-il pour dîner ?

La cuisinière poussa un cri et son fouet s'envola dans les airs, éclaboussant au passage les revers de soie, le gilet et le visage d'Ewan.

— Espèce de jeune idiot, s'écria Rosie, les mains sur ses larges hanches, tu n'as rien de mieux à faire qu'à venir effrayer les gens ?

— Pardon, Rosie !

Il passa son doigt sur son menton, pour en retirer un peu de sauce, et le lécha avec délectation.

— Mmm... j'ai attendu dix ans ces retrouvailles avec ta cuisine. Je n'en ai jamais connu de meilleure...

Le regard de la cuisinière s'adoucit.

— Vilain flatteur ! Je suis sûre que ce n'est pas vrai... Tu as dû manger dans les meilleurs restaurants, là-bas, en Amérique.

— Dans quelques-uns, oui, mais...

Et aussi chez de riches partenaires d'affaires, qui donnaient des dîners fastueux. Il n'avait jamais pu y retrouver les saveurs de sa jeunesse.

— ... il y manquait toujours un petit quelque chose...

Ewan s'aperçut que la cuisine tout entière était devenue très silencieuse, depuis quelques instants. Il leva les yeux, pour découvrir les jeunes aides de Rosie toutes figées dans leurs gestes, comme si quelque enchanteur leur avait jeté un sort. Il suivit leur regard et découvrit alors Mrs Arbuthnot, raide comme la justice, sur le seuil.

— Au travail, vous toutes, fit-elle d'une voix impérieuse. Nous avons un dîner à préparer, au cas où vous l'auriez oublié...

Puis elle tourna son regard vers Ewan. Ses yeux

étaient aussi froids que les eaux du loch au mois de février.

— Auriez-vous besoin de quelque chose, Monsieur ? Il y a un cordon d'appel, dans votre chambre. Mais peut-être Alec a-t-il omis de vous le signaler ?

— Il me l'a dit…

Ewan se demandait pourquoi cette femme, qui n'avait plus sur lui le moindre pouvoir, réussissait encore à le mettre aussi mal à l'aise.

— … Et je me souviens de l'usage que l'on fait de ces cordons.

La gouvernante le regarda comme s'il avait la tête couverte de lisier ou de tripes de poisson.

— Maggie, dit-elle à l'une des servantes, venez essuyer Monsieur…

— C'est ma faute…

Rosie devança la jeune fille en tirant un mouchoir de son tablier et enleva les petites taches de sauce du visage et des revers de soie d'Ewan.

— C'était très aimable à toi de passer nous rendre une petite visite, mon garçon, lui dit-elle gentiment. Une autre fois, peut-être, ajouta-t-elle, embarrassée. Lorsque nous serons un peu moins occupées…

— Oui, Rosie. Pardon de t'avoir distraite dans ton travail.

A peine avait-il repassé la porte qu'il entendit les aides-cuisinières reprendre leurs activités.

A l'office, il trouva Fergus Gowrie, le chef garde-chasse, assis devant la cheminée, une bible ouverte sur ses genoux. Il voulut aller discuter un peu avec lui mais, d'une mimique expressive, Fergus l'en dissuada tout de suite.

Il en fut surpris et peiné. Que la gouvernante le batte froid, rien d'étonnant à cela. Elle le méprisait déjà cordialement quand il n'était qu'un *gillie*. Il n'en était pas de même pour Fergus, qui lui avait appris tout ce qu'il savait de la chasse et de la pêche.

En franchissant la porte qui séparait les locaux de service du reste du manoir, ce fut comme s'il traversait le miroir. Il savait désormais n'avoir plus sa place à l'office. Non, il n'appartenait plus au monde des petites gens de Strathandrew, mais à celui des maîtres, bien moins amical. Jusqu'à l'arrivée de Tessa, il n'aurait décidément d'autre compagnie que celle de Claire Talbot.

— Mmm...

Claire reposa sa fourchette après une bouchée d'une tendre escalope à la crème et aux champignons.

— ... Rosie s'est surpassée en votre honneur, ce soir, Ewan. J'espère que cela vous fait plaisir. Vous qui vous faisiez une joie de goûter de nouveau à sa cuisine...

— Bien sûr...

Il la regarda au-dessus de la table et lui sourit, mais avec moins de gaieté qu'elle ne s'y serait attendue.

— Vous savez, lui dit-il, il y a quelques bons restaurants écossais aux Etats-Unis, notamment en Pennsylvanie, où je vis, mais aussi au Canada, où les nôtres sont particulièrement nombreux. Eh bien, je n'en ai jamais trouvé où l'on puisse déguster un *partan bree* qui vaille le sien.

— Oh, les crabes au four ? Oui, c'est délicieux.

— ... Ni, d'ailleurs, aucune autre de ses spécialités.

Ewan porta sa fourchette à sa bouche et ferma les yeux pour mieux savourer son plaisir.

Las, il paraissait encore sombre, comme si quelque chose le tourmentait. Pensait-il toujours à leur dispute de tout à l'heure ? Se pouvait-il qu'il crût qu'elle voulait le fuir ? S'il savait à quel point, au contraire, elle chérissait sa présence !

La pluie battait toujours contre les hautes baies vitrées qui offraient d'ordinaire, sur le loch, une vue à vous couper le souffle. Un bon feu brûlait dans la cheminée monumentale, apportant une touche d'intimité bienvenue à la très solennelle salle à manger du manoir.

Claire avait demandé que, jusqu'à l'arrivée de lady Lydiard et de Tessa, leur couvert soit dressé au centre, face à face, de manière qu'ils n'eussent entre eux que la largeur de la grande table et non toute sa longueur, comme l'étiquette l'eût voulu.

— J'espère que vous êtes confortablement installé ?

Elle espérait qu'il ne trouverait pas cette question trop guindée ou peu sincère, mais, en tant qu'hôtesse, il lui fallait bien s'en enquérir.

— ... Je crois que Mrs Arbuthnot vous a donné la chambre de Père.

Ewan eut un petit rire bref, avec dans l'œil une très séduisante lueur d'impertinence.

— Je me demandais la raison de l'étrange impression que j'ai ressentie en y pénétrant, malgré tout son confort. Si milord peut me voir occuper son lit, il doit certainement se retourner dans sa tombe !

Claire rit à son tour et une idée tout aussi irrespectueuse lui vint à l'esprit.

— En ce moment même, son fantôme file vers le nord, pour venir vous hanter cette nuit !

Ils rirent de plus belle et cette complicité permit de dissiper un peu de la tension qui s'était installée entre eux. Mais Claire était habituée depuis si longtemps à la ressentir, dans leurs rapports, qu'elle avait presque peur de la voir s'en aller tout à fait.

Le sourire d'Ewan semblait la défier.

— Que diriez-vous de venir marcher avec moi, demain, dans les collines, si le temps s'y prête ? Voulez-vous effrayer ce vieux fantôme en tenant compagnie à un ancien *gillie* ? Je vous le demande, comme une faveur.

Qu'y-a-t-il de mal à cela ? s'interrogea Claire, en tâchant de ne pas se perdre dans le gris des yeux de son compagnon.

On eût dit qu'il avait vraiment envie de sa compagnie. Pourquoi ne pas se laisser bercer un peu par ses vieux rêves ? Faire comme s'il était à Strathandrew pour elle et non pour Tessa ?

Malgré leur baiser, probablement sans signification, sur le pont du *Marlet*, elle savait qu'elle ne pourrait jamais remplacer sa sœur dans le cœur d'Ewan et ne le voulait à aucun prix, puisque ces deux-là paraissaient s'aimer réellement. Mais faire semblant d'y croire, un jour ou deux, ne pouvait faire grand mal à sa sœur, non plus qu'être tenu pour déloyal.

— Je suppose que vous savez comme il est difficile de vous dire non, lorsque vous regardez une femme avec ces yeux-là, lui dit-elle doucement.

— Je le sais si bien, lui répondit-il de même, que je m'y entraîne tous les matins, en me rasant devant ma glace…

Il était tout aussi difficile, voire plus encore, de résister à son sourire.

— Vraiment ? Quel sens tactique !

Pour la première fois de sa vie, elle flirtait avec un homme et trouvait cela bien agréable.

— N'est-ce pas ?

Il jouait bien sa partie, l'animal ! D'autant mieux que ni l'un ni l'autre, sans doute, ne pouvait prendre ce jeu-là trop au sérieux.

— Je suis sûr, continua-t-il, qu'un grand capitaine

d'industrie tel que vous prise au plus haut point le sens tactique...

— Surtout allié à l'esprit d'entreprise !

Claire rit encore, puis :

— Très bien, reprit-elle. Si le temps le permet, je vous accompagnerai. Je dis bien, si le temps le permet. Car même toute votre persuasion ne saurait me convaincre de trottiner par les collines des Highlands sous une pluie battante.

— Bien, c'est dit, alors !

Il semblait si content que Claire ne put se garder de se sentir flattée.

— Je vais dire à Rosie, ajouta-t-il, de nous préparer un pique-nique. Et à Fergus, que nous aimerions un poney pour le transporter.

— Mon Dieu ! Quel déjeuner gargantuesque comptez-vous nous faire avaler, pour que nous ayons besoin d'un poney ?

Ewan termina son escalope et but une gorgée de ce même graves qu'il avait dédaigné à bord du *Marlet*.

— Randonner dans les collines n'est pas une activité de tout repos, vous le savez. Nous aurons aussi la mallette-service en osier, un plaid sur lequel nous asseoir, peut-être une longue-vue... et puis vous pourrez toujours monter sur le poney, si vous êtes fatiguée au retour.

— Qu'est-ce qui vous fait croire que je serai fatiguée ?

C'était là une de ces réactions indignées qu'elle aurait pu avoir, lors des beaux étés de leur jeunesse. Cette fois, c'était l'amusement et non la colère que l'on pouvait percevoir dans sa voix.

— Est-ce que vous avez escaladé tant de collines que cela, depuis dix ans ? lui demanda-t-elle avec un air de défi. Après tout, il est bien possible que ce soit vous qui soyez obligé de monter sur le poney !

— Bien possible, en effet…

Il leva son verre et le vida.

— Et peut-on savoir dans quelle direction vous comptez m'entraîner ? fit Claire, tandis qu'une servante apportait sur la table un superbe gâteau surmonté de crème fouettée, de framboises et d'avoine soufflée délicatement grillée.

— Vous le verrez en temps utile. Dans un endroit… particulier.

Ce fut tout ce qu'Ewan daigna lui dire avant de se jeter sur son assiette et de dévorer sa part du gâteau. Claire devinait nonobstant qu'il prêtait à l'événement une certaine solennité, comme s'il s'était agi d'une sorte de pèlerinage sur les lieux de leur jeunesse, et elle en était secrètement émue.

Curieusement, jusqu'au moment où la jeune femme lui avait demandé où il comptait l'emmener, il avait eu un autre endroit en tête. Il n'entendait pas, en effet, se rendre à Linn Riada avant l'arrivée de Tessa, ni sans elle. Mais à présent, il sentait bien qu'il ne pourrait attendre un jour de plus et il était convaincu que, plus que sa sœur, Claire apprécierait cette excursion.

Il reposa sa fourchette à dessert avec un soupir de satisfaction. Seule la pensée que Mrs Arbuthnot pourrait défaillir d'horreur devant des manières si communes l'empêcha de nettoyer son assiette jusqu'à la dernière miette de *pudding Cranachan*, son gâteau favori.

Claire avait fait elle aussi honneur au dessert, sans fausse honte.

— Tout était délicieux, dit-elle à la jeune servante

qui vint emporter son assiette. Transmettez nos compliments à la cuisine, s'il vous plaît.

La jeune fille acquiesça en souriant, avec une petite révérence.

— Des assiettes qui reviennent vides sont le plus beau des compliments, pour Rosie, remarqua Ewan.

Il se souvenait fort bien de la fierté de la cuisinière en de telles circonstances et, à l'opposé, de sa fureur, quand les convives n'avaient que chipoté ses merveilleuses préparations. Elle prenait ce dédain pour un affront personnel et en souffrait vraiment. Il était arrivé autrefois à Ewan d'intercepter lesdites assiettes à l'office et, aidé par le bel appétit de son âge, de les vider pour que sa chère Rosie n'en eût point de peine.

Claire se leva et il l'imita.

— Je vais me retirer et vous laisser savourer votre cognac, lui dit-elle. La cave à cigares de père est à votre disposition. Nous gardons ses havanes parfaitement humidifiés, à l'usage de nos invités. Si d'aventure vous désirez utiliser le billard…

Elle lui montra une double-porte.

— … La salle est juste là.

— Je sais.

— Ah, oui ?

— J'ai souvent jeté un coup d'œil par la fenêtre, pour voir le *laird* et ses hôtes y jouer.

Si l'ancien *gillie* qu'il était n'avait évidemment aucun mal à manier un fusil ou une canne à mouches mieux que la plupart de ses relations d'affaires, maîtriser une queue de billard avait représenté pour lui un challenge plus délicat à relever. Il s'y était pourtant employé, à mesure que son statut social s'élevait.

— Oh, pardon, remarqua Claire en rougissant, je ne vous ai pas même demandé si vous y jouez ?

— Je n'y suis pas trop maladroit, je crois... J'y ai beaucoup travaillé !

Il lui sourit timidement et la gêne de Claire se dissipa.

— C'est vraiment dommage que Père ne soit plus parmi nous. Vous auriez pu le défier...

— Si vous preniez sa place ? proposa-t-il.

— Moi ? Vous plaisantez !

— Pourquoi ? Ce n'est pas amusant de jouer seul.

Interloquée, elle réfléchit un instant.

— Je suppose que non, mais jouer avec moi ne vous amusera pas beaucoup plus. Je n'ai pas la moindre notion de ce jeu.

— Je pourrais vous apprendre.

Le même ton, le même sourire charmeur que lorsqu'il avait insisté pour qu'elle l'accompagne en balade.

Une seconde, elle faillit accepter, puis elle se reprit avec une certaine raideur et secoua la tête.

— Le billard est réservé aux hommes.

— On le dit, lui répliqua-t-il calmement. Beaucoup pensent que la direction d'une entreprise de construction navale ne l'est pas moins. Vous vous y êtes pourtant adaptée très vite et bien que vous n'ayez pas eu un aussi bon professeur que moi !

La réserve de Claire fondit un peu et ses beaux yeux se mirent à briller d'une étincelle d'humour.

— Votre modestie est très impressionnante !

Comme elle était belle et comme il avait envie de la faire rire, encore et toujours !

Quand il entendit monter le trille clair de ce rire, il sut ce que Rosie Mac Murdo devait ressentir devant ses assiettes bien nettoyées.

— Allons, venez, insista-t-il, sentant qu'elle allait

se laisser fléchir. Il n'y a rien dans le billard qui donne particulièrement l'avantage à un homme sur une femme. C'est un jeu de précision et de stratégie, non de force.

Claire croisa les bras et le considéra d'un air narquois. Ewan se demanda si elle attendait… mais si elle attendait quoi, au fait ?

— Dites-moi, monsieur Geddes, vous ne faites pas ça seulement pour choquer cette pauvre Mrs Arbuthnot ?

— Non, pas seulement ! Cela, ce ne sera qu'un plaisir de plus…

— Très bien, alors…

Elle fit le tour de la table pour le rejoindre.

— … Mais vous n'aurez aucun mérite à battre une pauvre novice.

Il ouvrit l'un des vantaux de la porte de la salle de billard et s'effaça pour la laisser entrer.

— Oh, lui répliqua-t-il, je n'ai pas l'impression que vous resterez novice bien longtemps…

— Je n'en ai pas l'intention, en effet.

Le menton haut, elle lui fit un signe de tête qui avait tout l'air d'un défi. Ewan eut soudain le désir fou d'enfouir ses doigts dans la soie sauvage de ses cheveux.

Depuis des jours, maintenant, il ressentait pour elle une attirance aussi intense que gênante. Il avait d'abord tenté de la nier, puis de l'analyser ; il lui fallait avouer aujourd'hui qu'il avait surtout envie de… « creuser » ce sentiment.

Pas trop, tout de même.

Assez pour en connaître la véritable profondeur…

Avant l'arrivée de Tessa.

Chapitre 13

— Ce que j'aime, dans notre belle terre d'Ecosse, c'est que si l'on n'est pas satisfait du temps qu'il fait, il suffit d'attendre un peu, déclara Ewan le matin suivant.

— Et ainsi de suite, remarqua Claire d'un air dubitatif.

Elle regardait le ciel bleu avec une certaine méfiance.

— Croyez-vous que cela restera comme ça jusqu'à notre retour ?

— Ma foi, pourquoi pas ?

Ewan respirait à pleins poumons l'air des collines des Argyll.

— ... Il n'y a guère de vent, pour nous amener des nuages. Comme le disait ma grand-mère Cameron — que Dieu ait son âme — : profitons du soleil, car ce n'est pas en redoutant la pluie que nous l'éviterons...

— Une femme avisée que votre grand-mère... A ce propos, j'ai toujours entendu dire que c'était la meilleure gouvernante qu'ait connue Strathandrew...

Ewan hocha la tête.

— C'est elle qui m'y a fait entrer.

— Je ne me souviens pas très bien d'elle...

Claire ne gardait que le souvenir d'une paire d'yeux gris pleins d'intelligence et de gaieté, comme ceux d'Ewan.

— ... j'étais une toute petite fille, alors, mais j'ai été très triste lorsqu'elle est morte.

Ewan caressa l'encolure du poney.

— Elle me disait que c'était votre mère qui l'avait engagée, en même temps que Rosie...

Voilà donc pourquoi la vieille Mrs Cameron était si gentille avec elle, quand les autres domestiques s'intéressaient généralement davantage à Tessa...

— Qu'avez-vous pensé du billard, hier soir ? reprit Ewan. Ce n'est pas si compliqué que cela en a l'air, n'est-ce pas ?

— Très divertissant ! Et avec un peu de pratique, je crois que je pourrais bien vous mettre en mauvaise posture, un de ces jours...

A la vérité, les leçons d'Ewan avaient été beaucoup plus agréables que le jeu en lui-même. Quand il l'avait entourée de ses bras pour rectifier sa position de frappe, il lui avait fallu se mordre les lèvres pour étouffer le soupir de plaisir qui y montait.

Elle détourna les yeux, afin que son compagnon ne pût y voir son trouble, à ce seul souvenir.

Sans doute n'avait-il rien remarqué, car c'est d'une voix assez neutre qu'il lui demanda :

— Est-ce à dire que nous y rejouerons ce soir ?

— Pourquoi pas ?

Elle s'efforça de paraître tout aussi détachée que lui dans sa réponse.

— ... Puisque nous sommes seuls, il paraîtrait incongru de nous séparer juste après le dîner.

Combien de temps encore le demeureraient-ils ? Claire repoussa cette pensée dans les recoins les plus obscurs de son cerveau ; elle y tiendrait compagnie à sa crainte du chagrin qui ne manquerait pas de l'assaillir lorsque Tessa reviendrait réclamer son dû.

— Il faut que je vous fasse part d'une opinion qui pourrait bien vous aider à progresser dans le jeu.

Claire sursauta, heureuse de cette diversion qui la tirait de ses sombres pensées. Quelque chose, dans la voix d'Ewan, semblait annoncer une impertinence.

— Vraiment ? Et laquelle ?

— Ne portez plus de corset…

Elle devait probablement afficher une mine stupéfaite, car il retint mal un petit rire.

— … Cela vous gêne pour vous pencher au-dessus de la table et frapper la boule.

Comme il devait la juger trop hébétée pour pouvoir répondre, il ajouta :

— Nul ne le verra que moi, et je vous trouve tout aussi bien sans. Aujourd'hui, vous n'en portez pas, n'est-ce pas ?

— Ewan !

Une très vive rougeur brûla les joues de Claire.

— Est-ce là le genre de questions qu'un gentleman doit poser à une dame ?

— Bah, suis-je vraiment un gentleman ? Il est permis d'en douter. Allons, vous pouvez me le dire… Votre secret ne sera pas trahi…

— Eh bien, il se trouve en effet que, pour l'heure… je n'en porte pas.

Il était déjà bien assez difficile de garder son souffle en escaladant ces collines, sans avoir en plus à supporter un corset !

— Vous voyez !

Il la regarda d'un air très appréciateur.

— Cela nuit-il à votre beauté ? Je ne crois pas ! Pas de corset, et pourtant… vous êtes plus jolie que jamais.

— Dans cette tenue ?

Claire considéra sa jupe et sa veste de tweed informes, son vieux chemisier aux manches bouffantes.

— Vous devez avoir perdu la vue.

— Pas du tout ! Je ne suis peut-être pas un expert en toilettes féminines, mais je sais ce que je vois : ce tweed fait meilleur effet sur vous que la soie et les dentelles sur tant d'autres.

Claire n'était pas bien sûre que sa féminité en fût tellement rehaussée, mais elle devait bien admettre qu'elle appréciait beaucoup la liberté de mouvements que lui permettait cette tenue.

— D'accord, je ne le porterai pas ce soir, si en échange vous promettez de paraître en kilt au dîner.

Il était très attirant dans celui qu'il portait à présent, sous une chemise ouverte et un gilet traditionnel en cuir noir. Le voir ainsi lui coupait la respiration, tout autant que la montée plutôt raide.

Il rit.

— C'est d'accord !

Un moment, ils se turent, économisant leur souffle, jusqu'à ce que le manoir disparaisse à la vue derrière une crête et qu'ils en eussent gravi une autre, d'où l'on avait une vue magnifique sur le loch.

— Reposons-nous un instant.

Ewan tira une gourde gainée de cuir des fontes du poney, en détacha le bouchon de bois et la tendit à Claire.

Elle la renifla d'un air soupçonneux.

— Whiskey ?

C'était bien la dernière chose dont elle avait besoin…

Il secoua la tête.

— Non, du cidre. C'est Rosie qui le fait.

Il étendit la couverture de leur pique-nique et y fit asseoir Claire avant de s'y installer à son tour.

Elle but une grande gorgée et lui repassa la gourde.

— C'est beau, ici… Rien d'étonnant à ce que vous ayez voulu y revenir.

Clignant des yeux, elle pointa son doigt vers un vieux château, qui se dressait sur une petite île, près de l'extrémité du loch.

— Savez-vous quelque chose de ces ruines ? Je me souviens que Père nous interdisait formellement d'y débarquer, quand nous canotions.

— Eilean Tioran ? Bien sûr !

Il reposa la gourde après y avoir bu.

— C'était la place forte d'une branche du clan Cameron. Personne n'a jamais réussi à la prendre. D'après une vieille légende, un monstre vit dans le loch et fracasse les coques de tout navire ou de toute barque qui menacerait le bien des Cameron.

Son ton grave avertit Claire qu'elle ne devait pas sourire.

— Kenneth Cameron le Rouge a combattu à la bataille de Stirling Bridge et aussi sous les ordres du roi Robert Ier Bruce à Bannockburn…

Les yeux brillants de fierté, il regardait les ruines.

— Murdo Cameron est tombé à Flodden Field et Alec le Martyr a été exécuté après Killiecrankie. C'étaient tous de rudes guerriers.

Et lui, le descendant de ces terribles châtelains d'une forteresse gardée par un monstre marin, il avait été réduit à se faire le serviteur de maîtres étrangers, sur la terre de ses ancêtres. Il pouvait bien, en effet, être fier.

— Qu'est-il advenu des Cameron et de leur château ?

— Ils ont été trahis…

Le regard d'Ewan était perdu dans le vague.

— … Par les Mac Crimons. La fille de leur chef avait été promise à Angus le Juste. Toute la famille de la jeune fille vint à leur mariage, à Eilean Tioran. Tandis qu'ils festoyaient, un Mac Crimons alla subrepticement ouvrir les portes pour faire entrer les soldats du roi d'Angleterre.

— Vous devez haïr les Anglais ?

— Lorsque j'étais enfant, ils représentaient pour moi la cause de tous les malheurs des miens. Puis, en Amérique, lorsque j'ai eu un peu de temps libre, j'ai lu des ouvrages historiques et... j'ai compris que tout n'était pas aussi simple. Au cours des siècles, nous autres, Ecossais, nous nous sommes plus souvent entre-déchirés, plus fait de mal entre nous que ne nous en ont infligé nos plus féroces ennemis.

Le cœur étrangement serré, Claire regardait les ruines de la vieille forteresse des Cameron émerger de la brume légère.

— Highlanders contre Lowlanders, continua pensivement Ewan. Clans contre clans, Eglises se liguant les unes contre les autres et se massacrant pour la plus grande gloire de Dieu ! Pourtant, les rares fois où nous avons été unis, nous avons été une grande nation.

— C'est Eilean Tioran que vous souhaitiez me montrer ?

— Pardon ?

Il sursauta comme s'il avait momentanément oublié sa présence.

— Non... Je ne vous en parle que parce que vous me l'avez demandé. Le but de notre balade est un peu plus haut. Nous devrions d'ailleurs nous remettre en route, si nous voulons être de retour pour le dîner.

Il se remit sur ses pieds puis tendit la main pour aider Claire à se lever. La force et la chaleur de son toucher donnèrent à la jeune femme une sourde envie d'autres contacts, moins formels. Comme elle aurait aimé revivre les merveilleux instants qu'ils avaient connus sur le pont du *Marlet*, lorsqu'il l'avait embrassée !

— Claire ?

Sa voix… elle paraissait tendrement inquiète.

— Vous semblez soucieuse.

— Je pensais à ce vieux château et à toute l'histoire dont il a été le témoin.

C'était vrai, en partie, tout au moins. Ses pensées sur le destin de ce pays s'étaient intimement mêlées à ses réflexions à propos d'Ewan. Comme cette espèce de temps suspendu, de temps volé à une autre qu'ils passaient ensemble, en ce moment, Eilean Tioran n'était qu'un rêve romantique, à peine plus qu'un mirage.

— Vous êtes sûre ?

Ewan ne paraissait pas très convaincu.

— Mais oui…

Claire se raidit pour ressembler à cette « personne intelligente » que sa belle-mère voyait en elle.

— … A quoi voulez-vous que je pense d'autre ?

Pourvu qu'il ne se le demande jamais !

Qu'est-ce qui avait *vraiment* amené cet air-là sur le visage de Claire ?

Pendant une minute bouleversante, elle l'avait regardé avec des yeux…

Des yeux qu'une femme réservait d'ordinaire à son *muirneach*, son bien-aimé.

Simultanément, il avait ressenti quelque chose de bien étrange.

A la chasse au cerf, lorsqu'un dix-cors était tiré dans les collines, on jetait sa dépouille sur le dos d'un poney pour le descendre dans la vallée. L'odeur du sang et la vue des bois effrayaient généralement l'animal et le *gillie* enlevait alors sa veste de chasse pour lui bander les yeux et le mener sans encombre par les chemins très raides. Maintenant, Ewan savait ce que ressentait le poney, d'abord quand on l'aveuglait, puis lorsqu'il voyait la lumière, de nouveau.

Ce qu'il vit, après son long aveuglement, c'est qu'il était tombé amoureux de son ancienne adversaire.

Comment était-ce possible ? Quelle sorte de magicienne était-elle donc, pour faire basculer et changer d'objet, en quelques jours, un amour de plus de douze ans ? Et lui, comment pouvait-il être assez fou pour aimer une femme qui ne le supportait qu'à grand-peine ?

La voix un peu tendue de Claire, sous son souffle court, parvint jusqu'à lui, à travers ses pensées.

— Quel que soit cet endroit, j'espère qu'il en vaudra la peine !

Il se tourna vers elle et la vit qui s'accrochait aux sangles qui retenaient le bât du poney. Son visage était échauffé et luisant ; plusieurs mèches folles s'échappaient de sa coiffure. Il était facile et tentant de l'imaginer dans la passion et le désordre de l'amour physique.

L'image incandescente de leurs deux corps mêlés s'imposa à lui, fit bouillir son sang, enflamma ses reins et son bas-ventre.

Il lui fallut toute sa volonté pour empêcher sa voix de virer au rauque quand il lui répondit.

— Vous ne serez pas déçue, je vous l'ai promis, et à la mesure de l'effort que vous aurez fourni. Je n'ai pas besoin de vous rappeler que tout ce qui a un peu de valeur doit se mériter.

Ses paroles parurent la galvaniser et un éclair de détermination passa dans ses yeux gris, qu'il jugea aussitôt adorables.

— Vous avez raison, bien sûr, soupira-t-elle. Les

efforts qu'ils exigent ne rendent nos buts que plus désirables, et leur satisfaction nous contente en proportion.

Elle le comprenait décidément mieux qu'aucune femme avant elle.

— Le goût du gibier est meilleur après une longue approche en terrain difficile et le saumon le plus délectable est celui qui a longtemps combattu, conclut-il en souriant.

Après avoir passé la crête suivante, ils entendirent la rumeur un peu fantomatique de l'eau vive qui chantait sur les pierres.

— Nous ne sommes plus très loin, à présent, dit Ewan.

— Tant mieux...

Claire écarta une mèche de cheveux tombée sur son front.

— ... Parce que je commence à avoir assez du « plaisir que donne l'effort » pour toute ma journée !

Ewan rit avec elle et passa derrière la croupe du poney pour la rejoindre. Il voulait ne rien manquer de ses réactions quand elle découvrirait Linn Riada.

Son propre cœur battait, à la perspective de revoir ce lieu. Il espérait vivement que le site ne serait pas moins imposant que dans son souvenir, comme lui était apparu Strathandrew, plus petit en réalité qu'il ne se le remémorait.

— Oh, Ewan !

Fébrilement, elle chercha sa main, et la serra avec une telle force qu'il faillit pousser un cri.

L'émerveillement qu'il lut dans les yeux de sa compagne le rassura avant même qu'il ait tourné la tête. La haute et tumultueuse cascade, nichée au fond d'une vallée secrète, était bien aussi spectaculaire qu'il se le rappelait.

Un rayon de soleil irisait la brume distillée par le large ruban d'argent qui tombait entre les rochers, créant des dizaines de petits arcs-en-ciel. Ewan était venu là bien des fois et, pour lui, ce lieu isolé et désert était l'un des plus beaux du monde. Mais il ne l'avait jamais vu ainsi et la lumière particulière de ce moment ne comptait que pour une part dans son enchantement...

Ce qui lui donnait tout son prix, c'était ce qu'il pouvait découvrir dans les yeux embués de Claire et dans le tremblement de sa lèvre inférieure.

Cela aurait-il changé quelque chose s'il l'avait amenée ici, quelque douze ans auparavant ? Avant que toute son énergie, tout son talent ne fussent mobilisés par l'entreprise familiale et son cœur asséché par des hommes trop égoïstes et trop stupides pour s'apercevoir qu'elle avait plus de valeur que tout un tas d'or.

Possible. Mais si tous les « si seulement » et les « peut-être » du monde avaient été aussi tangibles, aussi solides que des pierres, alors les compatriotes d'Ewan auraient pu élever un monument aussi haut que le ciel, dédié à leurs rêves brisés et à toutes leurs occasions manquées. A quoi bon, tout cela ?

— Alors, s'enquit-il quand il fut parvenu à juguler son émotion. Cela valait-il la peine de monter jusqu'ici ?

Elle se tourna vers lui, les yeux brillants.

— Si vous ne devinez pas ma réponse à cette question, Ewan Geddes, c'est que vous n'êtes pas aussi intelligent que je le croyais. J'aurais accepté de bon cœur de marcher sur les genoux pour un tel spectacle. Comment ai-je pu venir dans cette région pendant tant d'années en ignorant qu'un lieu d'une telle beauté était à portée de la main ?

Ewan la buvait des yeux tandis qu'elle admirait la cascade.

— Parfois, dit-il, la gorge serrée, la beauté la plus bouleversante est toute proche et nous ne la voyons pas.

Comprenait-elle ce demi-aveu ? Etait-il trop transparent ou, au contraire, trop subtil ? Toute sa vie, il avait eu confiance en son charme, lorsqu'il choisissait de l'exercer. Mais soudain, il n'était plus si sûr de lui-même.

Le poney secoua sa crinière et broncha, ramenant Ewan sur terre.

— On dirait que notre ami nous rappelle qu'il a porté notre déjeuner jusqu'ici et que nous devrions bien en profiter...

— Cela paraît presque un sacrilège de manger dans un lieu d'une telle beauté...

Claire détacha la couverture du bât et l'étendit sur l'herbe.

— ... On ne devrait rien y consommer d'autre que la manne céleste, le nectar et l'ambroisie des dieux de l'Olympe, les pommes d'or du jardin des Hespérides ou l'hydromel du roi des fées.

Ewan rit en dénouant les liens qui retenaient le panier du pique-nique.

— Je ne vous ai jamais vue d'humeur aussi lyrique !

— C'est que je n'ai jamais vu de lieu plus enchanteur...

Elle cueillit quelques brins de bruyère et respira avec bonheur leur délicat parfum.

— ... Il me semble évoluer dans le monde des contes de fées. Des farfadets vont surgir des rochers et me proposer de prononcer trois vœux, j'en ferais le pari...

Elle offrait son visage aux rayons du soleil et se mit à tourner sur elle-même, comme danse une enfant heureuse.

— Ce doit être l'altitude qui vous grise !

Ewan lui prit la main au milieu de ce tourbillon et l'attira vers la couverture.

— Prenez un peu de cidre et goûtez l'un des petits pâtés de Rosie. Vous verrez qu'ils sont meilleurs que le nectar et l'ambroisie...

Il lui mit la gourde dans une main et un *bridie* à la viande, aux pommes de terre et aux oignons dans l'autre.

— Il y a aussi du jambon de pays, du saumon fumé, du fromage et du *dundee cake*. Rien de féerique et encore moins de surnaturel... juste un délicieux pique-nique des Highlands.

Claire avala une grande gorgée de cidre après avoir mordu dans le *bridie*.

— Mmm..., fit-elle, je me trompais ! Ce repas s'accorde à merveille à l'esprit des lieux. Un festin digne d'un chef de clan.

— Je rapporterai ces mots à Rosie. Elle sera ravie.

Ils dévorèrent le reste dans le silence complice des bons amis, en écoutant le chant de la cascade. Chaque fois qu'il regardait Claire, Ewan avait l'impression de sentir son cœur s'élever au-dessus de la chute d'eau pour voler dans les airs... et plonger dans les eaux glacées.

— Je crois que nous devrions rentrer...

Ewan replaçait les restes du pique-nique dans le panier d'osier.

— Si nous sommes en retard pour le dîner, Mrs Arbuthnot m'en tiendra pour personnellement responsable.

— C'est un vrai dragon, n'est-ce pas ?

Claire n'était pas disposée à montrer la moindre

indulgence envers ceux qui prétendraient l'obliger à quitter ce lieu enchanteur.

— Je suppose que je devrais la renvoyer, mais elle tient le domaine très en ordre, quand nous sommes à Londres.

— En fait, je ne pensais pas vraiment à elle. Mais plutôt à Rosie, qui cuisine avec tout son cœur. Un dîner retardé, c'est un surcroît de travail pour tout le personnel.

Il n'avait pourtant visiblement pas, lui non plus, une grande envie de quitter Linn Riada.

— Vous avez sans doute raison…, marmonna Claire en se levant à son tour pour plier la couverture.

Elle se sentait honteuse en pensant au grand nombre de fois où l'on avait fait attendre la cuisine, à Strathandrew, sans que quiconque ne se soucie de ce que l'on pouvait bien en penser à l'office.

— Mais reconnaissez que ce n'est pas un lieu facile à quitter…

L'estomac de Claire se noua quand elle réalisa que c'était elle, oui, elle, la cause de l'exil d'Ewan loin de Linn Riada et de tous les autres lieux magiques de cette Ecosse qu'il aimait tant. La prospérité qu'il avait pu trouver en Amérique avait-elle, ne serait-ce qu'un peu, adouci cette perte ?

— Je ne veux pas vous presser, lui dit Ewan.

Lui-même resta un long moment à contempler les chutes, comme s'il voulait en graver chaque détail dans sa mémoire.

Le soleil ayant un peu baissé, on ne voyait plus de petits arcs-en-ciel se former dans la brume de la cascade ; celle-ci, toutefois, restait admirable.

Quelque chose poussa Claire à s'approcher d'Ewan, côte à côte, son bras légèrement pressé contre le sien, pour partager avec lui un dernier regard sur le site, comme ils avaient partagé le premier.

— Merci de m'avoir amenée ici, lui dit-elle doucement. Je m'en sens… très honorée.

Etait-ce un effet de son imagination ou bien venait-il de s'écarter d'elle légèrement ?

— Vous parlez comme si j'en étais le propriétaire et que je voulais vous l'offrir. Or Linn Riada est à vous… nous sommes toujours sur les terres des Talbot.

— Possède-t-on vraiment quelque chose qu'on ne connaît pas ? soupira-t-elle.

Depuis des années, son cœur avait appartenu à Ewan et voilà qu'il était revenu et en avait repris possession, sans même sans apercevoir.

Ils rechargèrent le poney dans un silence lourd, puis reprirent le sentier.

— Allons-nous rentrer par le même chemin ? demanda Claire, qui se sentait un peu fourbue.

— Nous le pouvons, si vous le souhaitez, lui répondit Ewan, mais j'ai plutôt dans l'idée d'en prendre un autre, pour vous montrer des jeunes cerfs en harde. En avez-vous déjà vu ?

— Non. Père ne voulait pas que ses filles soient dans ses jambes à la chasse.

— Cela vaut le coup d'œil…

Mais aucune harde ne se montra de tout l'après-midi.

Ils marchaient depuis longtemps et avaient parcouru une grande distance vers la vallée quand Claire mit sa main en visière au-dessus de ses yeux et s'enquit :

— Qu'est-ce que c'est, là-bas, un autre château en ruine ?

Ewan regarda dans la direction qu'il lui indiquait puis secoua la tête.

— Un cercle de pierres ?

Mais il aurait été d'une largeur inhabituelle...

Une fois encore, Claire fut assaillie par un souvenir. Tout le monde avait trouvé cela très drôle, à l'époque, mais elle était certaine d'avoir vu un inquiétant visage peint en bleu qui l'observait entre d'antiques pierres levées. Quelque douze ans après, ce souvenir lui donnait toujours la chair de poule.

— Bah, ce n'est rien ! Rien qui vaille la peine qu'on s'y arrête...

Le ton bref d'Ewan piqua la curiosité de la jeune femme. Elle regarda attentivement ce qui ressemblait à des piles de pierres.

— Vous êtes sûr que ce ne sont pas les ruines d'un château ? Vu d'ici, cela ressemble beaucoup à Eilean Tioran.

— Non, ce n'est pas un château.

— Qu'est-ce que c'est, alors ?

— C'est un village.

Il eut un soupir amer.

— ... Ou ce qu'il en reste, après que ses habitants en ont été chassés, pour que le *laird* puisse vendre cette terre à votre famille. Il avait déjà contraint ceux de son clan à élever des moutons, mais cela n'était pas assez profitable encore...

Sa voix mourut un instant, puis il reprit :

— Ma grand-mère m'a raconté comment les hommes du *laird* ont mis le feu aux chaumières, avec les vieux et les malades toujours à l'intérieur.

Le vent soulignait ses paroles en soufflant dans le feuillage d'un arbre aux branches torturées. Dans son imagination, Claire pouvait sentir l'âcre odeur de la fumée, qui traversait le temps.

— C'est terrible ! Que sont devenus ces pauvres gens, ceux qui n'ont pas été tués ?

— Certains ont émigré en Amérique. D'autres sont partis pour Glasgow chercher du travail. Les jeunes hommes se sont engagés dans l'armée. Les jeunes filles ont cherché à se placer comme domestiques — par exemple, à Strathandrew. Quelques insensés ont cherché à cultiver de la terre en bord de mer, là où elle ne vaut rien.

— Et votre famille ?

Si Claire n'avait pu s'empêcher de poser cette question, elle en redoutait la réponse.

Ewan tira sur le harnais du poney pour le faire avancer plus vite.

— A ce que je sais, répondit-il, mon père ne s'est jamais abaissé à voler des moutons. Nous aurions pourtant été mieux nourris, s'il l'avait fait.

Claire se souvint, pour sa mortification, de sa mauvaise plaisanterie sur les Ecossais voleurs de moutons, la nuit du bal des Fortescue.

— Me pardonnerez-vous jamais cette indélicatesse ? Je vous jure que je n'aurais jamais parlé ainsi si j'avais pu savoir... enfin... tout cela.

— Je le sais bien.

Le ton calme de sa voix lui disait qu'il lui pardonnait.

— Moi aussi, soupira-t-il, je vous ai souvent dit, sous le coup de la colère, des choses que je regrettais ensuite.

Sa réponse encouragea Claire à lui demander :

— Qu'a fait votre père, alors ?

— Il s'est épuisé à en mourir et ma mère avec lui, sur une terre rocailleuse qui ne méritait pas le nom de ferme. Les mauvaises récoltes des années quarante les ont si affaiblis qu'ils ont contracté la diphtérie. J'ai dû aller vivre avec ma grand-mère, à Strathandrew...

Claire aurait voulu pouvoir lui dire à quel point

elle était désolée pour lui. Mais que vaudraient des mots, face à tant de souffrance ? Le mieux qu'elle pût faire pour lui était peut-être de l'écouter, avec toute la compassion dont son cœur était capable.

— Grand-mère a essayé de convaincre papa de travailler comme piqueux à Strathandrew : il aurait pisté le gibier, pour l'abandonner à d'autres... Mais il était bien trop fier pour cela. Je me souviens qu'il citait souvent certains vers de Robert Burns, bien qu'à l'époque je ne savais pas ce qu'ils signifiaient :

« *Le fer de l'Angleterre, nous pouvions dédaigner,*
Si sûrs de notre valeur.
Mais c'est de son or qu'elle nous a poignardés.
Si nombreux étaient les félons,
Dans notre malheureuse nation. »

La main de Claire chercha la sienne.

— Jamais je n'aurais dû vous le demander. Vous êtes venu ici à la recherche de doux souvenirs de jeunesse et voilà que j'en ai réveillé de terribles. Oh, Ewan, je suis tellement navrée !

Elle l'était pour elle, comme pour lui. Elle avait gâché un jour idyllique. Un de ceux dont elle pourrait se souvenir avec bonheur, pour toutes les années à venir.

Et quoi qu'il arrive entre-temps.

Chapitre 14

Ah, il avait fait du joli !

Ewan se regardait avec sévérité dans le miroir de son cabinet de toilette, tout en se repeignant nerveusement, pour se rendre présentable avant le dîner. Pure convenance, en fait. Car, il en était certain, son apparence physique n'avait plus guère d'importance.

Si jamais Claire Talbot avait pu se montrer disposée à le regarder avec un peu plus que de l'indifférence polie, sa pitoyable démonstration d'apitoiement sur lui-même avait dû y mettre bon ordre.

— Et d'abord, qu'est-ce qui t'a pris de passer par ce chemin-là, espèce de pompeux imbécile ? gronda-t-il.

Il savait bien, pourtant, où étaient ces fichues ruines. Il aurait déjà pu commencer par prendre une autre route. Ou, au moins, lorsque Claire l'avait interrogé à leur sujet, rester évasif, minimiser les faits, n'importe quoi plutôt que d'adopter ce ton tragique !

Il avait voulu lui montrer la cascade, partager avec elle ce trésor, peut-être aussi lui faire comprendre qu'il existait certaines richesses qu'on ne pouvait posséder et dont on ne pouvait hériter. Elles appartenaient à ceux qui les aimaient, à ceux qui faisaient l'effort d'aller les découvrir, quels que fussent leur rang et leur fortune.

Les eaux de Linn Riada offraient leurs arcs-en-ciel,

leur musique et leur magie au *laird* comme au *gillie*. D'une certaine — et assez mystérieuse — façon, en faire partager l'enchantement à Claire Talbot les avait replacés tous deux sur un pied d'égalité. Ewan y avait même gagné une certaine gloire, puisqu'elle avait reçu cette vision comme un fabuleux cadeau…

Las, son explication sur le village en ruine avait gâché tout cela, en attristant inutilement la jeune femme.

Après avoir adressé à son reflet une dernière grimace de dépit, Ewan se dirigea vers la salle à manger. Tandis qu'il descendait le grand escalier, vêtu du kilt de son clan, du *sporran* et d'un spencer noir à revers de soie, son cœur battait de plus en plus vite. Il n'était séparé de Claire que depuis un peu moins d'une heure et il brûlait déjà de la retrouver, même s'il s'attendait plus ou moins à passer une soirée détestable.

Au moment de pénétrer dans la salle à manger, il s'arrêta sur le seuil, interdit.

Perdue dans ses pensées, Claire se tenait devant les hautes croisées qui offraient une si magnifique vue sur le loch. Le soleil couchant les éclaboussait d'or ; baignant dans cette douce lumière, Claire portait une robe du même bleu, si délicat, que celui des jacinthes qui tapissait les bois des Argyll au printemps. D'une coupe très simple, cette toilette mettait parfaitement en valeur son élégante silhouette. Fidèle à sa promesse, elle ne portait pas de corset.

Pendant quelques instants hors du temps, mais qui lui parurent trop courts, Ewan s'abîma dans le bonheur de cette vision, aussi désaltérante que du cidre frais après une longue traque dans les collines.

Puis, par une mystérieuse intuition, elle perçut sa présence et se retourna vers lui.

— Oh, Ewan ! Excusez-moi, je profitais de la vue…

La chaleur sincère de sa voix fit voler en éclats toute la mauvaise humeur qu'il avait accumulée.

Il sourit.

— Vous êtes tout excusée, j'en faisais tout autant…

Peut-être ne saisit-elle pas le sous-entendu de sa remarque, à moins qu'elle feignît de ne pas comprendre, pour une raison ou une autre.

— Désirez-vous prendre un sherry avant le dîner ? lui demanda-t-elle en s'approchant de lui, le long de la table. Nous en avons tout juste le temps, car je n'ai pas voulu faire attendre la cuisine.

Ewan s'avança vers elle à son tour.

— Je n'ai nul besoin d'un apéritif, notre marche m'a suffisamment ouvert l'appétit.

Il tint la chaise de Claire, puis fit le tour de la table pour rejoindre sa place.

Glenna Mac Murdo parut à l'orée de la salle à manger et interrogea sa maîtresse du regard. Celle-ci acquiesça et la jeune fille disparut en un clin d'œil.

— A propos de notre excursion, dit Claire lorsque son compagnon se fut assis. Cela m'a donné une idée… au sujet de laquelle j'aimerais beaucoup avoir votre avis.

Cette marque de confiance réchauffa le cœur d'Ewan.

— Si c'est mon opinion que vous souhaitez, je serai heureux de pouvoir vous être utile. Quelle est cette idée ?

Glenna revint, une soupière dans ses mains, et Ewan reconnut l'arôme du *cock-a-leekie*, un potage à base de poulet, de poireaux et de pruneaux.

Claire attendit que la jeune fille les eût servis puis fût retournée à l'office pour expliquer :

— Voir les ruines de ce village et ces vastes collines désertées m'a amenée à me demander si M. Catchpole n'avait pas raison, après tout. Strathandrew est un bien trop vaste domaine pour l'usage d'une seule famille, surtout depuis que Père n'est plus là pour organiser ses grandes chasses.

— Penseriez-vous à vendre la propriété ? fit Ewan.

Cette perspective lui coupait l'appétit, malgré tout le talent culinaire de Rosie Mac Murdo.

— Vendre, non, le rassura Claire, et en tout cas jamais en totalité. Je ne pourrai pas me séparer de cette maison. Comme je vous l'ai dit, c'est bien mon véritable foyer. Mais n'y aurait-il pas un moyen de rentabiliser un tel espace et d'en faire profiter la population ?

— A quoi pensez-vous ?

— Justement, à rien de précis encore, mais à nous deux, nous pourrions trouver quelques idées…

Ewan porta à ses lèvres une cuillerée du savoureux potage traditionnel, puis opina.

— Sans doute, oui. Cela vaut la peine d'essayer.

Claire le regarda comme s'il venait de lui faire le plus merveilleux des cadeaux. Tout le reste du dîner, ils laissèrent libre cours à leur imagination, envisageant une foule de solutions à ce problème, de la simple culture à la pêche du saumon en passant par la distillerie de whiskey ou la récolte et la vente du goémon. Ils explorèrent même quelques voies plus hasardeuses, comme la construction d'un hôtel de luxe ou l'organisation, à bord du *Marlet*, de croisières touristiques au départ de Glasgow.

Après s'être servi une tranche de *cloutie dumpling*, l'une des meilleures recettes pâtissières de Rosie, Claire reposa les couverts.

— J'ai encore une autre faveur à vous demander…

— Je vous en prie…

— Quelle que soit l'activité qui sera choisie, je serai trop occupée avec la Brandcaster Company pour la diriger moi-même. Et je me disais... que vous pourriez accepter de diriger cette activité pour moi...

— Moi ?

— Qui, mieux que vous ? Vous êtes à l'évidence un homme d'affaires entreprenant et avisé. Je vous offre deux fois ce que vous paie votre employeur aux Etats-Unis ! Mais... pourquoi riez-vous ? C'est une offre très sérieuse.

— Je le sais bien !

Ewan lutta pour maîtriser son hilarité. La confiance de Claire le touchait et ses projets pour Srathandrew l'enthousiasmaient ; mais elle ignorait à quoi elle s'engageait en lui proposant de doubler ses revenus !

— Ce n'est pas cela...

— Quoi, alors ?

Elle semblait agacée par ce qu'elle croyait être de la désinvolture.

— ... Ne voyez-vous pas quel parfait arrangement ce serait pour nous tous ? Tessa et vous n'auriez pas besoin d'aller vivre en Amérique et elle pourrait venir me voir à Londres, chaque fois qu'elle en aurait envie.

Tessa ? Le prénom de sa sœur sur les lèvres de Claire ôta toute envie de rire à Ewan. Comment avait-il pu oublier aussi vite celle dont il avait chéri l'image pendant plus de dix ans ?

Elle serait là bientôt. Que ferait-il alors ?

Repousserait-il un amour qu'il avait finalement conquis, pour un autre qu'il n'avait aucune chance de faire sien ?

Qu'arrivait-il donc à Ewan ? L'avait-elle offensé en lui offrant de l'engager ?

Quand Claire s'en ouvrit franchement à lui, durant leur partie de billard, il s'empressa de la tranquilliser.

— Offensé ? Non, Claire. Très honnêtement, je suis flatté par votre confiance et par votre offre de me verser un aussi bon salaire.

C'était étrange, car il n'avait pas paru tellement honoré, tantôt, mais surpris, d'abord, puis amusé. Enfin et très soudainement, il s'était fait silencieux et pensif.

— Que faisons-nous, alors ?

Il était penché au-dessus de la table lorsque, à bout de patience, elle lui posa cette question. Il frappa la blanche avec une force surprenante. Même une débutante comme Claire pouvait s'apercevoir de sa nervosité. La boule, ainsi que celle qu'il visait, faillirent passer par-dessus la table, et Ewan grommela quelque chose qui ressemblait à un juron.

— Ne nous emballons pas, répondit-il.

Quand il se redressa, ses jointures étaient blanches sur la baguette.

— ... Vous nous voyez déjà, Tessa et moi, mariés et vivant ici, venant vous rendre visite à Londres... or, au cas où vous l'auriez oublié, je vous rappelle que votre sœur est toujours fiancée à un autre homme...

— Oui, mais...

— Vous dites vous-même qu'elle est changeante dans ses affections. Et si elle nous annonçait préférer le dénommé Stanton, à la réflexion ?

Tessa pourrait-elle se montrer aussi stupidement volage ?

— C'est donc cela qui vous inquiète ?

Si Claire était soulagée d'imputer à cette inquiétude la distance qu'il avait marquée depuis la fin de leur dîner, elle avait encore du mal à évoquer le mariage d'Ewan et de Tessa sans défaillir.

— Vous craignez que parler un peu prématurément de votre installation porte en quelque sorte malheur à votre relation avec ma sœur, c'est cela ?

— Oui, quelque chose comme ça...

Il mentait. Il y avait autre chose, Claire le sentait. Pour sa part, le souvenir des tas de pierres entrevus aujourd'hui, qui avaient été autrefois des maisons, la hantait, comme le récit tragique que lui avait fait Ewan des expulsions. Elle avait été bien égoïste et écervelée de ne rien voir de plus, en Strathandrew, qu'un lieu propre à raviver ses souvenirs et ses regrets.

— Eh bien, je vais vous dire...

Elle se força à affronter son regard gris.

— ... que vous épousiez ma sœur, ou non, mon offre tient toujours.

Etait-ce la seule façon qu'elle ait trouvée de ne pas le perdre tout à fait ? Claire se le demanda.

Ewan fronça les sourcils, visiblement stupéfait.

— C'est vrai ?

— Si c'était une idée susceptible de vous plaire... Je ne peux pas imaginer quelqu'un de plus capable que vous pour remplir cette tâche.

— C'est une offre très alléchante, dit Ewan en s'appuyant à la table de billard. Désirez-vous une réponse immédiate ?

Claire secoua la tête.

— Prenez tout le temps que vous voudrez.

— Je vous promets d'y réfléchir très sérieusement.

Il étouffa un bâillement.

— Pour l'heure, si vous voulez bien m'excuser, je vous demande la permission de me retirer. Je ne suis plus autant habitué qu'autrefois à courir les collines.

Claire réprima un mouvement de déception et fit semblant, elle aussi, d'étouffer un bâillement.

— Moi non plus. Une bonne nuit de repos nous fera du bien.

Las, elle n'était pas bien sûre de pouvoir le trouver, ce sommeil réparateur.

Ewan replaça les queues sur leur râtelier.

— J'ai envie de pêcher un peu, demain, lança-t-il. Viendriez-vous avec moi ?

— Y tenez-vous vraiment ?

Etait-il possible qu'ils pussent retrouver la complicité qui avait été la leur ce matin, à la cascade ?

Ewan réfléchit un instant. Quand il parla, Claire ne put douter de la sincérité de sa voix.

— Absolument. Aujourd'hui, je n'aurais pas eu la moitié du plaisir qui a été le mien si vous n'aviez pas été auprès de moi.

— Merci, alors.

Elle s'approcha de lui, à le toucher.

— Pour moi aussi, cette balade avec vous a été une merveilleuse expérience.

Claire n'avait jamais été particulièrement irréfléchie. Depuis qu'elle avait aidé Tessa à se tirer de plusieurs mésaventures dans lesquelles l'impulsivité proverbiale de celle-ci l'avait entraînée, elle était encline à peser prudemment toutes ses décisions. Cependant, en s'approchant d'Ewan, comme ils allaient se séparer pour regagner leurs chambres, une puissante impulsion s'empara d'elle.

Une de celles auxquelles on ne résiste pas.

En passant près de lui, presque sans s'arrêter, elle se hissa sur la pointe des pieds et effleura la joue d'Ewan de ses lèvres.

— Bonne nuit !

Puis, avant de se laisser entraîner à d'autres gestes,

peut-être plus scandaleux encore, elle quitta la pièce, sans un regard derrière elle.

— Qu'est-ce que cela veut dire ? dit Ewan pour lui-même.

La main sur sa joue, il écouta le pas de Claire décroître dans l'escalier.

Glenna Mac Murdo passa la tête par l'entrebâillement de la porte.

— Eh bien, qu'est-ce que ça veut dire, tout ça ? demanda elle aussi la jeune fille en riant.

— De quoi je me mêle ? lui répliqua Ewan en rougissant et en retirant la main de sa joue.

Sa peau lui brûlait étrangement là où Claire l'avait embrassé.

— ... Et puis que fais-tu là, à espionner le monde ?

— Espionner ?

Glenna lui tira la langue, comme elle l'avait fait si souvent quand elle était petite et qu'il la taquinait.

— Je fais mon travail, protesta-t-elle, je débarrasse !

La tempête qu'Ewan abritait sous son crâne se dissipa en un éclat de rire. Il était bon de constater qu'il restait une personne à Strathandrew qui ne se sentait ni outragée ni intimidée par son nouveau statut social.

— C'était un délicieux dîner, *lass*. Dis-le bien à ta mère.

Glenna pointa la porte du menton.

— Pourquoi ne vas-tu pas lui dire toi-même ? Elle est aux cent coups d'avoir dû te demander de quitter la cuisine, hier soir. Et puis, la présence du chef du *Marlet* dans les parages la rend nerveuse.

Ewan secoua la tête.

— J'ai appris la leçon, soupira-t-il. Pas question de me montrer à l'office durant les heures de travail !

— Mais c'est tranquille, à présent. Il n'y a que Maizie et moi à laver la vaisselle, dans l'arrière-cuisine. Maman sera contente de te voir.

— Et Mrs Arbuthnot ?

— Partie se coucher avec une migraine. A force de grincer des dents depuis ton arrivée, sans doute !

— Et Fack ? Fergus ?

Eux non plus ne semblaient pas ravis de le voir se montrer à l'office.

— Ils ont profité de l'indisposition de Mrs Arbuthnot pour aller au village, boire une pinte de bière avec l'équipage du *Marlet*.

Glenna planta ses mains sur ses hanches, comme Ewan avait vu sa mère le faire tant de fois.

— Alors, est-ce que tu vas aller prendre une tasse de thé avec maman, ou est-ce que Fergus a raison quand il dit que tu n'es plus des nôtres ?

— Il a dit ça ?

Glenna haussa les épaules en s'avançant dans la salle à manger.

— Il le murmure entre ses dents, mais personne ne fait trop attention à lui. Maman dit qu'il a beaucoup souffert de ton départ.

— Si c'est vrai, alors il devrait être content de me revoir !

— Les gens n'agissent pas toujours en fonction de ce qu'ils ressentent...

La jeune fille empila assiettes et verres sur un plateau.

— ... Comme miss Claire...

— Qu'est-ce que Claire... euh... miss Claire a à voir là-dedans ? marmonna Ewan.

Glenna roula des yeux malins.

— Tu te souviens comme elle te titillait, tout le temps ?

Il tenta de l'aider à débarrasser la table ; elle l'écarta d'un geste.

— Oui, nous étions comme chien et chat, à cette époque, reconnut-il. Nous avons bien grandi, elle et moi. Le temps a passé.

Si seulement il s'en était avisé, avant de poursuivre la chimère de conquérir sa sœur !

— Il n'a pas passé tant que ça…

Glenna souleva son plateau.

— Tu veux bien me tenir la porte, s'il te plaît ?

Ewan s'exécuta en hâte, puis suivit la jeune fille vers l'office.

— Je ne comprends rien à ce que tu racontes…

— Ecoute, lui répliqua-t-elle. Je n'avais que huit ans, mais je l'ai vu et compris : Claire Talbot avait un énorme béguin pour toi. Comme tu ne la voyais même pas, elle t'insultait pour attirer ton attention.

— Tu es folle !

Ewan, abasourdi, faillit rater une marche dans le corridor et s'étaler sur le plancher.

— Ah oui ? Ce n'est pas moi qui en perds l'équilibre, pourtant ! ironisa la jeune fille.

— Ça n'a rien à voir.

Glenna fit comme si elle n'avait rien entendu.

— D'habitude, c'est plutôt le contraire. Les garçons font les pieds au mur pour qu'on fasse attention à eux.

Ces mots frappèrent Ewan de plein fouet. Il se souvenait parfaitement avoir agi ainsi avec Tessa.

— La plupart des filles s'aperçoivent très vite de quoi il retourne. Dans ce cas précis, c'était le contraire, et puis il y avait deux filles, dont une qui voulait que tu la remarques… C'était moins simple.

Claire ? Le béguin pour lui, comme disait Glenna ? Ewan était aussi désorienté que s'il était tombé sur la tête. Une part de lui-même continuait de penser que la petite servante racontait des bêtises. Une autre n'en était pas si sûre.

— Maman ? appela Glenna. Je t'ai ramené de la compagnie !

— De la compagnie ?

Rosie émergea de l'arrière-cuisine en s'essuyant les mains à son tablier. Dès qu'elle aperçut Ewan, elle lui ouvrit grand les bras.

— Viens t'asseoir près du feu avec moi, mon garçon. On va boire une bonne tasse de thé. Alors, comment était le dîner ?

— Magnifique, Rosie.

Il la serra contre lui, l'embrassa et la suivit à l'office.

— ... Tu l'as bien vu, d'ailleurs. Nous n'avons rien laissé.

— Oui, c'est bon de constater que tu aimes toujours ma cuisine.

— Le pique-nique de midi était délicieux, lui aussi. Si je ne fais pas attention, quand il sera temps pour moi de quitter Strathandrew, il faudra élargir les portes pour que je puisse sortir !

Rosie lui donna un petit coup de coude avant de se laisser tomber dans un fauteuil, près de la cheminée.

— Ma foi, cela ne me déplairait pas de te voir prendre une livre ou deux ! Maintenant, assieds-toi et raconte ce que tu as bien pu faire en Amérique pour y amasser autant d'argent. Rien que de légal, j'espère ?

— Tout à fait, Rosie, tout à fait !

Il rit en s'asseyant à son tour. Tous les magnats de l'industrie qu'il connaissait ne pouvaient certes pas en dire autant !

— Rien que beaucoup de dur travail et un peu de chance.

— L'argent que tu nous as envoyé ne t'a pas trop manqué, mon garçon ?

— Non, Rosie, non...

Là, il était un peu moins sincère que lorsqu'il protestait de son honnêteté. Au début, ses petits mandats lui avaient coûté quelques sacrifices ; mais il était si heureux de les adresser à Rosie, pour la rassurer sur son sort et aussi pour conserver un lien avec Strathandrew... Bien sûr, ces dernières années, le montant de ces mandats avait considérablement augmenté, sans qu'il dût pour cela se priver de rien.

Comme Rosie le lui demandait, il raconta son existence en Amérique, en minimisant ses difficultés initiales et son mal du pays. A son tour, la cuisinière lui narra ce qui s'était passé d'important au domaine et au village. Cela ne représentait pas grand-chose. Si ce n'était que tous avaient vieilli ou grandi, rien ne semblait avoir profondément changé, à Strathandrew, durant ses dix années d'absence.

Tandis qu'une part de son attention restait fixée sur leur conversation, une autre région de son cerveau ressassait sans cesse la stupéfiante affirmation de Glenna : Claire avait eu un penchant pour lui.

— Dis-moi, mon petit, s'enquit Rosie après lui avoir dressé la liste des couples qui s'étaient formés dans les environs, et toi, à propos, as-tu une fiancée en Amérique ?

Il se sentit pris de court.

— N... non. Trop de travail pour penser à ce genre de choses...

Sa conscience le poussait à mentionner Tessa, mais ce prénom ne parvint pas à sortir de sa bouche.

— Alors, c'est pour cela que tu es revenu ! s'écria Rosie, triomphante. Tu as fait fortune et tu veux te trouver une femme au vieux pays ?

Avant qu'il ait pu faire plus qu'ouvrir et refermer la bouche, comme une truite dans l'épuisette, Glenna, qui revenait de la cuisine avec une théière et des biscuits d'avoine sur un plateau, fit ce commentaire, avec son flegme habituel :

— Si Ewan veut se marier, il faudrait qu'il apprenne d'abord à voir quand une femme en pince pour lui !

En secouant la tête avec un air de commisération, elle déposa le plateau sur une table basse, entre eux.

— ... Quand je lui ai dit que miss Claire lui avait fait les yeux doux, il n'a pas voulu me croire.

— Dis à ta fille qu'elle est folle, Rosie !

A présent qu'il ruminait cette révélation, il trouvait ses propres dénégations bien moins convaincantes.

— Ne me dis pas que tu ne t'en es jamais aperçu ! lâcha Rosie en remplissant sa tasse et en y ajoutant — quelle mémoire ! — un petit nuage de lait et un seul sucre, comme il l'aimait.

En voyant sur son visage que son étonnement était sincère, elle le considéra avec un mélange d'amusement et de pitié.

— La pauvre petite avait tellement de peine, lorsque tu es parti ! Je ne crois pas qu'elle ait jamais su que c'était son père qui t'avait chassé.

Ewan but une gorgée du thé bien fort. C'était comme si son univers se fissurait, lui révélant un monde dont il n'avait jamais soupçonné l'existence.

— En parlant de mariage...

Glenna lui passa l'assiette de biscuits.

— ... Les noces de Geordie Cameron et Winnie Mac

Leod auront lieu demain. Voilà pourquoi les hommes sont tous à la taverne. Geordie enterre sa vie de garçon.

Ewan se mit à sourire.

— En voilà encore deux, remarqua-t-il, qui ont fait du chemin depuis l'école ! Je me souviens qu'une fois, alors qu'il était assis à côté d'elle, il lui avait plongé le bout d'une de ses couettes dans un encrier. Elle était furieuse et avait fait un raffut de tous les diables !

Ses propres mots lui nouèrent l'estomac. Ces deux-là n'avaient-ils pas été, eux aussi, comme chien et chat ?

— Eh oui !

La jolie bouche de Glenna s'épanouit en un large sourire.

— ... c'est ainsi, parfois... Les Mac Leod donnent un *ceilidh*, demain soir, pour célébrer le mariage, et beaucoup d'entre nous ont l'intention de s'y rendre. Pourquoi ne viendrais-tu pas, toi aussi ? Je suis sûre que Geordie et Winnie seraient contents de te voir.

— Eh bien..., fit Ewan en avalant une nouvelle gorgée de thé. Pourquoi pas ?

Il pourrait peut-être convaincre Claire de l'accompagner ?

Chapitre 15

— Où donc voulez-vous m'emmener ?

Troublée, Claire amplifia et dévia son lancer. La soie de sa ligne se déploya mollement dans la direction d'Ewan. L'hameçon dissimulé dans le corps de sa mouche artificielle se prit dans la casquette en tweed à double visière de l'ancien *gillie* et la projeta dans la rivière.

Il émit d'abord un petit hoquet de surprise en entendant le sifflement de la soie près de son oreille, puis éclata de rire, à n'en plus pouvoir tenir sur ses jambes.

— Si vous ne voulez pas venir à ce *ceilidh* avec moi, il suffit de me le dire, parvint-il à articuler entre deux hoquets, inutile d'essayer de m'arracher un œil avec votre hameçon !

Subitement, la douceur de cette matinée devint glaciale, pour Claire. C'était comme si les douze années écoulées n'avaient jamais existé : elle avait seize ans, à nouveau. Cette fois, cependant, le beau *gillie* faisait tout à fait attention à elle.

En rembobinant sa ligne, elle tâcha de cacher sa confusion et sa peur rétrospective par une rodomontade.

— Vous avez encore vos deux yeux, il me semble, je ne vous ai enlevé que votre casquette. Et c'est bien votre faute, vous perturbez mes lancers avec vos interventions !

— Mes interventions ?

Ewan rit derechef en essayant de décrocher sa casquette de l'hameçon.

— Je vois bien que tout ce que je dis vous trouble et que vous essayez de me châtier à grands coups de canne à mouche, mais au départ je voulais juste vous inviter à m'accompagner à une fête au village...

Le fer était profondément fiché dans le tissu et il fallut recourir au dégorgeoir pour l'en décrocher.

— ... Il s'agit de la noce de deux de mes anciens camarades d'école. Geordie et Winnie se disputaient comme des chiffonniers quand ils étaient petits. A peu près comme vous et moi, tenez !

Cette précision faillit faire lâcher sa canne à pêche à Claire. Réalisait-il ce qu'il sous-entendait par là ?

Il devait être d'humeur à plaisanter, ce matin.

Une bonne nuit de sommeil avait dû dissiper l'étrange réserve qui avait été la sienne, la veille au soir. A moins que ce ne fût le plaisir de se retrouver au bord de l'eau, le « fouet » de la canne à mouches à la main... Il était vrai que la claire chanson de la rivière semblait inciter ceux qui s'arrêtaient là à déposer leurs soucis sur ses berges et à laisser le courant les emporter.

Fascinée, Claire regardait avec quelle élégance et quelle adresse son compagnon lançait sa ligne et la déployait, posant sa mouche avec une précision diabolique juste devant les gobages qui trahissaient la présence de belles truites affamées. Etait-il en train de lui présenter un appât, à elle aussi, avec son invitation et ses sous-entendus ?

Les quelques jours qu'ils venaient de vivre avaient été les plus heureux que Claire eût jamais connus. La certitude que ce bonheur ne pouvait durer n'entamait pas vraiment son plaisir ; cela ne faisait que conférer une douceur poignante à ces instants, les rendre plus exquis encore.

Las, pour Claire, derrière ce bonheur-là se cachait un terrible désir, un appel. Le vœu, l'exigence que ces merveilleux moments ne puissent se tarir, simplement, au bout de quelques jours.

Ewan avait éveillé, par sa tendresse, par son charme, cette faim qu'elle avait de lui. Il lui avait fait sentir qu'elle méritait toutes ses attentions.

— Je souhaite à vos amis tout le bonheur du monde, lui dit-elle, réussissant à maîtriser tant bien que mal le ton de sa voix, mais ne vous sentez pas obligé de m'emmener à leur noce. En tant que mon invité, vous n'êtes pas chargé de me distraire.

Ewan se tournait pour lui répondre quand son moulinet se mit à chanter. La soie se tendit ; une truite venait de décider qu'elle aimait l'aspect de sa mouche et s'était jetée dessus. Claire posa aussitôt sa canne pour se saisir de l'épuisette. Puis elle monta sur un gros rocher affleurant pour mieux assister au combat.

Ce fut une rude bataille. Souvent, trompée par les ruses de la truite, Claire crut que celle-ci s'était décrochée, mais chaque fois, le fil se tendait et le moulinet chantait de nouveau. Plus d'une fois également, elle se pencha, l'épuisette en avant, pour n'apercevoir qu'un éclair argenté.

Avant de pouvoir mettre sur l'herbe la belle mouchetée, qui pesait bien ses dix livres, Ewan eut le temps d'avoir le front et les tempes en sueur. Quand ce fut fait, il s'assit en soufflant sur le rocher où Claire s'était tenue, ôta sa casquette et s'essuya du revers de sa manche.

— Que ce soit bien entendu entre nous, lui dit-il.

Il n'y a là aucune obligation, pour vous comme pour moi. J'ai adoré profiter de votre compagnie, tous ces jours-ci. Est-ce présomptueux de ma part de supposer que la mienne ne vous a pas déplu ?

Claire garda les yeux fixés sur la rivière, pour qu'ils ne la trahissent pas. Elle ne put, toutefois, rassembler assez de mauvaise foi pour lui dissimuler la vérité.

— Non, Ewan, lui dit-elle doucement. Vous n'êtes en rien présomptueux. J'ai pris énormément de plaisir à passer tout ce temps avec vous.

— Bien !

Il prit sa main dans la sienne avec vivacité.

— Et nous en aurons encore beaucoup ce soir ! Vous êtes-vous déjà rendue à un véritable *ceilidh* des Highlands ?

Il y avait quelque chose de neuf, d'inusité dans la façon qu'il avait de tenir sa main. Ou s'illusionnait-elle encore ? Elle n'avait pas la moindre envie, quoi qu'il en soit, de la lui retirer.

— C'est une fête, non ? Comme le bal des *gillies* que Père organisait à la fin de chaque saison de chasse ?

Ewan sourit.

— Si l'on veut, mais à l'occasion d'un mariage, le *ceilidh* est plus important, plus effréné… et nettement plus arrosé.

— On y dansera, alors ?

De son quinzième anniversaire au départ d'Ewan pour l'Amérique, Claire avait rêvé qu'il l'invite pour une danse, au bal des *gillies*.

— Nous y danserons jusqu'à ne plus sentir nos pieds !

Il parlait d'une voix enjôleuse à laquelle elle ne pouvait résister. Du reste, elle n'y songeait pas…

— … Il y aura des chansons, des histoires, des rires et des vœux de bonheur. Des cornemuses et des violons. Des gâteaux, de la bière... et probablement aussi quelque chose de plus fort.

Peut-être serait-ce la dernière soirée qu'ils passeraient ensemble, avant l'arrivée de Tessa et de lady Lydiard ? Elle eût aimé rester avec lui en tête à tête, mais parmi la foule d'une grande fête, sans doute risquerait-elle moins de laisser échapper une parole ou un geste qui dénonceraient ses sentiments pour lui.

— Alors qu'en dites-vous ?

Il souriait toujours et pressait sa main.

— Vous êtes sûr que ma présence ne va pas gêner vos amis ? s'enquit-elle avec précaution. Vous comprenez... la dame de Strathandrew...

Il parut réfléchir, peser le pour et le contre.

— Cela sera peut-être un peu embarrassant au début, reconnut-il, un peu déconcerté. J'avoue que je n'y avais pas pensé...

Claire eut un soupir lourd. Au moins, il ne lui mentait pas. Elle savait bien qu'il lui dirait toujours la vérité.

— ... Mais sans doute au moins autant à cause de moi qu'à cause de vous. Après dix ans passés en Amérique, je suis devenu un étranger, pour les gens d'ici.

— Vous voulez m'emmener de peur que personne ne veuille danser avec vous, c'est ça ?

Elle n'avait pu s'empêcher de le taquiner un peu.

— Vous avez deviné ! Non, sérieusement, tout le monde est le bienvenu à un *ceilidh*. Après quelques danses et une pinte ou deux, on n'y compte plus que des amis.

C'était indéniablement très tentant.

— Dans ce cas, monsieur Geddes...

Claire se leva du rocher sur lequel elle était assise et esquissa une petite révérence ironique.

— Je serai très honorée de vous y accompagner.

Ewan serra sa main plus fort et la porta à ses lèvres.

— Tout l'honneur — et le plaisir — seront pour moi, *lass*.

— Il n'y a vraiment pas de quoi s'inquiéter…

Ewan se pencha vers Claire, sur le banc étroit du buggy à deux roues que tirait un seul poney, afin de parler près de son oreille.

— … Le *ceilidh* a déjà commencé. Je doute que quelqu'un fasse attention à notre présence.

La brève ondée tombée au cours de l'après-midi avait laissé place à une douce et tiède soirée, si bien que la fête pouvait se dérouler en plein air.

Des lampions pendaient aux branches et des lanternes étaient posées sur les tables à tréteaux, bien que l'heure ne les rendît pas encore indispensables. De bonnes odeurs de viandes rôties, de poissons frits et de pain à peine sorti du four flottaient dans l'air, ainsi que la musique de plusieurs violons, cornemuses, flûtiaux, et même d'un tambourin.

Comme le père de la mariée était à la fois l'unique brasseur du pays et le tenancier de la taverne du village, la bière coulait à flots et Ewan supposait que les hommes se passaient déjà, de main en main, des boissons plus corsées.

Quatre couples étaient engagés dans un « *eightsome reel* », le plus fameux des quadrilles écossais. Une bonne fraction du personnel de Strathandrew prenait déjà une part active aux festivités. Ainsi la petite femme de chambre galloise de Claire dansait-elle avec Jockie Mac Murdo, tandis que Glenna se pendait au bras d'Alec, le jeune valet. Quand elle vit Claire et Ewan ensemble, la jeune fille dédia à ce dernier un sourire complice.

Tenant fermement la main de sa compagne, il chercha à se faufiler dans la foule qui venait rendre hommage aux nouveaux mariés.

— Ewan Geddes ! On m'avait bien dit que tu étais de retour d'Amérique.

La radieuse Winnie planta deux baisers sonores sur ses joues.

— Es-tu là pour un court séjour ou bien reviens-tu pour de bon ?

— Je pensais ne venir qu'à visite, mais à présent... je n'en suis plus si sûr.

— Geordie chéri !

Winnie tira son mari tout neuf par la manche de sa belle veste.

— Regarde, c'est Ewan ! N'est-ce pas merveilleux de le revoir ?

— Pour sûr, ma jolie !

Enlaçant les hanches de sa belle de son bras gauche, le marié tendit sa main droite à leur ancien camarade de classe.

— On est bien contents que tu sois là pour fêter ça avec nous !

— J'espère que vous ne m'en voudrez pas, tous les deux, s'excusa Ewan, je vous ai amené Claire Talbot. Je suis son invité, à Strathandrew.

Les jeunes mariés accueillirent chaleureusement Claire, lui recommandant de faire honneur au buffet, de danser et de s'amuser à son aise.

— Danser, voilà une bonne idée ! renchérit Ewan, qui était presque obligé de crier pour se faire entendre dans le tapage de la foule et des musiciens. Ah, Geordie, tu as plus de chance que tu n'en mérites, après tout ce que tu as fait voir à cette pauvre petite *lass*, quand nous étions à l'école !

Il tira de sa poche un mouchoir blanc noué, dans lequel il avait placé quelques pièces d'or. C'était peu, pour lui, mais il aurait craint, en offrant davantage, d'embarrasser ses amis.

— Un petit quelque chose comme cadeau de mariage, Winnie.

Il déposa son présent dans la main de la jeune femme.

— ... Et ne te laisse plus maltraiter par ce voyou-là !

La musique vint mourir en un long glissement de cordes, après quoi les danseurs applaudirent et se dispersèrent vers les tables chargées de nourriture. Les musiciens avalèrent rapidement un verre, puis reprirent leurs instruments.

Ewan montra d'un signe de tête l'espace de terre battue où un nouveau quadrille se mettait en place.

— Vous dansez, Claire ?

— Ah oui, avec grand plaisir !

Dans la douce lumière du couchant, son sourire brillait d'un éclat particulier. Cette danse représentait-elle plus pour elle qu'il ne pouvait le deviner ? Il n'eut guère le temps de le lui demander, car ils furent tout de suite entraînés dans la première figure du quadrille, puis dans la suivante, qui s'enchaînait. Il se passait quelque chose d'étrange : chaque fois que ses mains entraient en contact avec celles de Claire, il éprouvait une sensation différente de celle qu'il avait en passant aux autres danseuses du groupe. Ses paumes se mettaient à s'échauffer brusquement, comme s'il les approchait d'un bon feu. Lorsque les pas du quadrille les séparaient, il la suivait des yeux avec une intensité jalouse et attendait, brûlant d'impatience, le moment où une figure lui permettrait de la reprendre dans ses bras.

Le capitaine du *Marlet*, qui était l'oncle de la mariée, vint lui réclamer Claire pour une danse. Ewan dut la lui laisser, à contrecœur. Quelqu'un lui mit dans la main une chope de bière fraîche et il se retira à quelque distance, pour observer son amie et le capitaine Mac Leod.

— On dirait que tu t'amuses ?

Glenna venait de s'approcher de lui. On l'entendait à peine au milieu du tumulte de la fête.

Ewan acquiesça et porta sa chope à ses lèvres sans quitter Claire des yeux.

— Je n'ai jamais vu miss Claire comme ça…

Quelque chose dans la voix de la jeune fille fit plaisir à Ewan, comme si cette constatation avait un double sens, moins banal qu'à l'évidence.

— … Elle est si jolie lorsque ses yeux brillent et qu'elle sourit !

Ewan opina avec vigueur.

— Je l'aime beaucoup, continua Glenna. Elle est tellement plus calme que sa sœur ! Quand elle nous parle, à nous les domestiques, on sent qu'elle a du respect pour nous, sans pour autant en faire toute une histoire.

— Oui… ?

Ewan avait l'impression que la jeune fille avait quelque chose à lui dire et espérait qu'elle allait le faire tout de suite, car la danse se terminant il voulait être prêt à demander à Claire de lui accorder la prochaine, avant qu'un autre n'en ait l'idée.

— Je crois que j'aurais mieux fait de fermer ma grande bouche, quand je t'ai dit qu'elle avait eu un béguin pour toi. Mais je croyais que tu le savais…

— Pourquoi me dis-tu cela ?

Il vida sa chope et la posa sur une table. Glenna le tira par sa manche pour le retenir encore un peu.

— Sois gentil avec elle, Ewan, d'accord ? Ne joue pas avec son cœur.

La bière de Colm Mac Leod était bonne, mais forte. Ewan l'avait bue un peu vite. Il se sentait la tête vide et le cœur en joie.

— Je te le promets, petite...

Il passa son bras autour des épaules de Glenna et la pressa brièvement contre lui.

— ... mais je crois, sans vouloir te contrarier, que je vais la laisser jouer un peu avec moi...

Il ne resta pas pour écouter sa réponse car, sur la piste, la danse s'achevait.

Le capitaine Mac Leod s'inclina devant sa cavalière.

— M'en accorderiez-vous une autre, miss Claire ? fit le vieux loup de mer. Vos pas sont plus légers que ceux d'une fée.

— Je vous remercie, capitaine, dit la jeune femme à bout de souffle, en s'éventant le visage de la main. Mais je crois que j'ai besoin de me reposer et de me rafraîchir un peu, avant de recommencer.

Ewan saisit la balle au bond.

— Voulez-vous une chope de bière ? Ou de cidre, peut-être ?

Au son de sa voix, elle se tourna vers lui avec un regard et un sourire qui le laissèrent pantois et émerveillé.

— Du cidre, s'il vous plaît, et si cela ne vous ennuie pas...

— Pas du tout !

Il l'entraîna vers l'une des tables où l'on servait à boire.

Tenant sa main, il sentait battre le cœur de Claire — et son propre pouls s'accélérait.

— Je n'avais pas dansé comme cela depuis des

années, avoua-t-elle. Je suis bien contente que nous soyons venus.

— Et moi, je suis bien content que *vous* soyez venue.

La bière qu'il avait bue encourageait Ewan à poser la question qui le tourmentait depuis la veille. Depuis l'instant où Glenna lui avait ouvert les yeux sur le passé et peut-être, aussi, sur l'avenir.

Ils finirent leurs boissons à temps pour participer à la prochaine danse. Puis ils mangèrent un peu, avant de regagner la piste.

La sœur de Winnie vint ensuite remplir leurs verres.

— Ne buvez pas tout tout de suite, leur recommanda-t-elle. Les toasts vont commencer après le prochain quadrille.

Ewan acquiesça. Puis il trouva un banc libre, sous l'épais feuillage d'un grand chêne, où ils purent se reposer en regardant danser les autres couples.

Claire vida sa chope de cidre si vite que son compagnon, incontinent, dut aller lui en chercher une autre, afin qu'elle pût participer aux toasts.

— Allez-y un peu plus doucement, cette fois, lui dit-il en lui tendant la chope.

— Je vais essayer…

Elle but avidement une première gorgée.

— … mais j'ai si soif et ce cidre est si rafraîchissant !

Ewan pouvait difficilement l'en blâmer. Mac Leod était un brasseur réputé dans toute la région et avait certainement tenu à ce que le meilleur de sa production fût servi au *ceilidh* du mariage de sa fille cadette.

— Attention, il n'est pas comme celui dont vous avez l'habitude, reprit Ewan qui préférait, ce soir, que Claire gardât la tête froide, n'étant pas bien sûr qu'il y parviendrait lui-même. Rosie fait un cidre doux et léger. Celui-ci est brut et il est fort.

Claire hocha la tête en riant.

— Oui, brut, fort... et délicieux ! Faites-moi penser à en acheter quelques tonneaux.

De nouveau, un rire cristallin lui échappa.

— Peut-être devrions-nous nous lancer dans la brasserie ! La bière de Strathandrew... Cela sonne bien...

— Peut-être, en effet.

Mais, pour l'heure, Ewan avait bien autre chose en tête.

Oui, ce fut une belle soirée et une belle fête. N'étaient les obligations qui l'appelaient à la capitale, Claire se serait vue avec plaisir installée en Ecosse à temps plein...

La perspective de revenir à Londres ne l'enchantait guère.

La danse se termina et cette fois les musiciens laissèrent leurs instruments de côté pour aller boire. Le marié prit la parole et proposa que le premier toast fût dédié à ses beaux-parents pour les remercier de ce grand *ceilidh* qu'ils avaient organisé.

Claire fut ravie de lever sa chope à leur santé.

D'autres toasts suivirent, les uns prononcés en anglais et les autres en gaélique, dont Ewan se fit l'interprète.

Depuis son enfance, elle prenait plaisir à entendre les accents gutturaux mais étrangement musicaux de la langue du pays, qui paraissait venir du fond des âges et dont les accents sonnaient d'une façon plus « étrangère » que ceux, par exemple, du français ou de l'allemand. C'était une langue faite pour la poésie, le lyrisme et l'extravagance. Ceux qui la pratiquaient semblaient avoir le don diabolique de séduire une femme sans même avoir à en faire l'effort.

— Voici le dernier toast, lui souffla Ewan tandis

que le capitaine Mac Leod se levait, sa chope à la main. Nous allons boire à la santé des mariés et leur souhaiter une longue vie de bonheur.

Le vieux marin prononça une longue phrase mélodieuse que chacun parut comprendre parfaitement.

— Puissiez-vous avoir toujours, traduisit Ewan à son oreille, beaucoup de poissons dans vos filets, beaucoup de grains dans vos chaudrons, beaucoup de tourbe dans votre cheminée, beaucoup de bébés dans vos berceaux...

Un éclat de rire parcourut l'assistance à ces derniers mots.

— ... et surtout beaucoup d'amour dans vos cœurs.

Claire leva son verre avec les autres, mais quelque chose la troublait. Non pas, bien sûr, qu'elle eût souhaité priver les jeunes mariés d'un quelconque de ces bienfaits ; elle en était néanmoins étonnée.

— Ce sont des vœux bien modestes, dit-elle à Ewan. Ne trouvez-vous pas ?

— Croyez-vous ? De quoi manger et se tenir chaud... ce sont là, je crois, les besoins profonds de la vie des hommes et des femmes.

Il avança sa main et caressa sa joue.

— Une famille à aimer...

Ces mots, si doux, étaient presque une invite, surtout accompagnés de ce geste à la fois intime et chaste.

— Claire, j'ai quelque chose à vous demander...

L'intensité de son regard la bouleversait, l'excitait et l'intimidait à la fois.

— Oui ? Quoi donc ?

Ewan ouvrit la bouche — puis la referma et jeta un coup d'œil autour de lui.

— Je ne suis pas sûr que l'endroit soit très propice

à ce genre de conversation. Cela vous ennuie si je vous raccompagne ?

Certes ! Mettre fin prématurément à cette merveilleuse soirée…

— Ne pourrions-nous rester pour la prochaine danse ? On dirait que l'orchestre va reprendre.

L'un des musiciens avait déjà son violon en main et caressait les cordes de son archet.

— Plus de danses, pour l'instant, repartit Ewan. Les chants vont commencer.

Il regarda le ciel, qui s'assombrissait.

— Et puis, le vent tourne. Le temps va se gâter.

Peut-être valait-il mieux, en effet, reprendre le chemin de Strathandrew. Tout ce cidre commençait à lui monter à la tête… Si elle en buvait encore, elle pourrait bien dire ou faire quelque chose qui l'embarrasserait et ternirait le merveilleux souvenir qu'il lui fallait garder de ces quelques jours en compagnie d'Ewan.

Du reste, celui-ci avait éveillé sa curiosité. Quelle était cette demande qu'il semblait tenir beaucoup à lui faire ?

— Très bien, rentrons.

Comme elle se levait du banc, sa tête se mit à lui tourner. Elle aurait perdu l'équilibre si Ewan ne l'avait pas soutenue.

— Il était temps, dirait-on, remarqua-t-il avec un sourire, en l'entraînant vers le coin du pré où ils avaient laissé le poney et le buggy.

— Je pourrais très bien marcher sans aide, Ewan Geddes, protesta-t-elle, sans pour autant le convaincre de la lâcher. Je me suis levée un peu rapidement, c'est tout…

— Bien sûr ! Et vous avez soulevé trop vite la trop grande quantité de cidre que vous avez ingurgitée…

Ewan n'y avait pas touché, n'ayant bu que de la bière, mais il soupçonnait le père Mac Leod d'avoir quelque peu « corsé » son cidre avec de l'alcool de pomme, histoire d'égayer la fête.

En les voyant s'éloigner, Mary-Jane, la jeune femme de chambre de Claire, les rejoignit en courant.

— Mademoiselle s'en va ? s'enquit-elle, haletante. Mademoiselle veut-elle que je la suive pour l'aider à se mettre au lit ?

Si la petite Galloise voulait bien faire, on ne la sentait pas vraiment impatiente de quitter la fête. Quant à Claire, elle ne tenait pas non plus à profiter de la compagnie de la jeune fille, entre Ewan et elle, jusqu'au manoir, sur le banc étroit du buggy.

— Je peux me débrouiller seule pour ce soir, Mary-Jane, lui dit-elle en lui tapotant l'épaule. Restez donc et amusez-vous.

— Merci, Mademoiselle. Mademoiselle est bien sûre ?

— Tout à fait sûre.

Jockie Mac Murdo ramena la jeune fille vers la fête.

— Et ne vous levez pas trop tôt, demain matin, lui cria Claire. Moi, je compte bien dormir !

— Bon, nous y allons maintenant ? fit Ewan. Avant que l'on nous retrouve endormis au fond d'un fossé, quelque part sur le bord de la route...

Faire son lit au fond dudit fossé n'eût pas été si terrible, pourvu que ce fût entre ses bras. Claire résista vaillamment à la tentation de le lui avouer sans fard. Peut-être était-ce là l'œuvre de ce cidre délicieux, mais la nécessité de cacher farouchement ses sentiments, de les claquemurer au fond de son cœur, ne lui semblait plus si impérieuse.

Comme le buggy s'éloignait du lieu du *ceilidh*, le vent porta vers eux les paroles d'une chanson gaélique.

Bien que Claire ne pût en comprendre un seul mot, il était impossible de ne pas en ressentir la poignante mélancolie, qui trouvait en elle un écho profond.

— Bien, dit-elle après qu'ils se furent tus un long moment. Qu'aviez-vous de si important à me demander ? A moins que ce n'ait été qu'une ruse pour m'éloigner de la fête avant que je ne boive un peu plus et que je ne me mette à faire des bêtises...

Ewan secoua la tête.

— Aucune ruse là-dedans. Mais je commence à me demander s'il ne vaut pas mieux que je m'abstienne de vous interroger...

— Brr... vous m'inquiétez...

Elle ne paraissait guère inquiète, pourtant, et oscillait au gré des cahots de la route, jusqu'à ce que sa tête vînt reposer sur l'épaule de son compagnon. Elle n'avait pas sommeil, non, mais se sentait... prodigieusement détendue.

— Cela dit, interrogez-moi. Faute de quoi vous n'aurez aucune chance d'en avoir jamais le cœur net. Et vous vous demanderez toujours quelle aurait pu être ma réponse, en regrettant de ne pas avoir parlé quand il était temps...

Ewan sourit dans l'obscurité.

— Vous parlez avec sagesse, pour quelqu'un qui a bu autant du bon cidre de Colm Mac Leod.

Claire se mit à rire, à glousser plutôt. Sobre, elle n'en eût rien fait.

— La sagesse ! C'est tout moi. Même ma belle-mère le dit. La sage, la raisonnable Claire. Claire, la tête froide, qui parle comme un homme.

Son rire se fêla, se brisa en une sorte de petit sanglot pathétique, à vous briser le cœur.

— Vous aussi, vous trouvez que je parle comme un

homme, Ewan ? C'est pour ça que vous avez aimé me tenir compagnie, tous ces jours-ci ?

— Mais non, voyons, non !

Il immobilisa le buggy, puis se tourna vers elle et l'entoura de ses bras.

Que c'était doux ! Les nuages couvraient presque entièrement la lune. La fantomatique lueur de l'astre des nuits, alliée à la bière de Mac Leod, suffirait-elle à inciter Ewan à l'embrasser ? Sans qu'aucun verre stupide, cette fois, ne vînt se briser comme ses rêves d'amour, comme son cœur — et ne ramenât à la raison l'ex-*gillie* de son père...

Ses lèvres sur ses cheveux. Un bon début. Elle releva lentement la tête.

Il ne l'embrassa pas, non. Mais il appuya son front contre le sien.

— Bien qu'il ne me soit guère agréable de renchérir sur lady Lydiard, murmura-t-il, oui, Claire, je vous trouve diablement intelligente ! Cela dit, croyez-le bien, si j'ai pris tant de plaisir à votre compagnie, si j'ai adoré mieux vous connaître, pas un seul instant, m'entendez-vous, pas un seul, je n'ai pensé à vous comme à un homme.

C'était tout de même agréable à entendre.

— Maintenant, à propos de ma question...

Au diable, sa question ! Comment voulait-il qu'elle pût y répondre, avec ses lèvres aussi près des siennes ?

— ... l'histoire de Geordie et Winnie m'a fait réfléchir. Lorsque nous... nous étions jeunes... et un peu stupides, forcément... quand nous nous chamaillions sans cesse... Est-ce que... enfin, vous est-il arrivé d'avoir... quelque sentiment pour moi ?

— Félicitations, Ewan Geddes ! Vous vous en êtes

tout de même aperçu, finalement. Dix ans trop tard, hélas...

— Ah, Claire...

Il passa en tremblant ses mains dans ses cheveux, les mit en coupe autour de sa tête, la souleva vers lui.

— ... Etes-vous si sûre qu'il soit trop tard ?

Elle écarta ses lèvres pour lui répondre. Mais avant qu'un seul son fût sorti de sa bouche, Ewan l'embrassait — dissolvant, dans son exquise, dans sa merveilleuse chaleur, tout ce qui lui restait de sagesse.

Ce baiser-là n'avait rien à voir avec celui qui les avait pris tous deux par surprise sur le pont du *Marlet*. Cette fois, Ewan savait parfaitement ce qu'il faisait et n'avait nulle intention de s'interrompre, les verres de whisky dussent-ils se mettre à pleuvoir autour d'eux comme autant de grêlons !

Chapitre 16

Tout entier absorbé par leur baiser, Ewan ne prêta aucune attention aux premières gouttes de l'averse. Si le cidre de Mac Leod était aussi délicieux qu'il pouvait le goûter sur les lèvres de Claire, le brasseur n'allait certainement pas tarder à faire fortune !

Plus exquise, plus enivrante encore, était la certitude qu'elle l'avait aimé autrefois. S'il parvenait jamais à remonter le fil des années, à effacer le souvenir du temps où il n'était qu'un jeune fou, aveugle à sa beauté et aux merveilles de son esprit, alors peut-être pourrait-elle l'aimer à nouveau…

Ce bouleversant défi et la fureur avec laquelle elle répondait à son baiser consumaient son sang et son âme.

Las, le climat capricieux des Highlands semblait pouvoir venir à bout du plus violent des incendies. La pluie tombait, de plus en plus serrée, et il ne pouvait guère l'ignorer plus longtemps.

— Il faut vraiment que je vous ramène, avant que nous soyons tous deux trempés jusqu'aux os…

C'était miracle qu'elle pût comprendre un seul mot de ce qu'il lui disait tant il répugnait à écarter, ne fût-ce qu'un seul instant, ses lèvres des siennes.

— Pourquoi ? fit-elle d'une voix lointaine et rêveuse, qui n'avait plus rien de sage, ni de raisonnable. Il pleut ?

— Mais bien sûr ! Ne le voyez-vous pas ? Des trombes !

Le poney devait avoir plus de bon sens qu'eux, car il se remit en marche de lui-même ; il savait bien, lui, que plus vite il trotterait, plus tôt il serait au sec et au chaud, dans sa stalle. Ewan reprit en main les rênes pour éviter que, dans sa hâte, l'animal n'envoie le buggy dans le décor. Lorsqu'une roue passa sur une grosse pierre, les faisant sauter sur leur banc, Claire eut un cri et s'accrocha à sa taille.

La pluie avait nettement diminué quand ils atteignirent enfin Strathandrew.

— Allons, nous sommes arrivés, à présent.

Ewan voulut se libérer des bras de Claire ; elle bredouilla quelques mots incohérents, se mit à rire, mais ne desserra pas pour autant son étreinte.

Ewan soupira.

— Et moi qui croyais qu'une bonne douche pouvait vous dégriser... Allons, soyez une bonne petite et lâchez-moi, que nous puissions entrer...

Avec difficulté, il parvint à se dégager et à descendre de voiture, sous les voûtes de l'écurie. Il détela rapidement le poney puis revint soulever Claire dans ses bras.

Il la porta vers le manoir, jusqu'à une porte dérobée qui, par bonheur, n'était pas verrouillée.

Une fois à l'intérieur, il grimpa le grand escalier aussi silencieusement qu'il le put, empêtré qu'il était du corps de Claire, qui se faisait lourd. Il s'attendait à chaque instant à voir surgir de l'obscurité le visage courroucé de Mrs Arbuthnot, qui ne manquerait pas de le foudroyer sur place.

Parvenu sur le large palier du premier étage, il eut un grognement d'impuissance et secoua doucement sa compagne.

— Claire ? Laquelle de ces portes est celle de votre chambre ?

La jeune femme parvint à soulever suffisamment une tête qui bringuebalait un peu. Ewan se demandait si elle l'avait bien entendu, quand elle se mit soudain à rire.

— M'en fiche ! Déposez-moi dans celle que vous voudrez. Tenez, dans la vôtre !

Elle rit encore plus fort et, comme il essayait de la faire taire, elle se pendit davantage à son cou.

Ewan perçut alors des pas dans le couloir. Quelle attitude adopter, si la gouvernante les surprenait dans cette situation ? Bien qu'invité, il se sentait encore un intrus à Strathandrew, comme s'il avait usurpé une identité respectable pour avoir le droit de s'y trouver et qu'il dût se tenir à carreau pour éviter d'être jeté dehors.

Il n'eut guère le temps d'y réfléchir beaucoup. Les pas se rapprochaient et il se trouvait tout près de la porte de sa propre chambre. Faute de trouver une meilleure idée, il poussa le lourd panneau d'acajou, qui, Dieu merci, tourna tout de suite sur ses gonds.

Emporté par son élan, Ewan faillit bien perdre l'équilibre et s'étaler sur le plancher avec son précieux fardeau.

Se stabilisant à grand-peine, il eut la présence d'esprit de repousser la porte du pied. Ce fut seulement à cet instant qu'il s'avisa qu'il tremblait de froid dans ses vêtements mouillés.

Contre lui, Claire semblait dormir. A moins qu'elle ne fût évanouie ? Sa pâleur ne lui disait rien qui vaille.

Il la porta près du feu. Pour une fois, il bénissait Mrs Arbuthnot, dont les consignes stipulaient que les cheminées fussent allumées tous les soirs dans les chambres, quelle que fût la saison. Il étendit sa compagne sur le tapis et tira une couverture de son lit pour l'envelopper, en quelques gestes rapides.

— Ce n'est peut-être pas l'endroit idéal pour cuver son cidre, lui dit-il en caressant sa joue, mais je vais vite vous trouver mieux, je vous le promets.

Puis il se rua dans le cabinet de toilette, se déshabilla en un tournemain et passa une chemise de nuit. Il prit également sa robe de chambre, sans l'enfiler, car il la destinait à Claire.

Elle n'avait pas bougé d'un cil quand il revint dans la chambre. La chaleur du feu avait ramené un peu de couleur sur ses joues et ses traits s'étaient détendus, donnant l'impression rassurante d'un contentement paisible.

La pluie avait joliment transformé sa coiffure en une sorte de halo de boucles mouillées — ce qui la rendait plus attirante encore, si c'était possible.

Il se pencha au-dessus d'elle, pressa ses lèvres sur sa joue, puis retira la couverture et bascula Claire sur le flanc. Enfin, il s'attaqua à la longue file de boutons, dans le dos de sa robe.

— J'ai toujours pensé que le montage des mouches sèches exigeait des doigts qui ne l'étaient pas moins, murmura-t-il en se débattant avec les agaçantes petites choses.

Lorsque Claire s'étira avec un sourire éméché, il protesta à voix basse.

— Je fais de mon mieux, mais je n'ai jamais prétendu être un expert en déshabillage de dames...

Toutefois, comme pour tous les défis, grands et petits, qu'il s'était imposés jusque-là, il vint à bout de celui-ci à force de persévérance.

— Voilà, fit-il triomphalement quand le dernier bouton céda. Rien d'étonnant à ce que vous ayez besoin des services d'une femme de chambre. A quoi pensiez-vous donc, en lui permettant de rester au *ceilidh* ?

Replaçant Claire sur le dos, il abaissa les manches et put retirer la robe. Il pensait en avoir presque terminé... et le nombre de jupons et de sous-vêtements qu'elle portait le stupéfia. Il les lui enleva pourtant, un par un, ainsi que ses escarpins.

Comme il roulait ses bas sur les fines chevilles de la jeune femme, elle sourit et émit dans son sommeil une sorte de ronronnement sensuel, ses lèvres s'entrouvrant avec volupté. Cette seule vue fit bouillir le sang d'Ewan, extirpant de sa peau jusqu'au souvenir de la fraîcheur de l'averse.

Parviendrait-il à se conduire comme un gentleman ? A supposer qu'il en fût un...

Les derniers sous-vêtements que Claire avait sur elle n'étaient pas même humides, ce qui n'empêcha nullement Ewan de s'attaquer aux agrafes du corset. S'il se confortait en se disant qu'il souhaitait qu'elle dorme à son aise, il avait quelque mal à croire lui-même à cette excuse.

Pourquoi donc les femmes s'imposaient-elles le supplice de ce véritable étau, qui leur comprimait les chairs ? se demandait-il en luttant contre un crochet rétif. Pour plaire, bien sûr. Mais lui n'aimait pas la silhouette artificielle et guindée que le corset leur conférait, là où il aurait préféré voir de la liberté et de la souplesse.

Il n'avait jamais trouvé beaucoup de qualités à ces accessoires... du moins, jusqu'à aujourd'hui. Car, dans la situation présente, il lui fallait bien admettre que celui que portait Claire offrait un écrin bien troublant à sa nudité.

Elle poussa un petit soupir de plaisir lorsqu'il s'ouvrit

enfin. Le genre de son qu'Ewan eût aimé faire naître en elle, s'ils avaient été amants. Comme il l'aurait voulu ! Comme il espérait qu'ils le deviendraient ! Amants et plus encore. Pourvu qu'elle se soit trompée et qu'il n'arrivât pas dix ans trop tard !

Il s'assit un instant et regarda, la gorge nouée, la lueur du feu sur les bras et les épaules de la jeune femme. Sous la soie légère de son dernier sous-vêtement, sa petite poitrine, d'une perfection absolue, appelait ses regards et lui donnait des picotements dans les paumes.

Etait-ce cette vue qui enflammait son désir, ou celui-ci, trop longtemps contenu, aurait-il flambé jusque dans les ténèbres ?

Quelle que fût la réponse, il se pencha vers elle juste au moment où elle ouvrait les yeux — et s'immobilisa, inquiet. Malgré son ivresse, s'était-elle aperçue de ce qu'il faisait ? Comment allait-elle réagir ?

— Ewan ?

Elle n'avait l'air ni apeuré ni en colère.

— Où suis-je ?

Il recula vivement sa main, qui se tendait déjà vers les seins de Claire.

— Vous... vous êtes dans ma chambre. Vous vous souvenez, il pleuvait quand nous sommes rentrés du *ceilidh* et vous n'étiez pas... enfin, j'ai dû vous porter à l'intérieur. Mais je ne savais pas où était votre chambre et...

— Je me souviens...

Elle hocha lentement la tête.

— Je vous ai dit de m'amener ici et... vous l'avez fait.

Avec une grâce languide, elle leva son bras nu et le regarda comme si elle n'avait encore jamais vu cette partie de son corps.

— Vous m'avez enlevé mes vêtements ?

Ce n'était pas une accusation ; une constatation étonnée, tout au plus.

— Oui, ils étaient mouillés et j'avais peur que vous ne preniez froid, alors...

Il montra la robe de chambre qu'il avait apportée pour elle. Elle lui adressa un sourire hésitant.

— Vous n'allez pas... abuser de moi ?

— Mais non !

Il se récria avec violence, oubliant les pensées enfiévrées qu'il avait eues quelques instants auparavant.

— ... Comme je vous le disais... la pluie... pas trouvé votre chambre... vos vêtements mouillés...

— Non ?

Elle pouffa.

— Quel dommage !

Ses mains avancèrent vers lui comme deux serpents tentateurs et se posèrent sur ses jambes.

— Puis-je vous persuader, de quelque manière, de changer d'avis ?

Le persuader ? Etait-elle folle ? Lui qui se retenait de toutes ses forces !

— Non, Claire, vous ne pensez pas ce que vous dites !

Il aurait voulu pouvoir reculer hors de portée, mais ses muscles refusaient obstinément de lui obéir.

— C'est tout ce cidre que vous avez bu... je me demande si Mac Leod ne l'avait pas un peu corsé... cela vous rend... euh... d'humeur un peu légère...

— D'humeur un peu légère ? C'est ainsi que vous appelez cela ?

Elle pouffa de plus belle, puis se mit à lui caresser la jambe à travers le coton de sa chemise de nuit, d'une façon qui le rendait fou.

— Je suis plus que d'humeur légère, Ewan. J'ai

envie de vous... J'ai envie de vous depuis dix ans et aujourd'hui encore.

Ce n'était pas le genre de choses qu'il avait besoin d'entendre, en cette minute.

— Je suis très flatté, Claire... mais le temps et le lieu sont mal choisis.

Son corps n'était pas de cet avis et le manifestait avec une belle vigueur. Ne le désiraient-ils pas, l'un comme l'autre ?

— Ainsi, vous n'auriez pas assez bu pour avoir envie de moi ?

Elle lutta pour se redresser un peu.

— Je vais m'occuper de ça, grommela-t-elle.

— Vous n'êtes pas en état de vous occuper de quoi que ce soit, répondit-il excédé tandis qu'elle retombait sur le tapis. Je vous jure bien, pourtant... que je vous trouve attirante. Las, c'est la chambre de votre père, sapristi ! Que dirait-il s'il pouvait nous voir ?

La physionomie de Claire changea et elle se mit à regarder dans le vide comme si elle pouvait y voir le fantôme du vieux *laird*.

— Je sais bien ce qu'il dirait, articula-t-elle. « Mon petit, tu es trop riche, trop intelligente et trop brillante pour que quiconque veuille t'épouser, à part pour ton argent. »

Ewan en eut le souffle coupé et aussitôt le désir, en lui, fit place à la révolte.

— Il vous a dit cela ? A sa propre fille !

Il eût aimé que le fantôme de lord Lydiard hantât vraiment son manoir, pour pouvoir dire son fait au vieil aristocrate.

— L'immonde salaud, le...

— Mais oui, c'est ça !

Claire avait coupé net son élan vengeur.

— Euh… ?

— Je peux vous payer !

Elle se dressa sur ses coudes, ses yeux brillant comme autant de pièces d'argent tout juste sorties des presses.

— Faites votre prix pour la nuit ! Et n'ayez pas peur de vous montrer gourmand, je suis sûr que vous le méritez !

Bien qu'elle le regardât avec un adorable sourire et que la soie de sa camisole moulât magnifiquement ses seins dressés, Ewan sentit toute la bière qu'il avait bue virer à l'aigre dans son estomac.

Sa gorge se serra et cela valait mieux, sans doute, tant il avait soudain envie de vomir.

Croire que Claire avait pour lui les mêmes sentiments qu'il nourrissait à son encontre, quelle folie ! Il avait espéré qu'ils pourraient n'être plus qu'un homme et une femme, parfaitement à égalité. Mais ce n'était pas ce qu'elle souhaitait, ni ce qu'elle ressentait.

Elle avait envie de lui, comme on peut désirer la possession d'un bel objet, et elle offrait de payer pour l'avoir. Une fortune pour une seule nuit, s'il le voulait ! On pouvait certes trouver cela flatteur, du moins, si l'on n'éprouvait soi-même aucun sentiment. Ce n'était pas son cas. Même pour faire de lui son amant, elle ne le voyait décidément pas en égal mais comme un simple serviteur, prié de rester à sa place quand on n'avait pas besoin de lui et de ne pas attendre d'autre récompense que les gages qu'on lui allouait.

— Eh bien, Ewan, qu'en dites-vous ? Je vous promets d'être discrète. Personne ne sera au courant de notre petit marché.

Que lui dire ? Il était trop choqué, trop révulsé pour parler. Croyait-elle donc qu'il ferait n'importe quoi, pourvu qu'on le paie suffisamment ?

Il avait trop de fierté pour dire un seul mot, mais il pouvait encore bouger et mettre autant de distance entre eux qu'il était possible. D'autant qu'en dépit de tout et toute honte bue, il la désirait toujours, avec une violence qu'il craignait de ne pouvoir maîtriser beaucoup plus longtemps. Bondissant sur ses pieds comme si une vipère l'avait piqué, il recula vers le cabinet de toilette.

Pas assez vite cependant pour Claire, qui frotta son pied nu le long de sa jambe.

— Si le lit de mon père vous intimide, lui dit-elle, nous pouvons aller dans ma chambre. Je vous dirai où elle se trouve...

Comme il aurait voulu, comme une certaine part de lui-même aurait voulu la contenter !

— Restez ici, si vous voulez...

Il marcha droit vers le cabinet de toilette.

— Ou bien rejoignez votre lit, à votre guise. Moi, je ne passerai pas une minute de plus sous votre toit !

Claire le regarda, bouche bée, et sa belle assurance sembla se dégonfler à vue d'œil.

— Mais, Ewan..., balbutia-t-elle. Qu'ai-je fait ? Ai-je dit quelque chose qu'il ne fallait pas ? Après notre baiser de tout à l'heure, j'étais sûre que vous voudriez me faire l'amour !

Il n'osa pas se retourner, de peur que sa résolution ne vacille et que toute sa fierté ne sombre avec elle.

— Je vous l'expliquerais volontiers, Claire, lui dit-il aussi fermement qu'il le put, si vous n'étiez pas trop ivre pour le comprendre. A moins que je me trompe... Peut-être, après tout, ne pourriez-vous pas comprendre, même parfaitement sobre.

Il claqua violemment derrière lui la porte du dressing-room et se jeta sur les premiers vêtements qu'il trouva dans la penderie. Il se rendrait à la gare la plus proche et y prendrait le premier train en partance pour le Sud ; il enverrait chercher sa malle plus tard.

Revenir à Strathandrew avait été une erreur. Revenir en Europe avait été une erreur. Il avait tenté de réécrire le passé, mais le passé était gravé dans une pierre plus dure que le granit. Quoi qu'il ait bien pu devenir dans le Nouveau Monde, pour des gens comme Claire Talbot, il resterait, à jamais, un domestique.

Claire sursauta lorsque Ewan claqua la porte derrière lui. Elle n'était pas assez ivre pour ignorer la colère de sa voix, encore trop pour comprendre ce qu'il voulait dire. Cependant, il était évident qu'il ne passerait pas la nuit avec elle, ni dans son lit ni dans le sien.

Quand elle avait ouvert les yeux pour le trouver penché au-dessus d'elle en train de la déshabiller, elle avait bien cru faire un rêve. Tout son désir pour lui, si longtemps réprimé, avait éclaté comme une bombe à retardement, et le terrible cidre du père Mac Leod l'avait poussée à lui faire sa scandaleuse proposition. Elle savait, bien sûr, qu'elle se conduisait mal, mais toute prudence semblait l'avoir momentanément abandonnée.

Ressentait-il, de son côté, quelque chose de semblable au désir fou qu'elle avait de lui ? A voir le regard de dégoût qu'il lui avait lancé et la façon dont il s'était écarté pour qu'elle ne le touche pas, elle n'avait rien à espérer de tel. Cette passion-là resterait à jamais insatisfaite.

Elle se trouvait dans la même situation, ou pire encore, qu'au moment où il était parti pour l'Amérique. Avec le temps, elle s'était habituée à la chasteté monastique qui était devenue son lot. Puis Ewan Geddes était revenu. En homme fait. Il avait dévié de sa route pour revivre un peu son passé. Au passage, elle avait pris conscience de tout ce qu'elle avait manqué dans sa propre vie.

Sentant quelque chose de bizarre sur sa joue, elle y porta la main…

Elle haïssait les larmes. Pleurer n'avait jamais rien résolu, bien au contraire. Cela prenait du temps et de l'énergie, qui aurait pu être mieux employés, et exposait inutilement votre vulnérabilité.

Las, pour l'heure, elle n'avait pas d'autre choix. Un peu trop d'alcool avait eu raison du corset de fer qu'elle s'imposait et qu'elle avait passé sa vie à se forger. Et ses larmes coulaient sans qu'elle pût en interrompre le flot… De lourds sanglots la secouaient, qui semblaient venir du fond de son cœur et, d'une étrange manière, cette libération de ses émotions la soulageait d'un grand poids.

Néanmoins, elle ne voulait pas qu'Ewan la vît dans cet état. Elle eût aimé se cacher quelque part, très loin, mais elle était trop faible, sa tête lui tournait trop pour qu'elle pût faire plus que rester là, ses genoux repliés et le visage enfoui dans ses bras.

Ses larmes étaient presque taries lorsqu'elle entendit la porte du cabinet de toilette s'ouvrir de nouveau. Elle essaya de se dominer, de maîtriser ses sanglots — en vain.

— Qu'est-ce qui vous a pris de vous conduire comme ça ?

La voix d'Ewan était à la fois si pleine de dédain et de pitié que Claire se rebella, fouettée par une soudaine colère. Malgré sa honte de lui montrer son visage ravagé par les pleurs, elle lui fit face.

— Et vous ? Pourquoi m'avez-vous fait vous confesser mes anciens sentiments pour vous, Ewan ? Pourquoi avoir flirté avec moi à la fête et m'avoir embrassée sur la route ? Pour me pousser à me conduire comme une folle ?

Ces mots l'ébranlèrent, même s'il y répondit d'un ton rogue.

— Je n'ai jamais rien entendu d'aussi stupide !

Oui, elle avait été stupide, assez en tout cas pour lui faire confiance.

— C'est le genre de mauvais tour que vous auriez pu me jouer autrefois, soupira-t-elle dans un sanglot. Je croyais que vous aviez changé.

Le scélérat n'avait même pas l'élémentaire décence de se montrer un peu contrit.

— Mais je n'ai pas changé, n'est-ce pas ? En ce qui vous concerne, en tout cas, vous n'avez pris acte d'aucun changement : je suis toujours pour vous un valet que l'on sonne, quand on a besoin de quelque chose.

Qui des deux était stupide, à présent ? Jamais elle ne l'avait considéré ainsi, et encore moins aujourd'hui.

Une nouvelle vague de chagrin la submergea. C'était, elle n'en doutait pas, l'alcool qui mettait ainsi ses sentiments à vif. Demain, elle regretterait tout ce qu'elle avait pu dire ou faire, cette nuit; pour l'instant, il n'était plus question de dominer ses émotions.

— Vous m'avez fait me sentir belle pour la première fois de ma vie, hoqueta-t-elle, mais ce n'était qu'une illusion, un mensonge. En fait, je vous dégoûte tellement que vous ne pouvez pas me toucher... même pour de l'argent !

Sur ces mots, elle enfouit son visage dans ses bras en priant pour qu'il s'en allât et la laissât souffrir en paix. Un lourd silence tomba dans la chambre, si long qu'elle se demanda si Ewan ne s'était pas discrètement éclipsé.

Il la détrompa, lui hurlant sa réponse en passant la porte.

— Ecoutez bien, Claire Talbot, et mettez-vous bien cela dans le crâne : ce n'est pas vous qui me dégoûtez, c'est votre fichu argent !

La pluie avait pratiquement cessé lorsqu'il quitta le manoir et se dirigea vers le village, à pied. Il ne pouvait pas atteler de voiture, ni seller l'un des chevaux des écuries, car il ne voulait plus rien devoir aux Talbot. Il en avait soupé, de leur hospitalité ! Du reste, les sentiments contradictoires qui bouillonnaient en lui le poussaient plutôt à la dépense physique. Marcher l'empêcherait peut-être de devenir fou.

La scène humiliante qu'il venait de vivre tournait sans cesse dans sa tête, encore et encore. Et dire que Claire Talbot avait eu le front de se mettre en colère ! Elle l'avait accusé d'avoir cherché à la séduire, alors qu'elle s'était offerte à lui sans la moindre pudeur, comme certaines femmes qu'il avait connues en Amérique et qui cherchaient avant tout à faire main basse sur sa fortune.

Rien que d'y penser le faisait se sentir sali, souillé.

D'autre part, il n'était pas bien fier de sa propre conduite, au cours de la semaine qui venait de s'écouler. Il avait laissé Tessa sur la promesse tacite qu'il la demanderait en mariage aussitôt qu'elle aurait rompu son engagement précédent. Même si ses sentiments avaient depuis évolué, ce qui restait d'ailleurs à réexaminer plus précisément, jamais il n'aurait dû embrasser une autre femme et encore moins la propre sœur de Tessa !

Du bruit, sur la route, le tira de ses réflexions et de ses remords. Il voyait trembloter au loin la lumière de lanternes sourdes, en procession ; le vent portait jusqu'à lui des rires et des paroles échangées à haute voix. Ewan jura entre ses dents. C'étaient probablement les domestiques du domaine, qui rentraient du *ceilidh*.

Il se figea quelques secondes, puis se mit à courir vers les buissons, à flanc de colline, afin de s'y dissimuler. Il se sentait lâche et ridicule, d'agir ainsi, mais il ne pouvait se permettre d'expliquer ce qu'il faisait là à cette heure de la nuit, ni pourquoi il s'y trouvait.

Le cœur lourd, il écouta passer le groupe, reconnaissant la voix de Rosie, celle de Glenna et celle de Jock. Qu'iraient-ils tous imaginer, quand ils découvriraient son départ ? Et comment Claire le leur expliquerait ?

Lorsque les voix de la joyeuse bande s'éloignèrent, il revint précautionneusement sur la route et reprit la direction du village. Si ce n'était le bruit du vent dans les arbres, et la compagnie de quelques ombres, plus rien ne vint le distraire du réquisitoire que lui dressait sa conscience.

Comment avait-il pu, lui, parmi tous les hommes, être assez bête pour tomber amoureux de Claire Talbot ? Etait-ce à cause de ces quelques jours passés ensemble ? Par une sorte de perversité, en souvenir de toutes leurs querelles passées ou, pire encore, parce qu'elle représentait le type même de défi auquel il n'avait jamais su résister ?

Dans tous les cas, il s'était conduit comme un fier imbécile. A présent, pour la seconde fois en dix ans, il quittait Stathandrew en disgrâce, comme un voleur.

Malgré toute sa fortune et son pouvoir, il allait, une fois encore, quitter sa patrie le cœur brisé.

Peu d'heures, au cours de la vie d'Ewan, passèrent aussi lentement que celles pendant lesquelles il attendit l'ouverture de la petite station de chemin de fer. Le chef de gare, d'ailleurs, était en retard sur son horaire habituel, s'étant probablement couché fort tard, après le *ceilidh*.

— Quand part le prochain train pour Glasgow ? lui demanda Ewan, en ouvrant déjà son portefeuille.

De là, il pourrait en prendre un autre, pour Londres.

Il espérait que ce serait très bientôt : il voulait être loin, avant que ses espoirs déçus et ses regrets n'aient raison de sa volonté.

— C'est que... il n'y en a qu'un par jour, repartit le digne fonctionnaire. Vous savez, nous sommes presque en bout de ligne, ici. Le train qui en vient va bientôt arriver ; ensuite, il monte à Fort Williams et enfin à Maillaig. On lui fait le plein de charbon, on change le chauffeur et le mécanicien et c'est le même train qui redescend. Il repassera ici à 3 heures de l'après-midi.

Trois heures de l'après-midi !

— Puis-je le prendre tout de suite ?

— Pour monter à Maillaig et descendre à Glasgow ?

— Oui.

Le chef de gare le regarda comme s'il tombait de la lune.

— Mais, monsieur, dans ce cas-là vous irez à Maillaig et retour, pour rien. Pourquoi vouloir faire ça ?

— Disons que j'ai envie de voir du pays. C'est possible ?

Le fonctionnaire se gratta la tête.

— Ben, je sais pas trop... Il faut payer le supplément et puis, si jamais le train est plein...

— Vous l'avez déjà vu plein, entre ici et Maillaig, dans un sens ou dans l'autre ?

— N… non, jamais, mais…

Ewan sortit un autre billet de son portefeuille.

— Très bien, alors. Donnez-moi un aller-retour pour Maillaig.

— En plus d'un aller simple pour Glasgow, monsieur ?

— Bon Dieu, oui !

Le chef de gare hocha la tête d'un air philosophe.

— Ma foi, c'est votre argent, monsieur.

— Je ne vous le fais pas dire !

On entendit, au loin, le sifflet d'une locomotive.

— Pfff… encore en avance ! grommela le chef de gare. Comment veut-on que je m'organise ?

— Pouvez-vous vous dépêcher un peu de me donner ces fichus billets ? s'impatienta Ewan en regardant, par la vitre, approcher le convoi. Il ne manquerait plus que je le manque, à présent !

— Oh non, monsieur ! se récria le chef de gare comme si son orgueil professionnel venait d'être gravement insulté. C'est moi qui donne le signal du départ !

Après de longues et pénibles minutes, Ewan se retrouva enfin sur le quai, ses billets à la main — prêt à mettre de la distance entre lui et Claire Talbot.

Comme il se précipitait pour monter dans l'une des voitures, Tessa en descendit et tomba brusquement dans ses bras.

— Ewan, s'exclama-t-elle, comment saviez-vous que j'étais dans ce train ? Seriez-vous venu m'attendre tous les matins ? Oh, cher, cher Ewan…

— Euh… je… c'est que…

Paralysé par la fatigue, les émotions de la nuit et la surprise de la voir surgir tout à coup, le malheureux ne pouvait qu'ânonner quelques mots sans suite. Par chance, Tessa ne semblait pas attendre particulièrement de réponse. Il finit néanmoins par articuler :

— Mais... votre mère n'est pas avec vous ?

Elle prit sa main et l'entraîna vers la gare.

— Elle est sur mes talons, je suppose. Elle est partie après moi. Je pensais qu'elle me rejoindrait à Glasgow, mais je n'avais pas envie de l'attendre.

Comme il la regardait d'un air éberlué, elle ajouta :

— Je n'ai jamais été malade, vous savez. Maman m'a enfermée, puis a envoyé un mot à bord du *Marlet* pour que vous appareilliez sans moi. J'ai été terriblement déçue que Claire et vous ne m'attendiez pas...

— Je... je suis désolé. C'était si soudain que j'ai cru... enfin, nous avons cru ce que nous écrivait lady Lydiard.

— Je ne vous en veux pas...

Elle se pressait contre lui, mais il n'avait d'autre désir que de prendre ce maudit train.

— ... j'aurais dû me douter que maman inventerait quelque chose pour nous séparer. Elle aura cru que quelques jours de réflexion me feraient changer d'avis...

Si seulement cela avait pu se passer ainsi !

Tessa secoua la tête, une lueur volontaire dans le regard.

— Elle n'aura réussi qu'à me rendre plus farouchement déterminée à vous épouser.

— M'épouser ? Mais...

Le train s'ébranla, et Ewan fut follement tenté de sauter dans l'une des voitures. Las, il était certain que Tessa sauterait derrière lui... De plus, il avait fait assez de tort à la jeune femme ; en resurgissant soudain dans sa vie, en faisant tout pour la rendre amoureuse de lui, puis en n'étant plus, lui-même, amoureux d'elle.

Le moins qu'il pouvait faire était de la traiter avec courtoisie.

— Nous montrerons à ma mère et à tous les autres...

Pour une aussi délicate créature, elle avait une poigne de fer.

— ... que si je décide d'épouser un *gillie*, un boucher ou... un éboueur, cela me regarde !

N'était-il rien d'autre, pour elle, qu'un bon moyen de manifester son esprit de révolte ?

Ewan s'empressa de se dire qu'il était plutôt mal placé pour la juger, après la façon dont il s'était conduit, depuis son retour. D'ailleurs, il commençait à s'interroger sur les vraies raisons de sa propre illusion amoureuse.

— Nous devons le faire, maintenant, poursuivit la jeune femme avec véhémence. Avant qu'elle n'arrive et qu'elle essaie de l'empêcher... Elle saura que je ne suis pas une oie blanche prête à épouser n'importe quel imbécile d'aristocr...

Ewan la coupa.

— Une petite minute...

Il se campa sur ses pieds et la força à lui faire face.

— ... Faire quoi, grands dieux ? De quoi parlez-vous donc ?

Tessa rit et jeta ses bras autour du cou d'Ewan.

— Vous ne devinez pas ? Voyons, nous sommes en Ecosse ! Ici, l'enlèvement des jeunes filles est une institution. Nous allons nous marier, et tout de suite, encore !

Chapitre 17

Un long moment, Claire, en se réveillant dans le lit d'Ewan, ne se souvint plus de ce qui avait bien pu se passer après leur départ du *ceilidh*. Ignorant l'étrange écœurement qu'elle ressentait et sa pénible migraine, elle s'étira avec langueur et eut un petit rire de gorge.

Que s'était-il passé ?

Avec quelque retard, sa pudeur s'éveilla à son tour.

Mon Dieu, mais qu'avait-elle fait ?

Ewan n'était pas — n'était plus ? — dans le lit, avec elle. Etait-ce un bon signe, ou non ?

Ses propres vêtements étaient répandus, en désordre, sur le plancher, mais elle portait toujours sa camisole et son pantalon de dentelles. Cela, à n'en pas douter, était bon signe !

Claire fouilla dans sa mémoire. Peut-être, si elle parvenait à se concentrer sur la dernière chose dont elle se rappelait, puis à forcer son esprit à aller plus loin...

Voyons, elle revoyait le *ceilidh*... la danse... les vœux aux nouveaux mariés... le cidre... C'était ensuite que tout se brouillait.

Ewan avait voulu lui poser une question. L'avait-il fait ? De quoi s'agissait-il et comment avait-elle réagi ?

Oh, non ! Elle se souvenait, à présent. De la question comme de la réponse. Quelle mouche l'avait donc piquée, de lui avouer la vérité ? Il y avait un monde entre la reconnaissance du plaisir qu'elle avait pris à la compagnie d'Ewan et l'espérance insensée qu'il pût s'instaurer entre eux un véritable lien amoureux. Jamais elle n'aurait osé se lancer dans cette voie, même s'il l'y avait encouragée, ce qu'il s'était, naturellement, gardé de faire.

Mais était-ce si sûr ?

Le souvenir brûlant de leur baiser de la nuit passée s'imposa peu à peu à son esprit. C'était presque irréel. Etait-ce un rêve ? L'écho de celui qu'ils avaient échangé sur le pont du *Marlet* ?

Non. Ce baiser-là avait été plus long, plus profond et mille fois plus satisfaisant que le premier. Bien trop réel pour n'être que le fruit de son imagination enfiévrée. Mais s'il l'avait bel et bien embrassé, il fallait se demander pourquoi et également pour quelle raison il s'était arrêté là…

La mémoire de Claire finissait par se mettre en branle, à force d'être sollicitée. Mais en tirer des mots et des images pouvait s'avérer aussi dangereux que de traverser le Strand, à Londres, un jour d'épais brouillard.

Des bruits de pas dans le corridor la ramenèrent à la réalité en même temps qu'ils avivaient son lancinant mal de crâne. Quoi qu'il ait pu se passer cette nuit entre Ewan et elle, il n'était pas question de laisser l'un ou l'autre des domestiques la découvrir presque nue dans le lit de son invité.

Bondissant hors des draps, elle se rua sur sa robe, qu'elle trouva très fripée et encore humide. Elle ne parvint pas à la boutonner seule. Avait-il eu du mal à défaire toute la rangée de boutons ? Plus elle essayait de se souvenir et plus son crâne la faisait souffrir.

Il l'avait déshabillée, il n'y avait pas d'autre explication. Etant donné les circonstances cela n'avait dû être ni romantique ni très sensuel...

Une fois qu'elle se fut habillée tant bien que mal, elle alla jeter un coup d'œil dans le cabinet de toilette et son dressing-room attenant. Ewan y avait-il dormi, après lui avoir laissé son lit ?

S'il n'y avait pas de trace de lui dans l'une ou l'autre des deux petites pièces, le sol du dressing-room était jonché de vêtements, dont une chemise de nuit.

Cette découverte l'inquiéta profondément.

Elle lutta sans succès pour essayer de se souvenir du moment où il l'avait laissée seule, puis décida de se glisser silencieusement dans le corridor pour rejoindre sa chambre. Sur le seuil de celle d'Ewan, elle écouta avec attention les bruits ambiants. Rien de très discernable. Les domestiques étaient certainement déjà occupés à leurs diverses tâches, malgré les festivités de la nuit dernière ; le corridor étant désert, elle courut vers sa chambre — aussi rapidement que sa pauvre tête douloureuse le lui permettait.

C'est ce moment très inopportun que choisit sa mémoire pour s'éclaircir tout à fait. Peut-être la poussée d'adrénaline due à sa peur d'être surprise dans la chambre de son invité l'avait-elle décongestionnée... Tout lui revenait avec une précision hallucinante. Elle se revoyait ballottée dans les bras d'Ewan, le cœur au bord des lèvres, tandis qu'il la portait dans l'escalier. Ah, le souvenir de son souffle chaud dans son cou, lorsqu'il lui avait demandé où se trouvait sa chambre ! Elle poussa un soupir coupable en se souvenant de la réponse qu'elle lui avait faite. « M'en fiche ! Déposez-moi dans celle que vous voudrez. Tenez, dans la vôtre ! » Apparemment, il l'avait prise au mot.

Elle parvint à s'extraire de ses pensées en réalisant qu'elle se trouvait au milieu du corridor, sa robe déboutonnée dans le dos et la plupart de ses sous-vêtements sur son bras.

Avant de tomber, dans cette tenue, sur l'un ou l'autre des domestiques, elle se rua dans sa chambre. Là, elle fit tomber sa robe, la lança avec ses sous-vêtements dans le dressing-room, enfila prestement sa chemise de nuit et plongea dans son lit. Si elle réussissait à dormir un peu, elle serait peut-être à même de faire face à la rude journée qui s'annonçait.

Las, le sommeil ne la visita point. Sa mémoire refusait à présent de se mettre au repos et lui dévidait sans pitié le bobineau de ses souvenirs. Si seulement elle avait pu connaître l'oubli, de nouveau !

Elle se souvint de s'être réveillée pendant qu'Ewan la déshabillait et sentit une trouble chaleur monter dans tout son corps. Ce ne fut que pour un bref instant, car elle se glaça instantanément en se rappelant qu'elle l'avait invité à profiter de la situation — puis, alors qu'il avait la décence de refuser son invite en parfait gentleman, elle lui avait offert de rémunérer ses... ses services ?

Se retournant sur le ventre, Claire enfouit son visage dans son oreiller, terrassée par le remords.

La locomotive émit un long sifflement strident en quittant la gare dans la direction de Maillaig et Ewan eut l'envie de pousser un gémissement plaintif en écho.

— Une seconde, Tessa...

Il se tenait sur le quai, raide comme la justice et refusant de faire un pas de plus.

— ... Nous ne pouvons pas nous marier... comme cela.

Tessa éclata de rire, sans lâcher son bras pour autant.

— Mais bien sûr que si, mon chéri, cela s'appelle un enlèvement. Les couples qui ont des familles bornées font cela tout le temps.

Oui, mais combien le regrettaient par la suite ?

— Vous êtes toujours fiancée à ce... Stanton, à moins que vous lui ayez parlé avant de quitter Londres ?

Que diable pourrait-il faire si elle avait effectivement rompu ? Le mariage serait la seule issue honorable. Quoi que pût en penser lady Lydiard et tous les autres, Ewan était un homme d'honneur et n'entendait pas déroger à ses principes.

— Non... je... je n'ai pas parlé à Spencer.

Tessa avait au moins l'élégance de se montrer un peu honteuse de sa réponse.

— J'ai surpris maman en train de lui envoyer un mot afin qu'il rentre d'urgence à Londres. Cela ne changerait rien à mes sentiments... Mais c'est à ce moment que j'ai décidé de prendre les choses en main et de venir vous rejoindre.

Ewan comprit enfin quelle était la situation.

— Vous voulez dire que vous avez voyagé seule ? Depuis Londres ?

Il frissonna à la pensée de tout ce qui aurait pu se produire pendant le changement de train, dans une ville comme Glasgow. S'il était arrivé quelque chose à Tessa, il ne se le serait jamais pardonné.

— Votre mère doit être folle d'inquiétude !

Si on lui avait dit qu'il ressentirait un jour un élan de sympathie pour lady Lydiard...

— Que vous importe ma mère, s'emporta Tessa. Ne voyez-vous pas qu'elle essaie de nous séparer ?

— Vous êtes trop sévère envers elle, tempéra Ewan qui, décidément, s'étonnait lui-même. Elle s'efforce simplement d'agir pour votre bien.

Après les festivités de la veille, il n'y avait guère de monde dans les rues du village; Ewan et Tessa ne manquèrent pas, nonobstant, d'attirer l'attention des quelques passants.

— A propos de votre mère, reprit l'ex-*gillie*, il n'y a qu'un seul train par jour en provenance de Glasgow. Elle ne peut donc pas nous rejoindre avant, au plus tôt... demain matin, n'est-ce pas ?

— Je suppose que non... Que nous importe, de toute façon ?

— Eh bien, rien ne nous presse ni ne nous oblige à nous ruer tout de suite à l'église. Après ce long voyage, vous devez être fatiguée, avoir faim ?

Si Tessa voulut protester, un profond bâillement interrompit ses dénégations, tandis que son estomac se mettait à gargouiller.

— Peut-être un peu, admit-elle. Je n'y ai pas fait attention, tant que j'étais en route. Ce fut tout une aventure, mais maintenant que je suis là...

— Croyez-vous pouvoir marcher jusqu'au domaine ?

Ewan se tordait le cœur à la seule idée de revoir Claire, mais il devait bien ce sacrifice à Tessa. Celle-ci bâilla de nouveau et, toujours pendue à son bras, frotta sa joue contre la manche de son compagnon.

— Sans doute. Je peux faire n'importe quoi, tant que je suis avec vous...

Il fallait reconnaître qu'elle était obstinée, même si l'on n'approuvait pas son caractère dangereusement impulsif.

— Vous n'avez eu besoin de personne pour venir jusqu'ici, en tout cas. Encore un petit effort et vous pourrez vous reposer… et aussi restaurer vos forces grâce à la bonne cuisine de Rosie.

— Oh, oui ! approuva-t-elle en se laissant entraîner vers la route. J'ai hâte de la revoir, ainsi que tous les autres.

Elle le considéra de l'air d'une petite fille mijotant une grosse bêtise.

— Qu'ont-ils dit, quand vous leur avez annoncé que nous allions nous marier, vous et moi ?

Que lui arrivait-il donc ? Il y avait peu, il aurait marché sur des charbons ardents pour que Tessa se serre ainsi contre lui. Et à présent il cherchait à s'écarter un peu, sous peine de suffocation !

— Je ne leur ai rien dit. Je ne pense pas que ce soit à moi de leur annoncer ce genre de choses.

— Pas à vous ?

Tessa secoua son bras.

— Vous parlez comme si vous étiez toujours l'un des leurs ! Vous êtes l'homme que je vais épouser et vous pouvez dire tout ce que vous voulez.

— Ce n'est pas ainsi que je le concevais…

Bien qu'il se répétât que Tessa méritait toute son indulgence, il ne put s'empêcher de lui répondre avec une pointe d'agacement.

— Ce n'était pas à moi de le leur annoncer, car rien n'était décidé quand nous nous sommes quittés à Londres — et vous étiez toujours fiancée à un autre homme.

— Mais, chéri, pourquoi êtes-vous si irritable ?

Avant qu'il ait dû se creuser la tête pour fournir une explication plausible à sa mauvaise humeur, Tessa trouva pour lui.

— C'est parce que vous venez de passer huit jours seul avec Claire, c'est cela ?

C'était bien cela, en effet, quoique pas dans le sens où elle l'entendait !

— Je sais que vous ne vous êtes jamais bien entendus, tous les deux, et qu'elle peut se montrer froide et inflexible...

En revoyant par la pensée Claire s'effondrer sur le tapis de sa chambre comme une poupée de son, puis l'invitant d'une voix rauque et sensuelle à profiter d'elle, Ewan faillit éclater d'un fou rire nerveux. Si le souvenir de sa proposition le mettait toujours en rage, à présent que quelques heures avaient passé, il commençait à en voir les aspects comiques.

A moins que ce ne fût l'effet du manque de sommeil...

— Elle est comme ça, la pauvre, poursuivit Tessa. Vous savez, elle travaille très dur pour faire prospérer Brandcaster, et elle est tellement forte en affaires... Ce n'est pas sa faute si elle ne sait pas s'y prendre avec les hommes. Tous ceux qui l'ont courtisée l'ont fait pour mettre leurs sales pattes sur sa fortune. Cela l'a rendue très méfiante, vous comprenez ?

Ewan eut une sorte de grognement d'approbation.

Cela, il le savait à un point que Tessa ne pouvait imaginer...

Une fois revenue toute sa mémoire des événements de la nuit précédente, il ne fut plus question, pour Claire, de dormir.

Quand elle eut avalé une tasse de café noir dans le salon où l'on servait généralement le petit déjeuner, elle se demanda si elle pourrait jamais retrouver le sommeil, après le mauvais tour qu'elle venait de jouer à sa sœur.

Elle avait chassé Ewan Geddes de leur vie. Pas exactement comme elle l'avait prévu, mais bel et bien. Le malheur, c'était que les chances qu'avaient eues Tessa de connaître le bonheur s'étaient peut-être évanouies avec lui.

Ewan était un honnête homme et un vrai gentleman, qui adorait Tessa depuis toujours. Il n'avait rien d'un coureur de dot et c'était même tout le contraire : un esprit fier et indépendant. Ayant appris à le connaître, Claire le respectait infiniment.

Sa force d'âme était ce qu'il fallait à Tessa. Il ne se laisserait entraîner dans aucune entreprise hasardeuse, même s'il était capable, quand il le fallait, de sauter à la mer, pour peu qu'il se sentît retenu contre son gré. Il était même capable de quitter Strathandrew en pleine nuit, indigné par les avances scandaleuses de son hôtesse.

Claire posa son front douloureux sur sa main et ferma les yeux. Saurait-elle jamais recoller les mille morceaux de son amour-propre brisé ? Mieux valait, après tout, qu'Ewan fût parti. Comment aurait-elle pu le regarder en face, après ce qu'elle avait fait ?

Un bruit de pas et de voix qui s'approchaient la força à se recomposer rapidement une attitude. La vie continuait, il lui fallait tirer les leçons de ce qui s'était passé et accepter l'inéluctable.

La porte du petit salon s'ouvrit à la volée et Tessa y entra, traînant Ewan derrière elle.

Claire aurait voulu que le sol s'entrouvre sous ses pieds pour l'engloutir ou que le manoir s'effondre sur sa tête, l'ensevelissant sous les gravats. N'importe quoi, pourvu qu'elle ne fût pas obligée de reparaître si vite devant celui qu'elle avait si gravement offensé.

Elle se leva de son fauteuil et tendit les bras à sa sœur.

— Ma chérie, lui dit-elle, je suis si contente que tu sois là !

La honte et le remords la rendaient plus démonstrative qu'à son habitude. Elle serra fort Tessa dans ses bras, comme pour lui exprimer un indicible repentir.

— Mon Dieu, Claire…

Tessa l'embrassa sur les deux joues puis se recula en souriant.

— … On dirait que nous ne nous sommes plus vues depuis des années et non depuis quelques jours ! Il est vrai que cela m'a paru long, à moi aussi… Attends un peu que je te raconte ce qui m'est arrivé…

Elle se tourna vers Glenna Mac Murdo, qui venait de paraître à la porte.

— Pouvons-nous avoir quelque chose à manger, s'il vous plaît ? Je suis à demi morte de faim et je suppose que M. Geddes aussi, puisqu'il s'est levé très tôt pour venir me chercher à la gare…

— Oui, mademoiselle Tessa !

La jeune bonne se hâta vers la cuisine.

Tessa, s'emparant derechef de la main d'Ewan, prit sa sœur à témoin.

— N'est-il pas adorable ? D'autant plus qu'il n'avait aucun moyen de savoir que j'arrivais par le train de ce matin ! J'aurais aimé vous télégraphier pour annoncer mon arrivée, mais je n'avais que très peu d'argent sur moi et je voulais l'économiser.

A ces mots, Claire ne pensa plus, pendant quelques instants, à éviter le regard d'Ewan.

— Que très peu d'argent ? Je ne comprends pas, ma chérie, où est ta mère ?

— Je l'ignore, lui répliqua sa sœur avec un air de totale indifférence.

Elle s'assit sur un fauteuil et tira sur le bras d'Ewan pour le faire asseoir à côté d'elle.

— … Et après ce qu'elle m'a fait, je m'en moque !

Se rasseyant à son tour, Claire écouta le récit des manœuvres de lady Lydiard pour empêcher sa fille de quitter Londres. Par bonheur, Tessa ne semblait pas soupçonner que Claire ait pu être sa complice, sans doute parce que sa mère et sa sœur ne s'étaient jamais accordées sur rien, auparavant.

— Quand j'ai appris qu'elle avait prévenu Spencer, ce fut la goutte d'eau qui fait déborder le vase. J'ai pris un peu d'argent et je me suis glissée hors de Lydiard House. Prendre le train toute seule a été l'aventure la plus excitante de toute ma vie. Je me suis trompée de train à Manchester et j'ai eu si peur que j'ai manqué mon changement pour Carlisle. Mais les gens ont été si gentils avec moi ! Sauf ce garnement qui a essayé de me voler mon sac, et puis ce marin qui était pris de boisson…

— Oh, mon Dieu, ma chérie, c'est affreux !

La main de Claire tremblait sur sa tasse de café.

— Dieu soit loué, tu es tout de même arrivée saine et sauve.

Dire que Tessa avait fait tout ce chemin jusqu'en Ecosse pour proclamer à la face du monde qu'Ewan lui appartenait !

Une distraction bienvenue survint en la personne de Glenna Mac Murdo, qui portait un plateau bien chargé. La bonne odeur des œufs, du jambon, des scones et autres muffins mirent l'eau à la bouche de Claire. Ewan, lui, ne parut pas avoir faim, se contentant de se beurrer un toast, tandis que Tessa dévorait.

— Lorsque j'ai vu ce cher Ewan m'attendant sur le quai, reprit celle-ci entre deux bouchées, j'ai su que je n'avais pas fait tout cela en vain. J'étais tout à fait déterminée à trouver un prêtre et à l'obliger à nous marier incontinent, avant que maman ne pointe le bout de son nez et ne vienne encore nous mettre des bâtons dans les roues.

— Vous... vous êtes mariés ?

Ebahie, Claire laissa retomber un peu trop lourdement sa tasse et des taches de café vinrent consteller sa robe.

Elle regrettait ses tentatives d'empêcher ce mariage. Si Tessa et Ewan désiraient s'unir, eh bien... elle leur souhaitait tout le bonheur du monde. Mais entendre qu'ils étaient déjà passés devant l'autel, c'était comme si on lui arrachait le cœur avec un couteau mal affûté.

— Non, pas encore...

Toute à son petit déjeuner, Tessa ne s'était pas aperçue que sa sœur s'était éclaboussée de café.

— ... mais bientôt.

Ewan, de là où il était assis, à côté de Tessa, ne semblait avoir rien remarqué, lui non plus. Claire pria pour que ce fût le cas.

— Comme maman ne pouvait pas arriver aujourd'hui, reprit Tessa, Ewan a voulu que je me restaure et que je me repose avant la cérémonie. N'est-ce pas un amour ?

Claire se força à sourire. Cette innocente question de sa sœur ne faisait que mieux se retourner le couteau dans la plaie. Tous ses nerfs étaient tellement à fleur de peau que, lorsque Tessa laissa tomber un peu bruyamment son couteau sur le rebord de son assiette, elle sursauta vivement avec un petit cri étouffé.

— J'ai une merveilleuse idée !

Tessa se tourna vers sa sœur et lui prit fébrilement la main.

— ... Pendant que je fais un petit somme, pourrais-tu envoyer quelqu'un chez le vicaire pour le prier de nous marier cet après-midi ? Nous pourrons organiser une belle réception à l'heure du thé. Je vais aller en cuisine pour demander à Rosie de nous faire une pièce montée.

Tandis que Claire luttait désespérément pour recouvrer sa voix, Ewan parla — pour la première fois depuis qu'il était revenu au manoir.

— Allez d'abord vous allonger un peu et, ensuite, nous parlerons de toutes ces affaires de mariage.

Il n'avait pas parlé sur un ton sec, ni même particulièrement impératif, mais avec assez de résolution, toutefois, pour que même Tessa fût encline à obtempérer.

— Très bien, mais n'attendons pas trop longtemps. Sinon, maman trouvera une autre façon de nous séparer.

— Si lady Lydiard ou *quiconque* peut nous faire renoncer, c'est que nous n'étions pas faits l'un pour l'autre et que nous aurions dû nous en apercevoir nous-mêmes.

Quiconque ? A qui destinait-il cette remarque ? A Tessa, comme il le semblait, ou bien à Claire ?

La cadette des Talbot bâilla et se frotta les yeux.

— Vous avez sans doute raison. De toute façon, je ne laisserai jamais ma mère, ni personne d'autre, m'influencer. D'ailleurs, cela ne fait que renforcer ma détermination.

Ewan lui tapota gentiment la main.

— Vous êtes une jeune femme très volontaire, lui dit-il. Pas de doute là-dessus. Maintenant, allez dormir, sinon vous allez finir par vous assoupir dans votre fauteuil.

La sollicitude toute simple de ces mots serra le cœur de Claire. Pour rien au monde elle ne voulait priver sa sœur du soutien de celui qui savait les prononcer. Mais comme elle aurait aimé, elle aussi, avoir à ses côtés un tel homme !

— Bonté divine, plaisanta Tessa, je me demande bien pourquoi vous ne voulez pas m'épouser, puisque vous parlez déjà comme un mari !

Elle déposa un petit baiser sur son front.

— J'espère que vous n'avez pas l'intention de me gouverner, lorsque nous serons mariés ? C'est quelque chose que je ne saurai supporter, vous savez...

Ewan se leva.

— Cela, *lass*, je ne puis vous le promettre.

Il accompagna Tessa sur le seuil du petit salon et lui tint la porte.

Lorsqu'elle fut certaine que sa sœur n'était plus à même de l'entendre, Claire ne put tenir sa langue plus longtemps.

— Ewan ?

— Oui ?

Il se tourna vers elle, le visage grave, tendu.

Bizarrement, alors qu'elle venait d'attirer son attention, Claire ne savait plus trop quoi lui dire. Ce n'était pas le moment de lui reparler de ce qui s'était passé cette nuit, même s'il était prêt à l'écouter.

— Est-ce que... vous allez dormir un peu, vous aussi ?

Il paraissait bien fatigué, et Claire en était désolée, en plus de tout le reste.

Ewan pinça ses lèvres et secoua la tête.

— Non, je vais aller préparer quelques affaires. Le train pour Glasgow va passer dans l'après-midi et je vais le prendre.

— Mais... et Tessa... le mariage ?

— Il n'y aura pas de mariage, Claire. Pas pour l'instant, en tout cas. Lorsque votre sœur se sera assez reposée pour se montrer raisonnable, je le lui annoncerai.

Chapitre 18

Après ce qui s'était passé la veille, Ewan aurait pu savourer, avec une joie mauvaise, le regard de détresse que Claire lui lança lorsqu'il lui annonça qu'il partait et renonçait à épouser Tessa.

Mais il en était bien incapable.

Pourtant, si elle le considérait toujours comme un domestique, elle aurait dû se montrer satisfaite de le voir céder la place à un « meilleur parti »... A moins que ce ne fût lui qui voyait, dans ce regard éploré, des choses qui n'y étaient pas, parce qu'il refusait de regarder la vérité en face.

Ce n'était peut-être qu'un douloureux dégrisement, la gueule de bois pour parler net, qui lui donnait cet air si triste. Après tout ce qu'elle avait ingurgité, elle avait de quoi se sentir mal ! Peut-être aussi avait-elle honte de s'être enivrée et de s'être jetée à la tête de l'homme que sa sœur voulait épouser. Peut-être, aussi et enfin, craignait-elle qu'il aille révéler à Tessa ce qui s'était passé.

A l'idée que Claire pût le croire coupable d'une conduite aussi méprisable, sa colère contre elle revint au galop. Mais elle s'éteignit aussi vite qu'elle s'était embrasée. Lorsqu'il songeait à tout ce qu'il avait lui-même fait et dit, la semaine précédente, il n'était pas vraiment fier ; il ne s'autorisait décidément pas à juger les autres.

— Montez-vous vous allonger, vous aussi, chéri ?

La voix de Tessa le tira de son examen de conscience.

— Oui, j'arrive tout de suite.

Il s'empressa de la rattraper.

Etait-il honnête envers Tessa ? Etait-ce juste de ne voir rien d'autre dans ses sentiments qu'un caprice, ou bien essayait-il de s'en persuader pour justifier son comportement envers Claire et soulager sa conscience ? Il y avait un moyen de le savoir...

Il prit la main de la jeune femme comme ils parvenaient tous deux en haut du grand escalier.

— Il y a quelque chose dont il faut que je vous parle...

— Est-ce que cela ne peut pas attendre, chéri ? Je dors debout, après ce merveilleux petit déjeuner...

Dans le corridor, la jeune femme s'arrêta devant une porte qui devait être celle de sa chambre.

— Si... si, bien sûr, comme vous voudrez...

Après tout, pourquoi pas ? Il pourrait utiliser ce délai pour examiner honnêtement ses propres sentiments. Ou les motifs réels qui pouvaient se cacher derrière eux.

— ... Vous avez besoin de vous reposer. Dormez bien.

Il voulut tourner les talons et se diriger vers sa chambre. Lui ne dormirait pas, il ferait ses bagages.

— Chéri ?

Tessa n'avait pas lâché sa main. Elle s'approcha de lui.

— N'oubliez-vous pas quelque chose ?

Elle sourit de l'air hébété qui parut sur le visage d'Ewan.

— Est-ce que vous n'allez pas m'embrasser ? C'est plutôt ridicule, nous allons bientôt nous marier et nous n'avons seulement jamais échangé de baiser !

— Je vous ai déjà donné mon sentiment là-dessus,

Tessa. Et nous nous sommes embrassés, une fois. Vous vous souvenez ? Non, c'était il y a longtemps. Vous l'avez sans doute oublié...

— Que me racontez-vous là ? Si vous m'aviez embrassée, je pense que je m'en souviendrais, Ewan Geddes !

Lui, pourtant, n'avait jamais pu l'oublier.

— Souvenez-vous, le dernier été...

Rien qu'à évoquer ce fameux baiser, il en sentait encore le goût et le frisson.

— La nuit qui a précédé votre retour à Londres. Nous étions sur l'embarcadère...

— Etes-vous sûr que c'était moi ?

— Il faisait très sombre, mais vous m'aviez envoyé un billet.

Un billet qui n'était pas signé, il s'en souvenait à présent. Il l'avait pourtant tout de suite, aveuglément, attribué à Tessa. Mais bien sûr ! Quel imbécile il avait été !

— Mon pauvre, pauvre chéri...

La jeune femme se hissa sur la pointe des pieds pour caresser le front d'Ewan.

— ... Je ne faisais pas vraiment attention à vous en ce temps-là, n'est-ce pas ? Mais cela a bien changé, je vous l'assure. Vous verrez, lorsque nous serons mariés.

Ainsi, à l'époque, Tessa ne le regardait pas... Elle n'avait pas, durant les années suivantes, nourri de tendres sentiments pour lui. Pas de regrets, de souffrance. Ewan aurait de quoi réfléchir, avant de prendre le train pour Glasgow, tout à l'heure...

Il lui fallait mesurer la profondeur des sentiments actuels de la jeune femme. Peut-être alors pourrait-il enfin clarifier leur situation.

— Mariés... oui, justement. Il faut que je vous parle de cela, brièvement. Vous pourrez aller dormir ensuite.

— Ah ? Bon, si vous y tenez...

Tessa s'adossa au chambranle de sa porte.

— Qu'avez-vous donc de si important à me dire ?

Lorsqu'il entendit des coups légers frappés à la porte de sa chambre, un peu plus tard, Ewan crut qu'Alec, le jeune valet, venait l'aider à faire ses bagages. C'était en effet la façon retenue et discrète dont un domestique toquait, comme pour vous dire : « Pardon de vous déranger, mais serait-il possible que je m'introduise chez vous, afin de faire mon travail ? »

— Oui, entre, mon garçon, répondit-il depuis le dressing-room. J'avais justement besoin de toi. Mes chemises sont-elles prêtes ? Et as-tu vu mes boutons de manchettes en argent ? Je n'arrive pas à mettre la main dessus.

Ce ne fut pas le jeune valet de chambre qui répondit, mais Claire.

— Je vais aller demander à Mrs Arbuthnot, pour vos chemises. En ce qui concerne les boutons de manchettes, j'espère que nous allons les retrouver. Où les avez-vous vus pour la dernière fois ?

Pourquoi était-elle donc venue le voir ?

Ewan sortit du dressing-room, un veston plié sur le bras.

— Désolé, je croyais que c'était le valet de chambre. Que puis-je faire pour vous ?

Il essaya, sans trop de succès, d'adoucir le ton de sa voix. C'était surtout contre lui-même qu'il était furieux.

— Il y a bien quelque chose que j'aimerais que vous

fassiez pour moi, mais je ne suis pas bien sûre que cela vous soit possible.

Lui aussi avait voulu lui parler avant de quitter Srathandrew, pour que nul malentendu ne demeurât entre eux. Mais il aurait préféré que cette explication ne se passât pas ici, dans cette chambre. Cela lui rappelait par trop la scène de la veille.

— Dites toujours, et je le ferai, si je le puis.

— Très bien, alors.

Claire respira profondément, puis se lança.

— Ce que je voudrais... vraiment, c'est que vous oubliiez ce qui s'est passé cette nuit et que vous... ne fassiez pas payer à ma sœur le prix de mon... inqualifiable conduite. Ivre ou sobre, je n'aurais jamais dû... me jeter à votre tête comme je l'ai fait, et je ne puis trouver les mots pour vous dire combien je regrette le... désagrément et l'embarras que je vous ai causés.

Claire était sincère et il comprenait ce qu'elle ressentait, à devoir s'accuser ainsi. Son visage était très pâle, sa bouche pincée. Son regard, plein de honte, errait autour de la pièce, comme s'il n'osait pas rencontrer le sien... Elle semblait si confuse et si mal à son aise qu'Ewan s'en émut, malgré lui.

Il tâcha d'atténuer un peu la tension qu'il y avait entre eux en se risquant à une petite plaisanterie.

— Je ne dirais pas que vous vous êtes jetée sur moi, vous pouviez à peine tenir debout...

Tout de suite, il regretta cette malheureuse initiative, car Claire parut plus affectée encore. Sa lèvre se mit à trembler tant qu'il lui fallut la mordre ; elle battit désespérément des paupières pour refouler les larmes qui lui montaient aux yeux. Non, aucune gueule de bois, aussi carabinée fût-elle, ne causait autant de ravages à elle seule. Il nota qu'elle ne l'implorait pas de ne rien révéler à Tessa de ce qui s'était passé. Il était heureux qu'elle lui fît confiance sur ce point et qu'elle ne doutât pas qu'il se conduirait avec honneur.

— Je ne me le pardonnerais jamais, acheva-t-elle, si mon inconduite devait priver ma sœur de ses chances d'épouser un homme tel que vous.

La voix de Claire se brisa sur ces derniers mots. Avant qu'Ewan eût pu répondre, elle s'était déjà reprise.

Visiblement, elle tenait à lui dire certaines choses, même si c'était terriblement douloureux pour elle.

— Je jure, si jamais vous épousez Tessa, de ne plus jamais vous embarrasser ou vous manquer de respect. Je ne boirai plus rien de plus fort que du thé, en votre présence.

Si leurs rôles se trouvaient inversés, aurait-il le courage, pour plaider sa cause, d'oublier ainsi sa fierté, son amour-propre ?

Elle dut s'apercevoir qu'il s'adoucissait quelque peu, car elle s'enhardit encore.

— Revenez sur votre décision, Ewan, je vous en prie. Tessa est une jeune femme adorable. Vous l'avez aimée sans espoir durant toutes ces années, n'allez pas la perdre à présent à cause de ma sottise ! Vous pourrez vivre ici, à Strathandrew, et diriger l'affaire dont nous avons parlé. Vous n'aurez pas même à voir trop souvent les amis londoniens de ma sœur et qui, je le suppose, ne seront pas de votre goût. Je vous en prie, pour le bien de Tessa comme pour le vôtre...

Quand elle le regardait ainsi, il aurait voulu pouvoir lui accorder tout ce qu'elle lui demandait. Mais pour le bien de Tessa et le sien, précisément, il ne le fallait pas.

Il posa son veston sur le lit.

— Si cela peut vous apaiser, Claire, sachez que je ne vous tiens nullement rigueur de ce qui s'est passé la nuit dernière. Nous avons tous des… élans, des besoins que nous gardons sous notre contrôle la plupart du temps, comme un chien que l'on tiendrait en laisse. Boire un peu trop revient à rogner la laisse, et la bête peut alors nous échapper.

Claire eut un douloureux soupir.

— Alors vous restez ? Si vous acceptez d'épouser Tessa, je vous promets d'intervenir en votre faveur auprès de lady Lydiard.

Ewan se maudissait d'avoir à la décevoir, mais il le devait.

— Vous ne comprenez pas, Claire. Je n'ai pas changé d'avis. Je n'épouserai pas Tessa, mais cela n'a rien à voir avec…

Il se tut brusquement. Il avait failli lui dire que cela n'avait rien à voir avec ce qui s'était passé la veille, ce qui était une contrevérité.

— Vous avez dit que j'aimais Tessa depuis toutes ces années, reprit-il. Après y avoir beaucoup réfléchi, je puis vous dire que c'est faux. J'aurais dû m'en aviser avant de débarquer dans sa vie et de tout mettre sens dessus dessous. Je suis heureux toutefois d'être parvenu à cette conclusion avant de l'entraîner avec moi dans une expérience funeste.

Devrait-il remercier lady Lydiard de lui avoir octroyé ces quelques jours pour en avoir le cœur net ? L'idée en était plaisante.

— Vous ne parlez pas sérieusement ?

Toute sa détresse semblait avoir disparu, laissant place à la colère. Ses yeux qui s'embrumaient quelques instants auparavant lançaient à présent des éclairs.

— Des sentiments que vous nourrissez depuis dix ans ne peuvent pas disparaître comme cela !

Tout comme aux beaux jours d'autrefois, leur vieil

antagonisme ressurgissait, étincelle propre à allumer tous les incendies du monde.

— Sans doute, lui répliqua-t-il, si du moins ces sentiments étaient vrais au départ et si nous n'avions pas changé dans l'intervalle.

— Essayez-vous de me faire croire que vous n'étiez pas amoureux de ma sœur, quand nous étions jeunes ? C'était bien imité, dans ce cas !

— Oui, car j'étais convaincu alors de ce que je ressentais... ou croyais ressentir.

Ewan reconsidérait son passé avec une lucidité qui s'affermissait de plus en plus.

— En effet, je rêvais de votre sœur, guettais la moindre de ses apparitions, bombais le torse devant elle. Enfin, je faisais tout ce que fait un tout jeune homme devant une très jolie fille. Mais surtout, en croyant aimer Tessa, je visais haut, consciemment ou non.

— Vous voulez dire qu'être amoureux d'elle était une manifestation de votre ambition ?

— Ecoutez, je n'en suis pas fier. Pas plus que vous ne l'êtes d'avoir trop bu et de m'avoir offert de l'argent pour partager votre lit. J'étais jeune. Je ne sais ce qu'il en est pour les filles, mais pour les garçons c'est une période de sentiments bouillonnants et confus. On se rend ridicule bien souvent et il serait injuste et cruel de nous reprocher toutes les sottises que l'on commet à cet âge-là.

Claire se mordit la lèvre, de nouveau ; cette fois, Ewan eut bien l'impression qu'elle réprimait un sourire amusé.

— Ce n'est pas très différent pour les filles.

— Alors vous comprenez ce que je veux dire... Quant à Tessa, elle ne le réalise pas encore, mais elle n'est pas non plus amoureuse de moi. Pas comme une femme faite doit aimer un homme. Je suis pour elle une sorte de fruit défendu. Si je n'avais pas été un domestique, si j'étais quelque godelureau au sang bleu auprès de qui sa mère essaierait de la caser, elle m'enverrait promener, comme ce pauvre Stanton et peut-être même encore plus vite.

Il demeura songeur un instant.

— En fait, je crois qu'elle tient bien plus à ce Stanton qu'elle ne le croit, puisqu'elle ne l'a pas éconduit, alors même que sa mère approuvait leur mariage.

— Vous avez deviné bien des choses, en si peu de temps, remarqua Claire, mi-figue, mi-raisin.

Ewan haussa les épaules.

— Il faut croire que je suis moins bête que j'en ai l'air…

— Je n'ai jamais pensé que vous étiez bête, Ewan.

— En fait, je crois que je ne suis pas malin du tout. J'aurais eu cent fois l'occasion, durant toutes ces années, d'examiner sereinement mes sentiments. Je n'ai pas voulu le faire. Sans doute n'est-ce pas facile de renoncer à ce à quoi l'on a cru si longtemps.

N'ai-je pas fait exactement la même chose que lui ? songeait Claire.

Ne s'était-elle pas, contre toute évidence et bien au-delà du raisonnable, accrochée à son rêve d'amour pour Ewan Geddes ? L'avait-elle vraiment aimé ou bien ce prétendu sentiment s'était-il nourri d'autre chose, comme d'une compétition avec sa chère et magnifique sœur, à qui serait la plus convoitée des deux ?

— Etes-vous obligé de partir sur-le-champ ? s'enquit-elle. Ne pouvez-vous rester encore quelques jours et révéler la vérité à Tessa… graduellement ?

Ewan réfléchit, puis secoua lentement la tête.

— Je crois sincèrement que couper court à tout cela sera moins douloureux que d'en laisser traîner la conclusion indéfiniment.

Une part d'elle-même voulait qu'il s'en aille, car il représentait une trop grave menace pour son équilibre. Une autre refusait de toutes ses forces de le voir sortir de sa vie.

— Si vous vouliez rester, insista-t-elle, ou bien revenir un peu plus tard, je ne retire rien de ce que je vous ai proposé, à propos de cette activité, ici, à Strathandrew. Je crois toujours que vous êtes l'homme de la situation.

Etait-ce encore un stratagème pour « acheter » sa présence auprès d'elle ? C'était possible. Mais elle lui avait assuré que dans son souhait de lui confier la responsabilité en question n'entrait aucune considération personnelle. Il n'avait pas de raison de ne pas lui faire confiance.

Il pesa son offre un instant puis demanda posément :

— Ne croyez-vous pas que les choses pourraient s'avérer… difficiles entre vous et moi ?

Là, il avait de bonnes raisons de le soupçonner.

— Sans doute cela arrivera-t-il de temps en temps, au début, mais nous n'avons plus seize ans, ni l'un ni l'autre. Nous avons tous deux assez d'expérience pour savoir que tout le monde peut faire une erreur. Nous faisons tous des choses que nous regrettons ensuite.

— C'est juste, lui dit-il dans un murmure. Nous avons tous deux fait des sottises, la nuit dernière. Mais vous avez eu la force d'âme de faire votre *mea culpa*, ce qui me rend très honteux…

De quoi diable voulait-il parler ?

L'étonnement de Claire devait se lire sur son visage, car il ajouta :

— Vous souvenez-vous de ce que vous m'avez dit, alors ?

Une vive rougeur se peignit sur le visage de la jeune femme.

— Je préférerais que nous oubliions tous deux ce que j'ai pu dire ou faire, à cette occasion.

— Si vous voulez, mais il est toutefois certaines choses dont je tiens à me rappeler toujours. Vous et moi dansant au *ceilidh*, par exemple, et aussi l'instant où je vous ai entendue me dire qu'autrefois vous aviez eu de tendres sentiments à mon égard.

Ils étaient très profonds et très réels, ces sentiments, et l'on ne pouvait parler d'eux uniquement au passé. Si elle vidait un tonneau du cidre corsé du père Mac Leod, peut-être trouverait-elle le courage de le lui avouer... Mais peut-être que non, après tout. Tout le cidre du monde ne pourrait adoucir le sentiment d'humiliation qu'elle avait ressenti la nuit passée. Elle en avait encore le goût amer sur ses lèvres.

— Pourquoi ne pas m'avoir dit que c'était vous que j'avais embrassée, cette fameuse nuit, sur le quai, il y a dix ans, et non Tessa ?

Les mots calmement articulés d'Ewan cinglèrent le cœur de Claire comme l'eût fait la mèche d'un fouet.

— Et pourquoi l'aurais-je fait ? lui répliqua-t-elle. Pour vous donner une raison de plus de me haïr ? Je suis désolée si cela vous choque, Ewan, mais je n'y pensais plus jusqu'à ce que vous me le rappeliez, il y a quelques jours. Qu'est-ce que cela aurait changé, que je vous le dise, et que je m'expose à votre mépris ?

— Eh bien, cela aurait pu m'aider à prendre conscience plus tôt que votre sœur ne s'intéressait pas à moi. Et cela m'aurait évité, aujourd'hui, de me ronger les sangs en me sentant coupable envers vous.

Il fit un pas vers elle.

— Je n'aurais jamais dû vous embrasser, Claire. Ni cette nuit, ni l'autre soir à bord du *Marlet*. Et encore moins il y a dix ans, sur ce quai.

Il s'avança encore.

Claire s'appuya en frissonnant contre la porte. Quelle mouche l'avait piquée, décidément, de venir le rejoindre dans cette chambre ?

— Je vous en prie…

Elle lutta fébrilement contre le bouton de porte.

— … Vous m'avez montré sans ambiguïté le mépris que je vous inspirais, cette nuit. Pourquoi devrais-je en supporter plus ?

— Je ne veux pas vous faire de mal, Claire, lui murmura-t-il, si près qu'elle sentait son souffle chaud sur sa nuque. Pas plus, en tout cas, que je ne vous en ai déjà fait.

Avec une certaine crainte, elle leva les yeux pour voir sa large main brune contre la porte, qu'il maintenait fermée.

— Vous pouvez ne pas m'écouter, *lass*, lui dit-il encore, mais je crois que vous le devriez, car vous ne comprenez pas ce que je veux vous dire.

Peut-être est-ce cela qu'il me faut, après tout, pensa Claire. *La condamnation nette et brutale de ma conduite de la nuit dernière et l'anéantissement de la dernière bribe d'espoir que je pourrais bien garder au cœur.*

— Très bien alors, parlez.

Il fallut à Claire tout son courage, toute sa détermination, pour se tourner et lui faire face.

— Je vous affirme, moi, ajouta-t-elle avec toute

la fermeté dont elle était capable, que j'entends et que je comprends bien plus de choses que vous ne le soupçonnez.

Un regard, un seul regard sur lui et déjà elle aurait voulu avoir la force de s'enfuir. Il paraissait fatigué et troublé à la fois. Cela ne le rendait que plus attirant, que plus désirable. L'avait-elle aimé, jadis ? Sans doute ; ce qui était certain, c'était qu'elle l'aimait aujourd'hui.

— J'espère que non, Claire, car alors je m'époumonerais en vain…

Il haussa ses puissantes épaules et eut un sourire bref, sans véritable gaieté.

— De toute façon, soupira-t-il, je n'ai plus rien à perdre, hormis ma fierté, ce dont je ne me soucie plus autant que par le passé.

— Je n'ai plus grand-chose à perdre de ce côté-là non plus…

Il opina.

— Vous et moi sommes plus semblables que nous ne voudrions bien l'admettre. J'espère simplement que vous écouterez mieux ce que j'ai à vous dire que je ne me suis moi-même écouté, bien souvent.

Il poussa un lourd soupir, puis se lança.

— Je regrette de vous avoir embrassée, je n'en avais pas le droit, puisque je prétendais toujours, alors, épouser votre sœur. La nuit dernière, vous m'avez accusé d'avoir voulu flirter avec vous. Ce n'était pas mon intention, mais la vérité est que j'étais en pleine confusion, devant mes propres sentiments.

— Vos… sentiments ?

— Oui. C'est l'une des clés qui m'ont permis d'y voir clair en moi. Un homme réellement amoureux ne passe pas tout son temps à penser à une autre femme, ni à essayer de l'embrasser dès qu'il peut en saisir l'occasion.

Elle entendait ce qu'il lui disait, voulait comprendre et, désespérément, y croire. Mais son cœur, fermé à double tour, le refusait encore.

Ewan parut sentir son trouble et ses doutes.

— Ce que j'éprouvais pour Tessa, c'était la tocade d'un tout jeune homme pour une très belle jeune fille. Ce que je ressens pour vous, c'est l'amour d'un homme pour une vraie femme, belle, intelligente, fière et passionnée.

Il retira sa main de la porte.

— Peut-être que vos sentiments pour moi n'étaient rien de plus qu'un béguin d'adolescente, je n'en sais rien. Je crois de toute façon qu'il n'y a plus grand-chose à dire. Je voudrais quitter votre vie et celle de votre sœur avant d'avoir fait davantage de mal.

Avait-elle bien compris, bien entendu ce qu'elle avait toujours voulu qu'il lui dise ? Et si c'était le cas, qu'est-ce qui pouvait le pousser à parler ainsi ?

— Je vous l'ai dit, Ewan, je ne veux pas de votre pitié, si c'est de cela qu'il s'agit.

Les yeux de l'Ecossais s'agrandirent de surprise.

— Vous croyez que je vous dis que je vous aime parce que j'ai pitié de vous ?

Il semblait, de toute sa vie, n'avoir jamais ouï une telle énormité.

— Je n'en sais rien. Est-ce le cas ?

— Non !

Il frappa violemment la porte du plat de la main.

— Me serais-je mal exprimé ? J'ai enfin compris qu'il ne fallait pas mélanger l'amour avec d'autres sentiments. Ni avec l'ambition ni avec la révolte. Et surtout pas avec la pitié, bon Dieu !

Claire recula devant la véhémence de son emportement. Sa fierté blessée, la force de sa déclaration passionnée agissaient comme un brasier sur la gangue de glace qui entourait depuis trop longtemps le cœur de la jeune femme. Cette gangue avait été sa prison, mais elle l'avait protégée, aussi. Pourrait-elle apprendre à vivre sans, désormais ?

L'accès de colère d'Ewan semblait s'être dissipé aussi vite qu'il était survenu. Doucement, avec une délicatesse un peu hésitante, il leva sa main pour caresser la joue de Claire. Et lorsqu'il parla, la tendre compréhension qu'elle décela dans sa voix la bouleversa.

— Je sais que beaucoup d'hommes se sont ligués pour vous convaincre que vous ne seriez jamais aimée pour vous-même, à commencer par votre père... J'espère que, de là où il est, il peut voir le démenti que j'apporte à cette franche imbécillité !

Le père de Claire n'avait pas été le plus avisé des hommes. Elle avait corrigé assez d'erreurs par lui commises à la tête de la Brandcaster Company, pour le savoir. Pourtant, elle l'avait longtemps placé sur un piédestal, et avait été à l'affût de la moindre de ses affections. Il faut dire qu'il en était tellement chiche ! Arriverait-elle à se convaincre elle-même qu'il se trompait sur son compte ?

— Je ne vous demande pas de me croire tout à fait encore, continua Ewan. Je vous demande seulement d'accepter de me laisser vous persuader. Est-ce donc si difficile ?

Lentement, elle secoua la tête. N'avait-elle pas eu une fière idée, en l'invitant à Strathandrew ? Une trop bonne idée, peut-être... Mais c'était si doux de sentir la paume d'Ewan contre sa joue, qu'elle se sentait fondre de plaisir et de bonheur, sous cette caresse.

— C'est bien...

Les lèvres pleines d'Ewan s'étirèrent en un sourire éblouissant, qui acheva de la faire fondre.

— Alors, répondez à ceci : si vous pouvez croire que je vous aime, pourrez-vous m'aimer ? Je veux dire, pas seulement comme un partenaire pour les jeux du lit, mais aussi comme un compagnon en qui vous auriez confiance et que vous respecteriez...

Ses craintes soufflaient à Claire qu'il était dangereux de répondre directement à cette question, sans la commode excuse de l'ivresse. Comme Ewan l'avait dit de lui-même, elle n'avait plus rien à perdre, fors sa fierté. Or, justement, elle avait la faiblesse de tenir beaucoup à ce sentiment-là. Dans le passé, elle n'avait dû qu'à son orgueil de pouvoir passer outre son désespoir pour aller de l'avant.

— C'est ainsi que j'ai toujours pensé à vous...

Elle dut lutter pour élever sa voix au-dessus d'un simple murmure.

— ... même si, hier soir, j'ai pu vous donner l'impression d'autre chose, en me conduisant de cette façon honteuse.

Comme mue par une volonté propre, sa main se leva pour aller caresser la joue d'Ewan.

— Et même si...

Elle se mit à rougir violemment.

— Même si j'adorerais vous avoir comme partenaire dans les jeux en question. Comme un égal, ou plutôt... comme un maître, un initiateur.

Ewan leva son bras pour se saisir de la main de Claire.

— Dans ce cas, lui dit-il, je crois que je pourrais rester un peu plus longtemps à Strathandrew.

Elle exhala un soupir de soulagement et d'espoir.

— C'est vrai ?

— Oui. Vous comprenez, je dois élaborer toute une stratégie pour vous convaincre que je dis vrai...

Ils n'avaient plus qu'à pencher un peu la tête pour s'embrasser.

— Cela va nécessiter, poursuivit Ewan, de nombreuses randonnées dans les collines, de nouvelles parties de billard après dîner — et il faudra que je révise un peu Robert Burns, pour vous réciter beaucoup de poèmes d'amour.

Dans ses yeux gris, comme dans les eaux de la cascade de Linn Riada, brillaient des dizaines d'arcs-en-ciel.

— Cela paraît trop beau pour être vrai !

— Je prends cela comme une partie du défi. Vous faire admettre que c'est assez beau pour être vrai et que nous méritons, vous et moi, que cela le soit.

Il se mit à rire. Un son aussi enivrant que le cidre dont elle avait abusé.

— Heureusement, j'ai toujours aimé les défis...

Ses lèvres étaient si proches des siennes qu'elle percevait le moindre de leurs frémissements, quand il parlait. S'il ne l'embrassait pas très vite, Claire craignait de s'évanouir, de se mettre à hurler ou de gâcher, de quelque manière, la magie de l'instant. Elle ne réclamerait rien, cependant, de peur qu'il ait l'impression qu'elle lui donnait un ordre, comme à un domestique. Au contraire, elle attendit patiemment, espérant qu'il ne tarderait pas à satisfaire le désir qu'il avait su si savamment susciter.

Ewan ne la déçut pas. Ses lèvres vinrent se refermer sur les siennes, sans hâte mais sans hésitation. D'une habile manœuvre de sa langue, il entrouvrit les siennes pour le plus doux, le plus tendre et le plus grisant des baisers.

— Il vaut mieux que je vous prévienne, lui dit-il,

s'interrompant un instant, que... ceci... fait partie de ma stratégie pour vous convaincre de la profondeur de mes sentiments. Ainsi que ceci...

La main qui se trouvait sur la joue de Claire descendit doucement vers ses seins, où elle s'arrêta pour une exquise caresse.

— J'ai lutté pour me retenir de poser les mains sur vous ce premier soir, quand nous avons joué au billard. Mais, à présent et du moins tant que nous serons seuls, je ne veux plus me contraindre.

A cette seule idée, la bouche de Claire s'assécha et ses genoux se mirent à trembler. Ils tremblèrent plus encore lorsque les lèvres d'Ewan suivirent, le long de sa gorge, le chemin qu'avait pris sa main.

— Je dois aussi vous prévenir solennellement...

Ses mots devenaient des baisers, contre la tendre chair de son cou.

— De quoi donc ?

Sa question n'était qu'un murmure, qui se perdait dans l'épaisse chevelure de son compagnon.

— ... Si je vous attrape à porter encore un corset... repartit-il, la voix rauque, je ne réponds de rien.

Elle se tendit contre lui, consciente de l'indécence d'un tel comportement, tous ses sens en éveil.

— C'est un modèle très serré... Lacé dans le dos. Extrêmement difficile à retirer. Je doute que vous y réussissiez...

— Ah oui ? Voilà, si je ne me trompe, un véritable défi. Vous ne me laissez pas d'autre choix que de vous montrer ce dont je suis capable avec tous ces lacets et ces baleines...

Elle ne protesta pas quand il la souleva dans ses bras et la porta à travers la pièce jusqu'au lit, où il la déposa. Cependant, quand il retira sa veste et s'avança vers elle avec une grâce féline, elle ne put se garder de le provoquer encore un peu.

— Que nous soyons dans la chambre de mon père ne vous gêne donc plus ?

— Je n'ai pas peur des fantômes, ma princesse !

Il reprit sa bouche avec toute la fureur romantique d'un chef de clan des Highlands. Claire se demandait quel défi pourrait l'inciter à lui faire l'amour parmi les ruines du vieux château. En kilt, tant qu'on y était…

Chapitre 19

Qui aurait dit que Claire Talbot se métamorphoserait ainsi en une lascive petite chatte ? Ewan se félicitait d'avoir su déceler à temps toute sa féminité…

Il l'embrassait toujours avec fureur, tout en luttant avec ses vêtements.

— Si ce maudit crochet ne cède pas bientôt, je crois que je vais déchirer cette jolie robe !

Elle prit sa main et la porta elle-même à son corsage.

— Arrache-la, lui dit-elle avec un rire de gorge tout à fait enivrant. Ce ne sera que plus excitant !

Excitant ! le mot lui-même le rendait fou, sans parler de la manière dont Claire le lui avait susurré à l'oreille, tandis qu'il empaumait ses seins.

Démentant le proverbial sens écossais de l'économie, il agrippa le tissu fermement, puis le tira d'un coup sec. Le bruit du déchirement faillit lui faire perdre tout contrôle. Il fit descendre ce qui restait de la robe, comme il l'avait fait la veille… Cette fois, sa partenaire était bien plus coopérative et lui, bien moins indécis.

— Après tout, soupira-t-il, je n'ai guère qu'une douzaine de couches à enlever !

Claire eut un rire enjoué.

— Veux-tu que je t'aide ?

— Je te l'ai dit, mon amour…

Ewan envoya voler ses chaussures à l'autre bout de la pièce, puis fit de même avec les escarpins de sa compagne.

— … J'aime les défis. D'ailleurs, te déshabiller fait déjà partie du plaisir. C'est un peu comme de défaire un paquet-cadeau.

Le merveilleux rire de Claire retentit de nouveau.

— J'espère que tu ne seras pas déçu par ce que tu vas découvrir sous le papier et les rubans !

Ewan songea que c'était sans doute là le plus grand défi qu'il devrait relever. Oui, le plus difficile ne serait pas de donner du plaisir à sa compagne, mais bien plutôt de la convaincre qu'*elle* pourrait lui en procurer. Et aussi qu'elle méritait tout l'amour qu'il était prêt à lui offrir.

— Oh, *muirneach*, soupira-t-il, et il la prit dans ses bras, heureux de pouvoir, un instant, reprendre son empire sur lui-même. Je vais te confier un petit secret…

— Lequel ?

Intriguée, elle se blottit contre lui, seulement vêtue de ses sous-vêtements et de ses jupons.

— … Et que veut dire ce mot-là, « miour-neur » ?

— Chérie, amour, bien-aimée… cela s'emploie pour les deux sexes et aussi pour désigner une caresse…

Il en fit la démonstration en empaumant ses seins derechef.

— Le voici, ce secret : quand un homme est très amoureux d'une femme, qu'elle soit brune, blonde ou rousse, grande ou petite, elle devient pour lui l'aune à laquelle il mesure toute beauté.

— On ne m'avait jamais dit cela…

Elle chercha ses yeux, comme pour s'assurer s'il disait vrai. Ewan n'eut aucun mal à soutenir son regard : il était parfaitement sincère. Ainsi, alors qu'il avait longtemps tenu les boucles blondes pour un absolu de féminité, il se prenait à présent à mettre les cheveux fauves au-dessus de tout.

— Mais à la réflexion, dit Claire en soulignant de son doigt les épais sourcils de son compagnon, une particularité physique qu'il n'appréciait pas spécialement chez lui, j'ai toujours pensé que certains gentlemen de ma connaissance avaient trop peu de sourcils pour être réellement séduisants.

— Tu vois bien…

Il se saisit du doigt de Claire et en suçota le bout.

— … Nous le savions, tous deux, au fond de nous-mêmes. Je te jure bien que je vais adorer ce que je me prépare à découvrir et que je ne te laisserai aucun doute là-dessus. Et maintenant…

Dans un mouvement soudain, il se redressa et attira sa partenaire en travers de ses genoux, puis s'attaqua aux rubans de ses jupons et de son corset.

— … Veux-tu me laisser achever de défaire mon paquet-cadeau ?

S'y prenait-il de la bonne manière ou l'assurance de Claire lui revenait-elle, la rendant joueuse et audacieuse ? Elle se tortilla un peu et avança sa main vers les boutons de la chemise d'Ewan.

— Moi aussi, il faut que je déballe le mien, et moi aussi, je suis impatiente !

Le bel Ecossais riait tandis qu'il délaçait les jupons de sa compagne. Une femme comme Claire, c'était la garantie d'un joyeux défi, chaque jour qu'ils passeraient ensemble. Si seulement il s'en était aperçu, il y avait des années de cela !

— Tiens-toi tranquille, à présent, lui enjoignit-il quand il l'eut débarrassée de ses jupons et qu'elle lui eut retiré sa chemise. Je ne veux plus de distractions, si je dois tenter de défaire ton corset.

Toutefois, sentir son corps féminin en travers de ses cuisses en était bel et bien une, et puissante !

Il se battit plusieurs minutes avec la terrible pièce de lingerie, qui, finalement, rendit les armes.

— Voilà !

Il put enfin en écarter les pans et le jeta sans ménagement sur le plancher.

— Fais-moi penser à brûler ce machin dans la cheminée, tout à l'heure…

— Ainsi, tu y es tout de même parvenu…

Claire jeta ses bras autour du cou d'Ewan et le récompensa d'un baiser.

— Je te félicite. La ténacité est une grande qualité chez un amant.

— Elle l'est aussi chez un mari. Car je te préviens, mon amour, c'est comme femme légitime que je te veux. Et je suis prêt à attendre jusqu'à ce que tu sois bien convaincue que je t'aime réellement.

Révéler sa très grande fortune n'y changerait rien, du moins il l'espérait. C'était plutôt Tessa qui avait paru moins pressée de l'épouser lorsqu'il le lui avait appris, avant sa sieste. Ewan y comptait bien, puisque c'était précisément pour l'en dissuader qu'il lui avait fait cet aveu…

Pour l'heure, il ne voulait rien d'autre qu'amener Claire au plaisir et satisfaire le désir féroce qu'il avait d'elle depuis ces derniers jours. Avant que l'idée même de mariage pût alarmer la jeune femme, il s'empressa de faire diversion en caressant ses seins à travers le fin sous-vêtement de lin qui les recouvrait encore.

— Comment appelle-t-on cette chose, là, que tu portes ?

Claire ne répondit pas tout de suite. Les yeux clos, elle savourait la merveilleuse et si intime sensation que sa caresse faisait naître. Quand elle put trouver enfin la force de parler, ce fut d'une voix rauque, lourde de désir.

— Une chemisette ou une camisole…

— C'est vraiment très joli. Cela valait la peine de batailler contre cet impossible corset, et c'est un crime que de le cacher sous d'autres vêtements.

Une lueur de déception passa dans les yeux de Claire lorsque les mains de son compagnon s'écartèrent de sa poitrine ; mais quand il glissa ses doigts sous le lin et qu'il n'y eut plus aucune barrière de tissu sous sa caresse, elle se tendit et exhala un long soupir.

— Tu aimes, n'est-ce pas ?

Comme s'il avait besoin de le lui demander !

Elle acquiesça tout de même, dans un nouveau soupir, le bleu de ses yeux se troublant pour devenir plus profond encore.

Il l'embrassa dans le cou avant de lui dire à l'oreille :

— Je vais te confier un autre secret…

— J'aime tes secrets, fit-elle sur le même ton. Dis-les-moi…

Il souleva sa chemisette pour dénuder complètement ses seins et leur offrir l'hommage de ses lèvres et de sa langue.

— Eh bien… cela ne fait que commencer…

— Oh mon Dieu, je ne sais pas si je pourrai le supporter !

Ewan baissa la tête et, du bout de la langue, titilla la fraise turgescente de ses mamelons.

— J'ai la plus grande confiance dans tes capacités d'endurance, *muirneach*…

Pourvu, songea-t-il, qu'il eût lui-même assez d'endurance pour donner à sa bien-aimée tout le plaisir qu'elle méritait !

Ewan l'aimait et voulait l'épouser. Telle une semence qui ne peut germer sur un sol craquelé et desséché, cette idée refusa, au début, de pénétrer la conscience de Claire. Mais, peu à peu, la pluie de baisers et de caresses qu'il répandait sur elle rendit son cœur plus réceptif.

Pas à pas, par petites touches, il l'incitait à abandonner les doutes qu'elle nourrissait encore sur ses charmes féminins, éparpillant ses craintes comme ses pièces de lingerie sur le sol de la chambre ; pour chaque vêtement retiré, il la comblait de baisers, de caresses et de mots doux murmurés, comme autant de preuves de son désir.

Quelle chance qu'il ait refusé de lui faire l'amour la nuit dernière, quand tout l'alcool qu'elle avait bu altérait ses sens et sa conscience !

A présent, elle pouvait savourer chaque sensation, se sentir belle et désirable, aimée, pour la première fois de sa vie. Sa *muirneach*.

Elle pouvait enfin relâcher le contrôle vigilant qu'elle avait dû exercer sur ses émotions, depuis son retour, et, encouragée par ses ardentes attentions, se laisser embraser par elles, dans le plus délicieux des feux d'artifice.

Lorsque Ewan se hissa au-dessus d'elle, elle s'ouvrit à lui avec une ferveur et un plaisir plus intense qu'elle n'avait jamais pu l'imaginer. Tout un univers de sensations fiévreuses, attisées par le souffle de son amant et la force de tous ses muscles tendus… jusqu'à ce que, dans un grand frisson, un cri de délivrance et un long baiser, il parût se dissoudre en elle.

Il n'avait pas dormi du tout, la nuit précédente, et elle, guère plus. Leur désir rassasié, comblés, ils plongèrent tous deux et avec volupté dans le sommeil.

Des coups énergiquement frappés à la porte les réveillèrent en sursaut. Confuse, désorientée, Claire se redressa en remontant le couvre-lit sur sa poitrine. Puis elle baissa les yeux vers le torse nu d'Ewan, sur ses cuisses dures sous le drap, et toute sa chair se mit à vibrer de bonheur et de reconnaissance.

— Oui ? répondit Ewan d'une voix impatiente. Qu'est-ce que c'est ?

— Je demande pardon à Monsieur si je le dérange, dit le jeune valet, derrière la porte. Mais Monsieur saurait-il où se trouve miss Claire ? Lady Lydiard est arrivée au manoir et elle a hâte de lui parler. Nous l'avons cherchée partout, sans succès.

Ewan regarda sa compagne et ses lèvres s'élargirent en un sourire silencieux. Claire, en retour, dut porter rapidement la main à sa bouche pour retenir un éclat de rire.

— Euh… oui, je crois que je peux… la localiser…

Il parvenait malgré tout à répondre au jeune valet sur un ton relativement neutre et innocent.

— … Donnez-moi quelques minutes et je vous l'envoie…

— Merci beaucoup, Monsieur. Je vais prévenir Milady. Nous avions peur qu'il ne soit arrivé quelque chose à miss Claire.

Quand les pas du jeune homme se furent éloignés le long du corridor, Ewan se tourna vers Claire et l'attira à lui.

— En fait, quelque chose est bien arrivé à miss Claire...

Puis il reprit sa bouche avec fièvre, lui donnant des envies peu avouables, dont la moindre n'était pas de le sentir de nouveau en elle.

— ... et j'espère qu'elle n'en est pas désolée ?

Même dans la demi-pénombre, elle pouvait voir une réelle anxiété, sur les traits de son amant. Elle n'eut pas le cœur de lui laisser le moindre doute.

— Crois-tu que je puisse en être désolée ?

Elle passa une main dans l'épaisse chevelure sombre d'Ewan, tandis que l'autre tâtait la chair ferme de son flanc.

Tout de suite, il réagit à sa caresse.

Il appuya le bout de son nez contre celui de Claire.

— Tu es une tentatrice... Mais je crois que nous ne serons pas tranquilles tant que tu ne seras pas allée voir ce que veut ta belle-mère. Je me demande bien, entre parenthèses, comment elle est arrivée jusqu'ici...

— En chevauchant son balai, probablement, suggéra Claire en lâchant la bonde à son fou rire.

Il se joignit à elle et le lit trembla bientôt de leurs efforts pour retenir leurs hoquets et leurs gloussements.

— Chut, chut ! dit finalement Ewan. Quelqu'un va finir par s'apercevoir que tu es là et tu n'auras plus d'autre choix que de m'épouser pour étouffer le scandale.

Il roula sur le côté et se mit à ramasser ses vêtements.

— Et tu crois que je ne voudrais pas être ta femme ?

Claire ramassa sa chemisette et l'enfila. Assis sur le bord du lit, Ewan s'habillait en hâte.

— Si tu dois m'épouser, répondit-il, je veux que ce soit ton choix, non pas que tu y sois forcée par moi ou par quiconque.

Et dire qu'elle l'avait pris pour un coureur de dot !

La honte qui l'envahissait soudain serra la gorge de Claire. Elle s'agenouilla derrière Ewan, entoura de ses bras son torse musclé, et posa sa tête sur son épaule.

— Merci à toi pour cela, lui dit-elle.

Il se pencha en arrière et caressa ses cheveux.

— J'ai beaucoup à me faire pardonner pour n'avoir pas su qui tu étais vraiment, quand nous étions jeunes.

Avant que Claire ait pu répondre, il se pencha pour ramasser sa robe et examina la longue déchirure du corsage.

— Je crois que je te dois une nouvelle...

— Je suis autant à blâmer que toi...

Elle prit la robe et l'enfila.

— Si tu peux me prêter une veste ou une redingote, puis surveiller le corridor, je pourrai retourner dans ma chambre pour m'habiller sans que l'on me voie.

— Dépêchons-nous, alors...

Ewan sauta dans son pantalon.

— ... avant que milady ne se lasse d'attendre et qu'elle se lance à ta recherche.

Claire frissonna à cette seule pensée.

Le temps qu'elle se fût suffisamment couverte pour être décente, Ewan s'était habillé de la tête aux pieds et avait pris une de ses redingotes pour en couvrir les épaules de sa compagne.

— Bon, je vais voir s'il n'y a personne dans le couloir...

Il lui planta un rapide baiser sur les lèvres, puis se glissa au-dehors.

— Hum. Tout est clair. Je vais aller faire le guet dans l'escalier...

Retenant mal un fou rire nerveux, Claire traversa le couloir comme une flèche. En trois enjambées, elle fut dans sa chambre.

Juste au moment où elle refermait la porte derrière elle, elle entendit la voix d'Ewan.

— Oui, je l'ai trouvée. Elle arrive tout de suite. Mais quelle surprise de vous voir, milady ! Comment avez-vous rejoint Strathandrew ?

Claire comprit qu'elle n'avait pas de temps à perdre. Jetant la redingote et la robe déchirée dans un coin de son dressing-room, elle passa à la hâte une jupe et un caraco qu'elle pouvait porter sans corset. Puis elle remit tant bien que mal sa coiffure en ordre, respira profondément et se hâta de rejoindre Ewan sur le palier. Il la regarda des pieds à la tête d'un air admiratif. Un air, pour tout dire, qui l'eût effarouchée si un autre homme que lui l'avait détaillée ainsi.

Il lui offrit son bras d'un air goguenard.

— Vous êtes parfaite, miss Talbot. Pas un cheveu qui ne soit en place. Qui pourrait soupçonner à quels débordements indécents vous venez de vous livrer...

Sans doute disait-il vrai. En la voyant, nul ne décèlerait aucun changement chez l'intelligente et capable Claire Talbot. Elle seule savait qu'elle était à présent une personne entièrement neuve, devant le monde comme face à elle-même.

— Pour le soupçonner, il faudrait se demander qui m'y a incitée, lui répondit-elle d'une voix chaude et complice.

Ewan rit et pressa tendrement son bras.

— Tu as gagné ! Je devrais pourtant savoir que tu as toujours le dernier mot, mais je n'ai pas pu m'empêcher de te taquiner un peu.

Elle appuya sa tête sur l'épaule d'Ewan.

— Je crois que nous aimerons toujours nous chamailler...

Une image enchanteresse naquit dans son esprit. Elle

se voyait avec lui, dans plusieurs années, se disputant gaiement autour de la table du petit déjeuner, tandis que de ravissants bambins aux yeux pétillants et aux sourcils sombres riaient des bêtises de papa et maman.

— Mais au moins, le pria-t-elle, ne me fais pas rire devant ma belle-mère. Lady Lydiard croirait que j'ai perdu l'esprit et tâcherait illico de me faire interner.

Claire affichait un air soucieux et ce n'était pas tout à fait par jeu. La digne lady pouvait se montrer tout aussi opposée à une idylle entre Ewan et sa belle-fille qu'elle l'avait été quand il s'agissait de Tessa. Elle espérait bien que Claire resterait à jamais célibataire et que sa fortune passerait dans les mains des enfants de sa sœur.

En descendant le grand escalier, Claire entendit des voix résonner dans le grand salon.

Ewan voulut lâcher son bras.

— Peut-être devrions-nous...

— Non !

Elle s'accrocha à lui plus étroitement encore.

— Je suis amoureuse de toi, et je ne veux pas le cacher.

Elle avait une autre raison, plus viscérale, de ne pas vouloir le lâcher. C'était qu'elle l'aimait sans espoir depuis si longtemps qu'elle ne se résolvait pas à s'écarter de lui, ne fût-ce qu'un instant. Elle aurait eu l'impression de laisser échapper le bonheur lui-même.

Allait-elle se réveiller dans son lit, seule, pour s'aviser que tout ceci n'était qu'un rêve ? Ewan allait-il reprendre ses esprits et réaliser que c'était bien sa très belle et très attirante sœur qu'il voulait sienne, finalement ? La chair ferme du bras de son amant, sous sa main, était le meilleur des antidotes quand l'assaillait ce genre de doutes.

Une voix d'homme, grave, profonde, montait elle aussi du salon. Claire regarda Ewan, un sourcil levé.

— Qui est-ce ?

— Je suppose que c'est Stanton. Je crois comprendre comment ils sont arrivés. Lady Lydiard et lui ont dû prendre le train pour Lyonsay, à l'est du loch, puis louer les services d'un batelier. Milady ne manque pas de ressource, il faut le lui reconnaître…

Ils se dirigèrent droit vers le grand salon et s'arrêtèrent sur le seuil.

Lady Lydiard était assise sur un sofa, regardant fixement au-dehors par la baie vitrée, tandis que Spencer Stanton chapitrait Tessa avec une fermeté que Claire ne lui connaissait pas. Curieusement, sa sœur l'écoutait avec un air timide et même contrit.

— Avez-vous la moindre idée de ce qui aurait pu vous arriver et du souci que nous nous sommes fait ?

La voix de Stanton, pour sévère qu'elle fût, reflétait aussi beaucoup d'inquiétude.

— Votre mère et moi-même étions aux cent coups. Vous devez me promettre que vous ne referez jamais une chose pareille !

Tessa ouvrait la bouche pour répondre, quand Spencer remarqua la présence d'Ewan et de Claire.

— C'est lui, le voyou qui s'est permis de vous faire la cour dans mon dos ? rugit Stanton en marchant sur eux, celui qui vous a fait traverser tout le pays, sans chercher à savoir à quels dangers il vous exposait ?

Ewan leva la main et répondit, sur un ton très calme :

— Oui, c'est moi, le voyou. Mais laissez-moi vous expliquer…

Spencer devait avoir décidé que l'heure n'était plus aux explications. Tout en marchant vers Ewan, il avait tiré un gant de sa poche. Il l'en gifla.

— Je demande réparation, monsieur !

Ewan vacilla sous le coup. Sa main se referma sur le gant, qu'il arracha de celle de Spencer.

— Espèce d'Anglais arrogant et imbécile, rugit-il à son tour, tu auras ce que tu recherches !

— Ewan, non ! Spencer... je vous en prie !

Claire tenta de s'interposer entre les deux hommes, comme Tessa s'exclamait :

— Un duel ? Pour moi ? Oh, comme c'est romantique !

Un duel, mais c'était ridicule !

— Claire ?

Spencer la regardait comme si elle était devenue subitement folle.

— ... Ne me dites pas que cette canaille a également jeté son dévolu sur vous ?

Ewan le repoussa rudement.

— C'est moi que tu appelles une canaille, *sassenach* ?

— Savez-vous qui est cet homme ? demanda Spencer, toujours à Claire, un doigt accusateur pointé sur l'Ecossais.

Les gens allaient-ils toujours lui rappeler qu'Ewan avait été l'employé de sa famille ?

— Bien sûr, que je le sais ! répliqua-t-elle sèchement. Nous nous connaissons depuis de nombreuses années.

— Et cela ne vous gêne pas qu'il dirige Liberty Marine Works, l'un des principaux concurrents de Brandcaster ?

— Je sais qu'il travaille pour...

— Non, Claire, non. Il ne travaille pas *pour Liberty Marine*, il en est le dirigeant et le propriétaire. Quand je suis rentré à Londres, M. Catchpole m'a montré un billet envoyé par le détective que vous avez engagé. Il semble que, après votre départ, le fin limier en question a pu apprendre deux ou trois choses sur le compte de ce personnage.

Claire se laissa tomber dans le fauteuil le plus proche.

— Ewan ? C'est vrai ?

— Oui, c'est exact, intervint Tessa. Il me l'a avoué juste avant que j'aille dormir. Il ne m'a pas parlé de sa société, juste dit qu'il avait une immense fortune et que, en Amérique, je serais une parfaite hôtesse pour ses hautes relations, puisque j'étais la fille d'un pair du Royaume.

Cette perspective paraissait lui répugner tout à fait.

Tous les doutes et les soupçons que nourrissait Claire lui revinrent avec la force d'une bombe, propre à détruire instantanément tous ses rêves de bonheur et d'amour. Ewan l'avait-il séduite dans le cadre d'un plan concerté, pour nuire à la Brandcaster Company et se venger de la manière dont il avait été traité par la famille Talbot ? Ou bien avait-il voulu s'assurer d'elle comme d'un « capital » de respectabilité auprès de la haute société américaine, après avoir constaté que Tessa n'était pas prête à remplir ce rôle ? Ou encore avait-il une autre et improbable raison, plus difficile à croire que le rêve fou de son amour pour elle ?

— Claire…

Ewan s'agenouilla près du fauteuil où elle était assise et tenta de lui prendre la main. Elle le repoussa.

— … Je suis navré que tu l'apprennes ainsi, *muirneach*, mais je m'apprêtais à te le dire, je te le jure !

— Bravo, Claire, s'exclama lady Lydiard, ton plan à parfaitement fonctionné !

Un silence stupéfait accueillit ces paroles, silence que la digne lady rompit bille en tête.

— Claire a vu que vous étiez un coureur de dot dès qu'elle a posé les yeux sur vous, monsieur Geddes !

Ewan sauta sur ses pieds.

— Un coureur de dot ? Que me chantez-vous là ? Vous divaguez !

Claire se demanda si sa belle-mère avait bien entendu la révélation de Spencer. Quoi qu'Ewan pût vouloir d'elle, il était clair qu'il n'avait rien à faire de son argent.

Or lady Lydiard ne devait pas l'avoir compris, car elle reprit de plus belle, sur un ton triomphal :

— Nous étions convenues toutes les deux que vous deviez voyager seuls jusqu'à Strathandrew. Claire pensait que vous en viendriez à la courtiser, lorsque vous auriez découvert qu'elle est plus riche que sa sœur. Mais à présent que ma fille est hors de vos griffes, elle n'a plus de raison de continuer à jouer cette comédie.

— Je ne peux pas le croire, marmonna Ewan, davantage pour lui-même que pour quiconque, dans cette pièce. On dirait qu'il le faut, pourtant...

Il paraissait hébété, hagard, comme si on l'avait frappé sur la tête, et Claire ne se sentait pas mieux. Le regard douloureux qu'il posa sur elle était comme un miroir reflétant son propre chagrin et sa colère.

La croirait-il, si elle s'efforçait de s'expliquer ? Et si elle écoutait sa propre fierté, en soutenant avoir, en effet, agi par ruse ?

Chapitre 20

Ainsi, Claire l'avait pris pour un coureur de dot et ne s'était attachée à lui que pour mieux protéger sa sœur de ses manœuvres ?

La brutale vérité faisait voler en éclats ses derniers doutes et Ewan sentait augmenter rapidement la pression sous ses tempes. A chaque instant son crâne menaçait d'exploser — ce qui ne serait pas plus mal, après tout, vu sa situation présente... oui, mettre un point final à ses douloureuses relations avec la famille Talbot et ce, pour l'éternité !

— Je suggère que vous fassiez vos bagages, monsieur Geddes, et que vous quittiez cette maison sur-le-champ, claironna lady Lydiard. Plus vite vous laisserez notre famille en paix, et mieux cela vaudra !

Pour lui aussi, peut-être. Au moins pourrait-il alors essayer de chasser cette sordide histoire de son esprit et de son cœur, pour s'installer définitivement en Amérique. Tourner la page. S'évertuer à donner un sens à sa vie là-bas, au lieu d'accumuler simplement de l'argent.

Pour commencer, il allait proposer un travail à tous les membres du personnel qui voudraient quitter le domaine et le suivre. Enfin, à tous, sauf peut-être à Mrs Arbuthnot...

Son regard revint se poser sur le visage fermé de Claire. Valait-il mieux pour elle qu'il s'en allât ? N'était-il pas le seul homme qui était disposé à l'aimer en se moquant bien de sa fortune ?

Peut-être lut-elle cette pensée dans ses yeux, car elle se redressa et, se tournant vers sa belle-mère, lui dit d'un ton ferme :

— Puis-je vous rappeler que c'est sur mon invitation que M. Geddes est ici ? Il continuera donc à être le bienvenu à Strathandrew, aussi longtemps qu'il me plaira !

Ewan s'exhorta à ne pas voir, dans cette déclaration, un trop heureux présage. Claire avait voulu remettre sa belle-mère à sa place et voilà tout. D'ailleurs, que lui importait qu'elle souhaite ou non qu'il restât ?

Une fois déjà, il avait dû ravaler sa fierté pour lui avouer son amour. Il avait été obligé de faire ses preuves pour gagner sa confiance, comme un domestique que l'on engage à l'essai, avait lutté pour gagner une place permanente dans son cœur. Il n'allait pas retraverser maintenant l'Océan sans tenter d'obtenir, sinon des excuses, du moins une explication.

— Sortez ! dit-il d'un ton sans réplique à Tessa, sa mère et son fiancé, en leur montrant la porte. Ceci est entre Claire et moi.

Spencer Stanton gonfla sa poitrine comme un cerf défié au brame par un rival. Mais, contrairement aux biches, qui attendent en général passivement que le sort désigne un vainqueur, les deux femmes se mirent à suffoquer de fureur.

— Il a raison, dit Claire en les poussant au-dehors. Sortez, de grâce !

— Je serai juste derrière la porte, déclara Stanton

à Claire, l'air farouche et sans cesser de fusiller son adversaire du regard, si jamais vous avez besoin de moi.

Ewan lui rendit son regard noir. Que s'imaginait donc cet Anglais ? Qu'il allait jeter la jeune femme sur son épaule et l'enlever, en passant par la fenêtre ?

— Ce ne sera pas nécessaire, lui répliqua-t-elle, ne soyez pas ridicule !

Etrangement, Ewan se sentit pris d'un élan de sympathie pour cet Anglais si irascible.

Claire repoussa la porte sans brutalité, mais avec détermination. Puis, après un moment pendant lequel Ewan vit bien qu'elle rassemblait toute sa volonté, elle se retourna pour lui faire face.

— Tu sais, lui dit-elle, si tu nous avais annoncé dès le début la vérité sur ta fortune, tu aurais épargné beaucoup de tracas à tout le monde...

Ewan se raidit, prêt à porter des coups comme à en recevoir.

— Cela aurait-il fait une réelle différence, Claire ? Ne m'aurais-tu pas soupçonné de fomenter quelque chose de pire encore ?

A l'ombre qui passait sur le visage de la jeune femme, il sut qu'il avait touché juste. Il s'avança vers elle sans qu'elle ait eu le temps d'esquisser un mouvement.

— C'était ça, pour toi, ces quelques jours que nous avons passés ensemble ? lui demanda-t-il avec une rude franchise. Une masse de tracas ?

Lorsqu'il vit ses yeux se mouiller, il eut le sentiment qu'il était bel et bien le voyou et la canaille dont parlait Stanton.

— Cela a été la semaine la plus heureuse de toute ma vie, espèce de brute ! Comment oses-tu t'en moquer ainsi ?

Elle se précipita vers lui et fit pleuvoir une grêle de coups de poing sur sa robuste poitrine.

— Je ne m'en moque pas, je te le jure.

Il referma ses bras sur elle et l'attira contre lui.

— Pour moi aussi, cette semaine a été plus belle que toutes les autres.

Il avait l'intention de la relâcher, si elle montrait le moindre signe d'impatience, mais il ne pouvait la laisser s'écarter de lui sans l'étreindre encore une fois, en dépit du tumulte qui régnait dans son cœur.

A sa grande surprise, elle ne le repoussa pas.

— Sois juste, lui dit-il doucement, en soulevant son menton entre ses doigts. C'est toi qui la première as parlé de tracas. Que voulais-tu donc que je pense ?

— Je ne sais pas, Ewan...

Elle secoua la tête.

— Je ne sais pas du tout ce que nous devons penser, l'un et l'autre. Je ne pourrais te blâmer de me haïr pour ce que j'ai fait... ou essayé de faire.

Les remords visiblement sincères de Claire firent beaucoup pour apaiser la fierté blessée d'Ewan et sa colère. Il essayait de tout son cœur de se mettre à la place de la jeune femme, pour comprendre ce qu'elle pouvait ressentir.

— Tu sais bien que je ne te hais pas, Claire...

Il la fit se rasseoir et s'installa à ses pieds, sur une ottomane.

— ... Je comprends que tu aies voulu protéger ta sœur. Si j'en avais vraiment voulu à sa fortune, ton plan aurait été très cohérent.

Il risqua un sourire. Mais il ne put arracher à Claire un seul mot en réponse.

— Je sais ce que c'est, continua-t-il, de redouter qu'on ne s'intéresse qu'à sa fortune. C'est bien pour cela que je n'ai rien dit de la mienne. Une des raisons pour lesquelles je me croyais attiré par Tessa était sans doute que, pour elle, l'argent ne semblait pas compter... Ce que je n'avais pas compris, c'est que je lui plaisais précisément parce qu'elle ne me croyait pas « trop » riche.

Il secoua la tête.

— Une charmante jeune femme que ta sœur, mais bien étrange...

Ce n'était pas forcément très drôle et Ewan était le premier à l'admettre, mais il était tout de même troublé de constater que ses paroles n'amenaient pas même un sourire sur les lèvres de Claire. Etait-elle donc si sensible que ses mots malhabiles ne pouvaient que la blesser plus encore ?

Ewan Geddes aurait donc été poursuivi par des aventurières qui ne voyaient en lui qu'un compte en banque bien garni ? Claire avait peine à le croire. Non pas qu'il fût difficile d'imaginer que des femmes puissent le poursuivre, mais pas *uniquement* pour son argent.

— Oui, finit-elle néanmoins par répondre, je peux comprendre que tu ne tiennes pas toujours à rendre publique l'étendue réelle de ta fortune.

Mais être capable de comprendre et d'excuser sa petite supercherie ne la faisait pas juger moins sévèrement celle dont elle s'était elle-même rendue coupable. Ewan était-il prêt à la lui pardonner ? Il lui trouvait déjà des excuses et de plus nobles motivations que celles qui l'avaient poussée à agir. Elle ne voulait plus le tromper ou lui mentir.

— J'aurais dû faire comme toi, dit-elle doucement,

filer en Amérique pour me trouver un homme qui m'aime pour moi-même.

Ewan sourit. Il avait l'air soulagé mais encore vaguement honteux.

— Pas la peine, lui répliqua-t-il sur le même ton. Je suis là. J'ai de l'argent à ne savoir qu'en faire et ce n'est pas au tien que j'en veux...

— Ni moi au tien.

C'était là au moins une garantie qu'elle pouvait lui offrir. Serait-ce suffisant ?

— C'est parfait, alors !

Son sourire était si contagieux qu'elle ne pouvait que lui offrir le sien. Ou du moins, une sorte d'imitation...

— Et je suis bien certain, reprit-il, que ce n'est pas non plus pour embêter lady Lydiard ou choquer tes amis que tu m'as choisi.

— Je n'ai pas beaucoup d'amis, de toute façon...

Puis, comme elle ne voulait pas avoir l'air de s'apitoyer sur elle-même, elle ajouta :

— Embêter ma belle-mère serait un réel plaisir, mais accessoire, tout de même...

Si Ewan rit, une ombre était toujours visible dans ses yeux.

— Est-ce que tout est limpide entre nous, à présent, *muirneach* ? s'enquit-il avec une sorte de timidité. Je sais que nous adorions nous quereller lorsque nous étions jeunes, mais nous avons désormais découvert que nous pouvions prendre beaucoup plus de plaisir... autrement.

Il leva sa main pour tapoter gentiment du doigt les lèvres de Claire.

— Qu'en dis-tu ?

— Je suis bien d'accord !

Les mots avaient jailli tout seuls, mais pas sur un ton aussi chaleureux qu'elle l'aurait voulu.

— Alors pourquoi me dis-tu cela comme si je te forçais à me l'avouer ?

— Parce que...

Mieux valait lui avouer la vérité, avant qu'elle en devienne folle ou perde ce qui lui restait encore d'intégrité.

— ... quand je repense au plan que j'avais échafaudé pour que tu me courtises à la place de Tessa...

— Oui, tu as dû être bien épatée, lorsque j'ai plongé du pont du *Marlet*...

— Euh... oui... Quand j'y repense, donc, je vois bien que ce plan n'était rien de plus qu'une excuse pour t'avoir à moi toute seule.

Elle n'osait pas le regarder.

— Eh bien, ton plan a merveilleusement fonctionné, non ?

Il paraissait plus amusé qu'en colère ou peiné.

— ... quelles qu'en aient été les raisons, au départ.

— Ewan, est-ce que tu comprends ce que j'essaie de te dire ? Je me suis arrangée pour te voler à Tessa, tout comme je lui ai volé un de tes baisers, il y a dix ans !

— Oui, et moi je t'ai embrassée, deux fois encore, alors que j'étais censé brûler du désir d'épouser ta sœur. Nous avons donc été deux à trahir la pauvre Tessa, quoique, je l'avoue, j'aie un peu de mal à me sentir désolé pour elle. En fait, je crois que tu nous as rendu, à elle et à moi, un fier service en nous permettant de reprendre nos esprits.

— Et tu ne crois pas que je devrais avoir honte de moi ?

— Ah si, et comment ! Cette façon d'exposer tes bijoux...

Il eut un clappement de langue réprobateur.

— ... et puis, d'abord, me prendre pour un coureur de dot, ce n'était pas bien !

Son ton moqueur et comme ragaillardi donnait à Claire une envie de rire et elle se reprenait à espérer. Se tortillant sur l'ottomane, il cherchait à l'obliger à le regarder dans les yeux.

— Est-ce que cela change quelque chose aux sentiments que j'ai pour toi ?

Il fit semblant de s'interroger une seconde, puis secoua énergiquement la tête.

— Moi aussi, il y a bien des choses dont je ne suis pas fier. J'ai mal jugé un tas de gens. J'ai agi égoïstement. J'espère m'être amélioré, avec l'âge. Mais je n'en jurerais pas.

Les paroles pleines de bon sens d'Ewan la réconfortaient. Elle avait sans doute commis beaucoup d'erreurs, mais tomber amoureuse de lui n'en avait certes pas été une.

Il haussa les épaules.

— Je ne peux pas même te promettre de devenir un parangon de vertu, quoique cela ne serait peut-être pas si dur, après tout. As-tu remarqué comme il est plus facile de s'améliorer, lorsque l'on est heureux et comblé, dans sa vie ?

— Et... tu crois que tu pourrais être heureux et comblé, avec moi ?

— Oui. Je n'ai guère de doutes à ce sujet. Je crois même que je pourrai te rendre heureuse et te combler, toi aussi... si tu me donnes quelques semaines pour que je puisse te faire une cour décente.

— D'accord, mais à une condition.

Ewan leva un sourcil exagérément interrogateur.

— Quoi donc, encore ?

— Renonce à ce duel ridicule avec Spencer...

Claire serra fort sa main dans les siennes. Elle ne voulait pas risquer de voir un quiproquo stupide détruire ce bonheur qui était désormais à portée de sa main.

— ... Fais-lui des excuses, dis-lui n'importe quoi qui annule le défi.

Avant même de finir de sa phrase, elle sut que sa supplique tomberait dans l'oreille d'un sourd. Le visage si mobile et expressif d'Ewan s'était fermé à double tour.

— Le défi a déjà été lancé et accepté, fit-il d'un ton bref. Celui de nous deux qui se dédirait à présent y perdrait son honneur. Tu as entendu les noms dont ce type m'a gratifié, Claire ? Je ne puis laisser passer cela. Ce serait contraire à...

Elle le coupa.

— Oh, je sais, je sais ! Ta maudite fierté ! Tu dis toujours que tu en as plus qu'il ne t'en faudrait. Ne pourrais-tu donc la ravaler un peu, pour une fois ? Pour moi ?

Attention, la prévenait une petite voix inquiète, nichée tout au fond d'elle-même. *As-tu bien le droit de poser des conditions, alors que tu n'es encore qu'au seuil d'une nouvelle vie, à laquelle tu peux tout juste te permettre de commencer à rêver ? Avec un homme, le seul au monde peut-être, qui ne te considère pas comme trop intelligente et trop riche pour avoir droit à son amour. Le seul que tu veuilles à toi, depuis toujours.*

Ewan s'était déjà montré bien plus indulgent envers elle qu'elle ne le méritait. Elle courait de grands risques, si jamais elle le poussait à bout. C'était aussi l'homme qui avait su la convaincre qu'elle méritait d'être aimée et de connaître le bonheur. Même si elle n'était pas parfaite. Même s'ils devaient connaître, ensemble, des désaccords et des disputes.

— Réfléchis à ce qui pourrait arriver...

Parlait-elle pour Ewan ou pour elle-même ?

— Si tu blesses Spencer, ou pire, tu iras en prison. Sans parler de ce qu'une telle catastrophe pourrait signifier pour Brandcaster.

— Ah, nous y voilà, n'est-ce pas ?

La sécheresse de sa voix la fit trembler.

— Que pèse mon honneur, devant les intérêts de la Brandcaster Company ?

Elle se tourna vivement pour lui faire face.

— Et si c'était le contraire ? répliqua-t-elle. Mon honneur contre la Liberty Marine Works ? Est-ce que tu permettrais que l'on détruise en quelques secondes ce que tu as mis tant de temps à bâtir, simplement pour satisfaire mon caprice ?

— Cela n'a rien d'un caprice. Ne le comprends-tu pas ?

Elle se souvint de la fierté de sa voix, quand il évoquait pour elle ses ancêtres et l'histoire d'Eilean Tioran. Et aussi de son amertume, à narrer l'expulsion des fermiers des Highlands.

— Je ne peux pas le comprendre, Ewan, je ne le peux pas. C'est...

Elle luttait pour trouver les mots qui sauraient le fléchir.

Il reprit ses mains dans les siennes.

— Ne peux-tu simplement... me faire confiance ? lui demanda-t-il doucement. Je te promets que tout ira bien.

— Tu en es sûr ?

— Je te le jure.

Claire tâcha de faire cesser le tremblement de ses

mains puis prononça ces quelques mots — les plus difficiles qu'elle avait eu à dire, de toute sa vie :

— Fais ce que tu dois faire, alors. J'ai confiance en toi.

— Un duel... Pfff !

Au cours des premières heures de la matinée, Fergus Gowrie grommelait en nettoyant un vieux pistolet qui avait appartenu au père de Claire.

— Voilà où nous en sommes ! Des hommes adultes qui gâchent des balles en se tirant dessus, alors qu'il y a, dans les collines, des cerfs malades qu'il faut éliminer avant la reproduction !

Dans un autre coin de l'armurerie de Strathandrew, Ewan essayait la seconde pièce de la paire d'armes de duels, fabriquée il y avait certainement plus de cinquante ans.

— Je ne crois pas que le *laird* s'en soit jamais servi, commenta Fergus comme s'il lisait dans les pensées de son ancien élève. Il m'avait dit qu'il les tenait de son père qui, lui, s'était battu en duel plusieurs fois...

Ewan leva et abaissa le pistolet pour s'habituer à son poids, puis visa une cible imaginaire. Finalement, il répéta tout le cérémonial de la rencontre sur une longueur de plancher : les dix pas, le demi-tour, la mise en position de tir.

— Enfin, tout ça, ce sont des histoires d'aristos, conclut Fergus dans un soupir, en huilant délicatement le mécanisme. Faut croire que t'en es devenu un...

— Je suis exactement le même que lorsque je suis parti d'ici, il y a dix ans, répliqua Ewan.

Il abaissa son arme et se tourna vers le garde-chasse.

— Ce n'était pas mon choix, Fergus. Personnellement,

je préférerais aller tirer le coq de bruyère. Mais crois-tu que je devais me coucher devant cet Anglais, alors qu'il me traitait de voyou et de canaille ?

Fergus émit un vague grognement et, le front soucieux, se mit à polir le pistolet avec une énergie féroce.

— Je n'ai pas non plus choisi de quitter Strathandrew, il y a dix ans...

Ewan reprit sa répétition de la séquence de tir : pas, demi-tour, mise en position, en continuant de parler, un peu comme s'il voulait se convaincre lui-même.

— ... J'y ai été contraint parce que je n'avais pas le pouvoir de m'opposer à eux. Ce pouvoir, je l'ai, à présent, et je ne compte pas l'abandonner.

Fergus eut un autre grognement, puis lui tendit le second pistolet.

— Regarde si tu as exactement la même prise en main avec chacun d'eux. Normalement, ils sont pareils. Il faudra le tenir fermement, au moment du tir. Ces machins-là ont le recul d'un obusier de campagne.

— Je n'ai pas choisi de partir, insista Ewan, mais je ne le regrette pas, non plus que ce que je suis devenu.

Le garde-chasse ne parut pas l'avoir entendu. Peut-être s'en moquait-il. Mais tandis qu'Ewan comparait la prise en main et la balance des deux armes, il murmura :

— Je suppose que tu auras besoin de quelqu'un pour... vérifier que tout se passe dans les règles.

— Oui. Je n'y avais pas vraiment pensé. On appelle ça un second. Tu veux bien être le mien ?

Fergus opina brièvement.

— Si tu veux.

— Oui, s'il te plaît... Et si je suis là la semaine prochaine, cela me ferait plaisir que tu m'emmènes tirer quelques grouses.

Fergus parut songeur un moment, puis acquiesça de nouveau, silencieusement.

Un peu plus tard, sur un pré, au-dessus du loch, Ewan rejoignit Spencer Stanton, tandis que les dames observaient la rencontre à distance.

Lady Lydiard paraissait choquée et scandalisée par toute l'affaire, dont elle tenait sa fille pour responsable. Tessa, pour sa part, était très excitée, et ne se souciait guère de ce qui pourrait advenir à l'un ou l'autre des deux adversaires. Claire, au contraire, s'en inquiétait pour deux.

— Tout ira bien, lui avait dit Ewan en prenant son menton entre ses doigts. Ne t'inquiète pas !

— Non, j'ai confiance.

Elle avait dit ces mots d'une voix morne, comme une leçon qu'elle eût apprise sans y croire vraiment. Mais soudainement, elle s'était jetée contre lui et avait pressé avec fureur ses lèvres sur les siennes.

— Je t'en supplie, avait-elle murmuré, sois prudent !

Etait-il vraiment stupide ? Ewan se le demandait, en choisissant son arme. Risquer ainsi non seulement tout ce qu'il avait bâti dans sa vie, mais aussi tout ce que la providence lui avait accordé ? Pour quelques mots prononcés par un homme qui avait momentanément perdu tout contrôle de lui-même et ne savait plus ce qu'il disait ? N'y avait-il donc pas d'autre moyen que verser le sang, pour satisfaire l'honneur ?

Peut-être que si...

Le pistolet dans sa main droite, il se plaça dos à dos avec Stanton. Le capitaine Mac Leod, qui arbitrait la rencontre, leur donna le signal du départ, puis compta leurs pas.

— Huit… neuf… dix.

Ewan s'immobilisa. Il fit face à l'Anglais, leva son bras droit vers le ciel et fit feu, très au-dessus de la tête de son adversaire. L'honneur était sauf et sa conscience, en paix.

On entendit la déflagration, aussitôt suivie d'une autre, et Ewan s'écroula sur l'herbe du pré, un éclair de douleur venant de déchirer sa chair. Tout de suite après, Claire se penchait au-dessus de lui. Ses larmes coulaient de son visage jusque sur le sien et ses doigts tremblaient comme elle tentait de les essuyer.

— Ewan, est-ce que tu m'entends ? Je t'en prie, mon amour, ne meurs pas ! Je n'ai jamais aimé que toi ! Je t'épouserai, je ferai tout ce que tu voudras, mais ne me quitte pas !

Il sut alors combien elle l'aimait et combien elle avait eu peur, pour abandonner ainsi le maintien et la réserve qu'elle s'imposait depuis toujours, parler avec une telle franchise et faire de telles promesses.

— Mais non, je ne vais pas mourir !

Il dut se forcer un peu pour lui faire bonne figure, malgré la vive douleur, et la prit dans ses bras pour la rassurer.

— Stanton ne m'a atteint qu'à la jambe.

— Tu as de la chance, fils, murmura Fergus en lui glissant une fiasque de whiskey dans la main. Cela saigne, mais pas d'os touché, on dirait, et la balle est ressortie. Tiens bon pendant que je te bande ça.

Tandis que Claire s'agrippait toujours à lui, ses larmes se muant en un fou rire nerveux, Ewan avala plusieurs lampées à la fiasque de Fergus. Le temps qu'on le porte jusqu'au manoir et qu'on l'installe dans son lit, la douleur s'atténua beaucoup, jusqu'à n'être plus qu'un vague élancement.

Il sourit béatement tandis que Claire le débarrassait de sa redingote.

— Eh bien, miss Talbot, essaieriez-vous de me déshabiller ?

— Absolument.

Si elle semblait avoir recouvré toute son assurance et son autorité, ses yeux mouillés trahissaient sa toute récente angoisse.

— Vous n'êtes pas en mesure de le faire vous-même, monsieur, ajouta-t-elle, entrant bravement dans son jeu, et vous avez besoin d'être à l'aise pour vous reposer.

— Vous n'allez pas... abuser de moi ?

Il essayait d'imiter le ton innocent sur lequel elle lui avait posé cette question, il n'y avait pas si longtemps.

— Non, monsieur !

Elle tâchait de conserver son sérieux mais il voyait bien qu'elle luttait pour ne pas éclater de rire.

— ... Vous ne le méritez pas, après la peur que vous m'avez faite. De plus, il faut vous économiser en prévision de notre nuit de noces.

Nuit de noces ? La promesse de Claire, faite au milieu des larmes, lui revint en mémoire.

Il y avait quelque chose qu'il devait lui dire, tant qu'il avait encore à peu près toute sa tête. Il lui fit signe, en tapotant le matelas, de venir près de lui.

— Assieds-toi et parlons un peu.

— Très bien.

Elle s'installa auprès de lui et commença de défaire son nœud de cravate.

— De quoi veux-tu que nous parlions ? Du mariage ? Eh bien, Tessa essaie de persuader Spencer de l'épouser tout de suite, ici, en Ecosse. Qu'il l'ait poursuivie jusqu'à Strathandrew... votre duel... Tout cela lui a prouvé que ses sentiments pour elle étaient beaucoup plus passionnés qu'elle l'avait cru.

— Ah ? Bien, très bien !

Ewan s'efforçait de mettre de l'ordre dans la brume de ses idées.

— Mais, en ce qui nous concerne, toi et moi... Je ne peux tenir pour acquise une promesse que tu m'as faite sous le coup de l'émotion. Le mariage est une chose sérieuse, faite pour durer la vie entière. Je veux que tu y réfléchisses avec autant de soin qu'une décision d'affaires. Nous partons avec certains handicaps...

Il voulut en dresser la liste, mais Claire le fit taire d'un tendre baiser. Lorsque leurs lèvres se séparèrent enfin, la tête d'Ewan lui tournait et le whiskey n'était pas seul en cause.

— Nous sommes deux fortes personnalités, déterminées et même plutôt inflexibles, lui répondit-elle, les yeux au fond des yeux. Nous avons l'habitude des défis, nous en avons relevé toute notre vie. Songe quelle belle famille nous pourrons bâtir, si nous unissons nos forces et notre amour dans cette entreprise, la plus belle qui soit !

— Evidemment, présenté comme cela...

Ewan avança ses lèvres, l'invitant à un nouveau baiser.

— Et pour ce qui est d'abuser de moi, lui dit-il, je ne peux pas essayer de te faire changer d'avis ?

Épilogue

— Alors, sont-ils prêts, monsieur Catchpole ? demanda Claire en aidant Tessa à ajuster l'écharpe de tartan qu'elles portaient toutes deux par-dessus leurs robes de mariée.

Leur séjour en Ecosse tirant à sa fin, les deux sœurs avaient décidé d'y faire célébrer une double noce. Si l'oncle maternel de Tessa devait la conduire à l'autel, Claire, n'ayant plus de parent proche, avait télégraphié à Londres pour demander à son cher M. Catchpole d'être à ses côtés en cette heureuse circonstance.

A présent, le fidèle secrétaire consultait sa montre de gousset, en jetant un regard soucieux vers le ciel.

— Les derniers invités viennent juste de débarquer sur l'île, miss. J'imagine que M. Geddes et l'honorable M. Stanton sont très impatients, eux aussi. Espérons que le temps se maintiendra…

— Tu vois, dit Claire à sa sœur en roulant des yeux inquiets, je t'avais bien dit que nous aurions dû nous en tenir à l'église du village. Ici, on est obligés de trembler en regardant le ciel et de s'affoler à la moindre brise !

— Peut-être, mais les ruines d'un château fort écossais, c'est tout de même autre chose, pour y célébrer un mariage !

Tessa posa la traditionnelle couronne de fleurs sur la chevelure de sa sœur.

— D'ailleurs, il n'y a pas assez de place dans la pauvre petite chapelle pour une seule noce, à plus forte raison pour deux.

— Cela aurait été possible, grommela Claire entre ses dents, si ta mère n'avait pas invité la moitié de la Chambre des lords...

Tessa prit son bouquet de mariée, posé sur un pan de mur éboulé, et tendit le sien à Claire.

— Comme le dit justement maman, repartit-elle, à cette époque de l'année, la moitié au moins des pairs du Royaume est en Ecosse.

Catchpole retira son pince-nez pour le replacer aussitôt, comme il avait coutume de le faire lorsqu'il était troublé. La présence de tant d'aristocrates à la noce le mettait dans un état proche de l'extase.

Bien qu'elle manifestât ostensiblement son impatience devant les fastes compliqués mis au point par lady Lydiard, Claire approuvait secrètement la superbe allure de la cérémonie. Outre qu'un mariage à Eilean Tioran comblait les rêveries romantiques de Tessa, le choix d'un tel lieu glorifiait l'origine écossaise d'Ewan et montrait à quel point Claire était fière de devenir sa femme.

— Ne les faisons pas attendre plus longtemps, dit-elle. Je sens déjà l'odeur du banquet préparé par Rosie et le chef du *Marlet*. Nul doute que nos invités sont eux aussi impatients d'y faire honneur...

Claire prit le bras de M. Catchpole et le remercia une fois encore d'avoir accepté de venir jusqu'à Strathandrew pour lui rendre service.

— C'est un honneur, miss Brandcaster-Talbot, répondit le secrétaire. Votre M. Geddes est un homme heureux. J'ai eu le plaisir de le lui dire au dîner de célibataires qu'il a donné hier soir et il en a bien volontiers convenu.

Claire eut un petit rire joyeux.

— Moi, je suis heureuse que vous approuviez mon choix...

Les deux hommes s'étaient immédiatement entendus, dès l'arrivée de Catchpole à Strathandrew.

— ... et que ce soit la dernière fois que vous m'appelez par ces deux noms, ajouta-t-elle avec espièglerie, puisque dans quelques minutes je serai Mrs Geddes !

Comme ils emboîtaient tous deux le pas à Tessa et à son oncle, Claire dut jongler quelques instants avec son bouquet pour lisser un peu le tissu de sa robe. Lady Lydiard était tombée des nues lorsqu'elle lui avait annoncé sa ferme intention de ne pas porter de corset sous sa toilette de mariage. Qu'aurait-elle dit si elle avait su que son futur mari lui interdisait à tout jamais d'en porter !

Claire ne put s'empêcher de sourire à cette pensée. Mais lorsqu'elle entra dans le vaste espace qui avait été la cour du château et qu'une cornemuse fit entendre une marche majestueuse, ses yeux se mouillèrent de larmes de joie et d'espoir.

Ewan et Spencer attendaient, devant une grande arche voûtée. Tous deux portaient de magnifiques kilts de cérémonie. Au cours des deux semaines qui venaient de s'écouler, ils étaient devenus de bien meilleurs amis que Claire eût pu l'espérer, pour deux hommes qui s'étaient affrontés sur le pré. Peut-être le fait que chacun était, de son propre point de vue, sorti victorieux de l'affaire les avait-il aidés à se respecter mutuellement.

L'office fut simple et bref, mais aussi très émouvant

et digne. Lorsqu'Ewan la regarda au fond des yeux et répéta après le prêtre les vœux sacrés, Claire sut, avec une merveilleuse certitude, que bien qu'elle se trouvât les traits un peu trop pleins, le visage un peu trop plat et la langue beaucoup trop bien pendue, elle était bel et bien l'idéal de beauté de cet homme lui-même idéal.

Après l'office de mariage et le banquet, les deux couples montèrent à bord des premiers canots qui retraversaient le loch pour le grand bal donné dans les salons de Strathandrew.

— Lancez vos bouquets ! crièrent quelques jeunes filles restées sur la berge.

Celui de Tessa décrivit une courbe gracieuse dans les airs, aussitôt suivi par celui de Claire.

Il y eut des cris déçus lorsque l'un des bouquets tomba dans les mains de Glenna Mac Murdo, tandis que l'autre atterrissait sur la coiffure élaborée de lady Lydiard.

Jock, le steward du *Marlet*, manœuvrant vigoureusement les avirons de leur barque et n'ayant nul besoin de son aide, Ewan prit son épouse dans ses bras et lui dit à l'oreille :

— J'ai fait acheter force barriques du cidre corsé du père Mac Leod, en prévision du bal. Si tous ces beaux messieurs et dames l'apprécient autant que toi, je crois qu'il coulera à flots à Londres, durant toute la saison...

— Mais dites-moi, monsieur Geddes, s'écria Claire en jetant ses bras autour de son cou. Vous êtes un homme d'affaires né !

Il éclata de rire.

— Pas exactement. Je crois que c'est le métier de *gillie* qui m'y a préparé. Au fond, c'est comme à la pêche : on prépare un appât, on le monte sur l'hameçon, puis on le présente jusqu'à ce que ça morde...

— L'amour aussi, soupira Claire. Il y faut de la patience… de l'adresse, et peut-être un peu de chance.

— C'est vrai…

Les yeux d'Ewan brillaient de fierté et de tendresse.

— … Et vous êtes une bien belle prise, Mrs Geddes !

Une seconde avant qu'il l'embrassât, elle eut le temps de lui murmurer :

— Toi aussi, *muirneach*…